CLASSIQUES & CIE
BTS

Culture générale et expression

BTS 1re année

Avec un cahier photos

ANTHOLOGIE

80 documents expliqués
pour se préparer à l'épreuve
de Culture générale et expression

Sélection et présentation
de **Johan Faerber**
certifié de lettres modernes
docteur ès lettres modernes

Hatier

Conception graphique de la maquette : studio Favre & Lhaïk
Mise en pages : Soft Office - 8 pages couleurs : Clarisse Mourain
Iconographie : Hatier Illustration
Suivi éditorial : Charlotte Monnier

sommaire

La table détaillée des chapitres se trouve p. 273 à 283.

DES COMPLÉMENTS TRÈS UTILES

➤ *À la suite de chaque texte*
- 3 questions pour vous guider

➤ *À la fin de chaque chapitre*
- Une enquête sur le web pour préparer un exposé

➤ *À la fin du livre*
- Des fiches méthodes
- La table détaillée des chapitres
- Tous les documents classés par genre

CHAPITRE 1

D'une **génération** à l'autre : conflit ou transmission ?

> **Chaque génération se croit plus intelligente que la précédente et plus sage que la suivante.**
>
> GEORGE ORWELL

L'expression «conflit des générations» laisse entendre une lutte inévitable entre les jeunes et leurs aînés, comme si chaque génération devait se construire en s'opposant à la précédente. Mais qu'est-ce qui sépare réellement la jeunesse de ses aînés? Comment comprendre le mot «génération»?

Le terme de génération est une notion complexe qui concerne à la fois la famille, l'histoire d'un pays et l'évolution de sa société. Il délimite une tranche d'âge, étendue sur deux ou trois décennies et souvent marquée par un événement historique ou un phénomène de société communs. Les «baby-boomers[1]», nés du baby-boom à la fin de la Seconde Guerre mondiale, la «Génération de Mai 1968» ou encore la «Génération Y[2]» sont autant de noms pour évoquer des âges différents mais aussi des valeurs qui parfois s'opposent.

La «fracture générationnelle» apparaît lorsque les visions de la société et les conceptions politiques des aînés et des plus jeunes entrent en conflit. Mais le fossé est-il infranchissable et le dialogue rompu?

L'entraide entre les générations, une nouvelle forme de solidarité, semble rendre possible leur rapprochement. Cette solidarité ne constitue-t-elle pas l'espoir d'un vivre ensemble où les générations apprendraient enfin à s'écouter?

A Qu'est-ce qu'une génération?

Comment définir une génération, notion complexe qui recouvre plusieurs réalités? Comme le rappellent la définition du Larousse

1. Baby-boomers: génération née du pic de natalité survenu juste après la Seconde Guerre mondiale et qui a grandi dans la prospérité des Trente Glorieuses.

2. Génération Y: personnes nées à la fin des années 1970 et au début des années 1980 et qui suivent la génération «X» dite des baby-boomers.

DOC 1 • p. 7 et l'article de Frédéric Gaussen DOC 2 • p. 8 , une génération renvoie, tout d'abord, à une dimension familiale : des arrière-grands-parents aux arrière-petits-enfants, les générations désignent les différents degrés de filiation. Appartenir à une génération, c'est aussi, comme le souligne Pierre Bourdieu DOC 3 • p. 11 , savoir hériter du patrimoine familial ou, au contraire, refuser ses valeurs.

Le terme « génération » peut aussi avoir une dimension historique. Faire partie d'une génération consiste à vivre un même événement historique. Ainsi, la génération de Mai 1968 DOC 2 • p. 8 a trouvé dans son soulèvement une expérience commune qui l'a rassemblée autour des mêmes combats et des mêmes préoccupations.

Enfin, être d'une génération signifie appartenir à une même classe d'âge, avoir eu vingt ans la même année et avoir partagé des expériences communes. C'est porter en soi des valeurs propres à un temps et à une société déterminés ainsi que le rappelle Émile Zola dans sa « Lettre à la jeunesse » DOC 4 • p. 14 . Appartenir à une génération consiste donc à trouver sa place dans la famille, la société et dans l'histoire.

DOC 1

LE PETIT LAROUSSE ILLUSTRÉ

Définition de « génération »

[La définition du dictionnaire]

GÉNÉRATION n.f. (du lat. *generare*, engendrer). **1.** Action de créer ; fait de se former : *La génération de cyclones.* **2.** Vieilli. Fonction par laquelle les êtres se reproduisent ; reproduction. **3.** Intervalle de temps, estimé à trente ans env., séparant deux degrés de filiation. [...]

3 questions pour vous guider...

1. Combien de sens différents sont donnés au mot « génération » ?
2. Dans quelle partie de la définition le terme de génération renvoie-t-il à la famille ?
3. Pourquoi faut-il, d'après cette définition, trente ans d'intervalle pour parler de génération ?

DOC **2**

Frédéric Gaussen

Question de génération...

Le journaliste Frédéric Gaussen s'interroge sur la jeunesse du début des années 1980, et notamment sur les valeurs qu'elle défend et combat. Dans cet article, il s'applique à définir le terme de « génération ».

[Une notion aux sens multiples]

Qu'est-ce qu'une génération ? Qu'est-ce qui fait que toutes les personnes d'un même âge se sentent quelque chose en commun, quelle que soit leur origine sociale ou régionale ? Il y a plusieurs façons d'entendre le mot « génération ». Il peut désigner les gens ayant eu une expérience historique commune particulièrement frappante. Ainsi parle-t-on de la guerre de 1914 ou de la Résistance ou de Mai 1968. On peut aussi identifier la génération à une classe d'âge : tous les gens ayant eu vingt ans dans les années 1950 ou 1970. On peut enfin penser à l'expérience familiale : la génération des enfants, par opposition à celle des parents et des grands-parents. Trois approches qui entraînent en fait des définitions et des contenus bien différents.

Pour qu'un événement crée une génération il faut qu'il ait un caractère global (qu'il touche pratiquement tous les individus d'un même âge), qu'il soit assez prolongé pour avoir le temps de marquer et suffisamment éprouvant pour que chacun ait de bonnes raisons de s'en souvenir. C'est pourquoi une guerre fait particulièrement bien l'affaire. Mais ces conditions ne sont pas suffisantes. Il faut aussi que « cet événement fondateur » fasse l'objet ensuite d'une célébration collective, que le souvenir en soit entretenu et magnifié[1]. C'est l'interprétation posthume[2] de l'événement qui fait une génération, plus que l'événement lui-même. Aussi peut-on parler de génération pour les acteurs de la guerre de 1914, mais non pour la guerre de 1939-1945 (sauf pour la tranche très minoritaire de ceux qui ont participé à la Résistance) ou la guerre d'Algérie. Dans les deux derniers cas, la mauvaise conscience nationale provoquée par ces événements a entraîné un effet d'oubli, de gommage volontaire. Loin de se regrouper pour exalter les souvenirs communs, les survivants s'évitent et se taisent.

Ceci montre que l'histoire n'est jamais une succession neutre d'événements, mais une reconstruction opérée par une collectivité humaine, en fonction d'objectifs particuliers. La constitution d'un « effet de génération » répond à un programme précis : effacer les différences sociales ou les rivalités politiques ; forger l'unité d'un groupe autour d'un grand mythe original ; détourner les ressentiments[3] que pourraient susciter les souffrances endurées en exaltant l'héroïsme des survivants ; affermir le pouvoir d'un clan et écarter les assauts de prétendants illégitimes (parce que n'ayant pas reçu l'acte de baptême de l'événement fondateur).

De même, si l'on peut – à la rigueur – parler d'une « génération de Mai 1968 », ce n'est évidemment pas en raison de l'effet politique immédiat de l'événement ou de l'importance numérique[4] des gens qui y ont participé directement, mais parce qu'il fut pris pendant les dix années qui ont suivi comme référence symbolique par les médias et par une partie importante de l'opinion pour désigner un profond mouvement de transformation sociale.

1. **Magnifié :** rendu plus beau, plus fort.
2. **Posthume :** après la mort.
3. **Ressentiments :** haines.
4. **Numérique :** ici, du nombre.

Cet exemple montre que l'effet de génération peut jouer – sur une échelle réduite – pour désigner des groupes souvent très minoritaires, mais ayant une influence intellectuelle ou politique décisive.

La génération à caractère sociologique[1] est, à l'inverse, beaucoup plus vaste et englobe, à la limite, tous les individus nés à la même époque et ayant eu les mêmes expériences scolaires et enfantines. Plus tard, ils s'apercevront en effet qu'il y a entre eux une relation invisible faite du même air respiré, d'émotions partagées à l'écoute des mêmes airs, au souvenir des mêmes danses et des mêmes coiffures. « De notre temps... », c'est-à-dire lorsque nous étions jeunes ensemble, lorsqu'on vibrait aux mêmes choses, qu'on pleurait devant les mêmes visages. Ce sont des souvenirs ténus[2], impalpables[3], mais plus importants que toutes les professions de foi. Ceux auxquels on tient plus que tout, parce qu'ils nous ont fait ce que nous sommes.

L'homogénéisation des sociétés modernes – avec la prolongation de la scolarité, la génération des médias, le rapprochement des sexes... – ne peut évidemment que renforcer cet effet de génération-là. Le phénomène du « yé-yé[4] » a marqué peut-être la naissance de ces générations à l'échelle planétaire. Transportés par les médias à travers les frontières, les mots de passe et les signes de connivence[5] réunissent les jeunes du monde entier dans les émotions communes. Mêmes airs, mêmes danses, mêmes vêtements, mêmes révoltes, mêmes rêves...

« Question de génération... », 16 novembre 1981, DR ■

1. **À caractère sociologique :** telle que la sociologie l'envisage, à savoir l'analyse scientifique, à partir d'observations précises et de sondages, de l'ensemble des faits sociaux qui déterminent l'identité d'une époque ou d'un groupe d'individus.
2. **Ténus :** à peine perceptibles.
3. **Impalpables :** insaisissables.
4. **Yé-yé :** mode musicale qui, au début des années 1960, s'inspirait du rythme des chansons anglo-saxonnes.
5. **De connivence :** d'entente mutuelle.

3 questions pour vous guider...

1. D'après Frédéric Gaussen, quelles sont les trois définitions du mot « génération » (l. 1-12) ?
2. Quelle est la condition pour qu'un événement crée une génération (l. 13-29) ? Citez trois exemples de générations ainsi crées.
3. Qu'est-ce que l'auteur appelle la « génération à caractère sociologique » (l. 51-71) ?

DOC **3**

Pierre Bourdieu

La Misère du monde

Le sociologue, Pierre Bourdieu (1930-2002) étudie, dans La Misère du monde, *les relations entre générations. Il se concentre tout particulièrement sur les rapports entre père et fils dans la transmission d'un héritage qu'il considère comme un « projet ».*

[Un héritage familial]

Matrice[1] de la trajectoire sociale et du rapport à cette trajectoire, donc des contradictions et des doubles contraintes (*double binds*[2]) qui naissent notamment des discordances[3] entre les dispositions de l'héritier et le destin enfermé dans son héritage, la famille est génératrice de tensions et de contradictions génériques[4] (observables dans toutes les familles, parce que liées à leur propension à se perpétuer[5]) et spécifiques (variant, notamment, selon les caractéristiques de l'héritage). Le père est le lieu et l'instrument

1. **Matrice :** origine.
2. ***Double binds*:** terme qui, en psychanalyse, désigne pour un sujet deux contraintes qui s'opposent et s'annulent, le laissant dans l'indécision.
3. **Discordances :** désaccords.
4. **Génériques :** globales.
5. **Leur propension à se perpétuer :** leur tendance à vouloir se maintenir.

d'un « projet » (ou, mieux, d'un *conatus*[1]) qui, étant inscrit dans ses dispositions héritées, se transmet inconsciemment, dans et par sa manière d'être, et aussi, explicitement, par des actions éducatives orientées vers la perpétuation de la lignée (ce qu'en certaines traditions on appelle « la maison »). Hériter, c'est relayer ces dispositions immanentes[2], perpétuer ce *conatus*, accepter de se faire l'instrument docile de ce « projet » de reproduction. L'héritage réussi est un meurtre du père[3] accompli sur l'injonction[4] du père, un dépassement du père destiné à le conserver, à conserver son « projet » de dépassement, qui, en tant que tel est dans l'ordre, dans l'ordre des successions. L'identification du fils au désir du père comme désir d'être continué fait l'héritier sans histoire.

Les héritiers qui, acceptant d'hériter, donc d'être hérités par l'héritage, réussissent à se l'approprier (le polytechnicien[5] fils de polytechnicien ou le métallo[6] fils de métallo), échappent aux antinomies[7] de la succession. Le père bourgeois qui veut pour son fils ce qu'il a et ce qu'il est lui-même, peut se reconnaître complètement dans cet alter ego[8] qu'il a produit, reproduction à l'identique de ce qu'il est et ratification[9] de l'excellence de sa propre identité sociale. Et il en va de même pour le fils.

De même, dans le cas du père en voie d'ascension à trajectoire interrompue, l'ascension qui amène son fils à le dépasser est en quelque sorte son propre accomplissement, la pleine réalisation d'un « projet » brisé qu'il peut ainsi achever par procuration. Quant au fils, refuser le père réel, c'est accepter, en le reprenant à son compte, l'idéal d'un père qui, lui aussi, se refuse et se nie en appelant son propre dépassement.

---

1. ***Conatus*** : projet, effort.
2. **Immanentes** : intérieures.
3. **Meurtre du père** : meurtre, ici symbolique, qui renvoie à ce moment où le père donne tous les outils au fils pour qu'il le remplace et puisse s'émanciper. Le fils « tue » alors le père symboliquement.
4. **Injonction** : ordre.
5. **Polytechnicien** : élève ou ancien élève de l'école Polytechnique, prestigieuse école française d'ingénieurs.
6. **Métallo** : ouvrier métallurgiste.
7. **Antinomies** : opposition de deux idées.
8. **Alter ego** : personne à qui on accorde pleinement sa confiance.
9. **Ratification** : approbation, accord.

Mais, en ce cas, le désir du père, si réaliste soit-il au demeurant, s'amplifie parfois démesurément, au-delà des limites du réalisme : le fils ou la fille, constitués en substituts du père, sont chargés de réaliser à sa place et, en quelque sorte, par procuration, un moi idéal plus ou moins irréalisable : on rencontre ainsi beaucoup d'exemples de pères ou de mères qui, projetant sur leur fils des désirs et des projets compensatoires[1], lui demandent l'impossible. C'est là une des sources majeures de contradictions et de souffrances : nombre de personnes souffrent *durablement* du décalage entre leurs accomplissements et des attentes parentales qu'ils ne peuvent ni satisfaire ni répudier[2].

« Les contradictions de l'héritage », *in La Misère du monde*, « Libre Examen »,

3 questions pour vous guider...

1. Quel rôle joue le père dans la famille d'après Bourdieu ?
2. Qu'est-ce que Bourdieu appelle un « héritage réussi » (l. 15-16) ? Relevez des exemples dans le texte (l. 21-28).
3. « Le désir du père, si réaliste soit-il au demeurant, s'amplifie parfois démesurément, au-delà du réalisme » (l. 36-37) : expliquez cette phrase et dites quels sont les risques d'une telle attitude sur l'enfant.

1. **Compensatoires :** qui assurent une compensation.

2. **Répudier :** abandonner, rejeter.

DOC 4

Émile Zola
Lettre à la jeunesse

Émile Zola, grand romancier du XIXe siècle, est également connu pour les nombreux articles qu'il a fait paraître dans les journaux de l'époque et en particulier pour son célèbre « J'accuse », article dans lequel il a pris la défense du capitaine Dreyfus. En 1897, c'est à la jeunesse française qu'il s'adresse dans une lettre où il évoque l'avenir du pays et rappelle ce que les jeunes générations doivent aux anciens.

[Des valeurs à transmettre]

Ô jeunesse, jeunesse ! Je t'en supplie, songe à la grande besogne qui t'attend. Tu es l'ouvrière future, tu vas jeter les assises[1] de ce siècle prochain, qui, nous en avons la foi profonde, résoudra les problèmes de vérité et d'équité[2], posés par le siècle finissant. Nous, les vieux, les aînés, nous te laissons le formidable amas de notre enquête, beaucoup de contradictions et d'obscurités peut-être, mais à coup sûr l'effort le plus passionné que jamais siècle ait fait vers la lumière, les documents les plus honnêtes et les plus solides, les fondements mêmes de ce vaste édifice de la science que tu dois continuer à bâtir pour ton honneur et pour ton bonheur. Et nous ne te demandons que d'être encore plus généreuse, plus libre d'esprit, de nous dépasser par ton amour de la vie normalement vécue, par ton effort mis entier dans le travail, cette fécondité des hommes et de la terre qui saura bien faire enfin pousser la débordante moisson de joie, sous l'éclatant soleil. Et nous te céderons fraternellement la place, heureux de disparaître et de nous reposer de notre part de tâche accomplie, dans le bon sommeil de la mort, si nous savons que tu nous continues et que tu réalises nos rêves.

Jeunesse, jeunesse ! Souviens-toi des souffrances que tes pères ont endurées, des terribles batailles où ils ont dû vaincre, pour

---

1. **Assises :** fondements.

2. **Équité :** égalité, respect de qui est dû à chacun.

conquérir la liberté dont tu jouis à cette heure. Si tu te sens indépendante, si tu peux aller et venir à ton gré, dire dans la presse ce que tu penses, avoir une opinion et l'exprimer publiquement, c'est que tes pères ont donné de leur intelligence et de leur sang. Tu n'es pas née sous la tyrannie, tu ignores ce que c'est que de se réveiller chaque matin avec la botte d'un maître sur la poitrine, tu ne t'es pas battue pour échapper au sabre du dictateur, aux poids faux du mauvais juge. Remercie tes pères, et ne commets pas le crime d'acclamer le mensonge, de faire campagne avec la force brutale, l'intolérance des fanatiques et la voracité[1] des ambitieux. La dictature est au bout.

Jeunesse, jeunesse ! Sois toujours avec la justice. Si l'idée de justice s'obscurcissait en toi, tu irais à tous les périls.

Lettre à la jeunesse, 14 décembre 1897, *L'Aurore*

3 questions pour vous guider...

1. Qui désignent les pronoms « tu » et « nous » dans le texte de Zola ?
2. Dans le premier paragraphe, quelle mission Zola donne-t-il à la jeunesse ?
3. Quelle est, dans le deuxième paragraphe, la valeur essentielle laissée aux jeunes par leurs aînés ?

B Qu'est-ce qui provoque la fracture générationnelle ?

Le dialogue entre générations peut parfois être rompu. Il arrive qu'elles ne se comprennent pas, s'opposant sur des valeurs politiques, sociales et morales, parfois au point de s'affronter, comme dans la nouvelle « Chasseurs de vieux » de Dino Buzzati DOC 5 • p. 16, où les jeunes traquent sans répit les générations vieillissantes.

1. **Voracité** : gros appétit.

Selon Jean-Pierre Le Goff DOC 6 • p. 19, les événements de Mai 1968 illustrent cette rupture entre les générations dans la société française. En effet, quand les parents ont vécu les horreurs de la Seconde Guerre mondiale et que leurs enfants ne connaissent que l'insouciance de la société prospère d'après-guerre, tout les oppose. Une affiche de Mai 1968 DOC 7 • p. 21 le souligne : les enfants veulent se libérer de l'autorité parentale et changer de modèle social.

Le conflit générationnel dure encore de nos jours, selon Luc Bronner DOC 8 • p. 21 qui démontre que si les parents font preuve de compréhension devant la difficulté des jeunes à s'insérer dans la société actuelle, ils critiquent sévèrement leur égoïsme. Le conflit semble sans issue.

DOC **5**

DINO BUZZATI
Chasseurs de vieux

Dans la nouvelle « Chasseurs de vieux », tiré du recueil Le K[1]*, le romancier Dino Buzzati (1906-1972) met en scène un groupe de jeunes qui déclare la guerre aux aînés.*

[La fracture générationnelle]

Roberto Saggini, administrateur d'une petite fabrique de papier, quarante-six ans, les cheveux gris, bel homme, arrêta son auto à quelques pas d'un bar-tabac encore ouvert, on ne sait trop par quelle chance. Il était deux heures du matin.

« Une minute, je reviens tout de suite », dit-il à la jeune femme assise près de lui. C'était un beau brin de fille, à la lumière des réverbères au néon son rouge à lèvres se détachait comme une fleur épanouie.

---

1. Le K désigne le squale (requin) qui poursuit le vieux Stéphano, personnage principal de la nouvelle, pour lui remettre une perle de grande valeur.

Devant le tabac plusieurs voitures étaient garées. Il avait dû s'arrêter un peu plus loin. C'était un soir de mai, l'air printanier était tiède et vif à la fois. Toutes les rues étaient désertes.

Il entra au bar, acheta ses cigarettes. Comme il était sur le pas de la porte et s'apprêtait à rejoindre sa voiture, un appel sinistre résonna.

Est-ce qu'il venait de la maison d'en face ? d'une rue latérale ? ou bien, ces créatures surgissaient-elles de l'asphalte[1] ? Deux, trois, cinq, sept silhouettes rapides fondirent concentriquement en direction de la voiture. « Allez ! Tombez-lui dessus ! »

Et là-dessus, un coup de sifflet prolongé, modulé, la fanfare de guerre de ces jeunes canailles : aux heures les plus imprévues de la nuit, ce signal tirait de leur sommeil des quartiers entiers et les gens, frissonnant, se pelotonnaient[2] encore plus dans leur lit, en priant Dieu pour le malheureux dont le lynchage[3] commençait.

Roberto mesura le danger. C'est à lui qu'ils en avaient. On vivait une époque où les hommes de plus de quarante ans y réfléchissaient à deux fois avant d'aller se promener en plein milieu de la nuit. Après quarante ans on est vieux. Et les nouvelles générations éprouvaient un total mépris pour les vieux. Un sombre ressentiment dressait les petits-fils contre les grands-pères, les fils contre les pères. Et ce n'est pas tout : il s'était créé des espèces de clubs, d'associations, de sectes, dominés par une haine sauvage envers les vieilles générations, comme si celles-ci étaient responsables de leur mécontentement, de leur mélancolie, de leurs désillusions, de leur malheur qui sont le propre de la jeunesse depuis que le monde est monde. Et la nuit, des bandes de jeunes se déchaînaient, surtout en banlieue, et pourchassaient les vieux. Quand ils parvenaient à en attraper un ils le bourraient de coups de pied, ils lui arrachaient ses vêtements, le fouettaient, le peinturluraient de vernis et puis l'abandonnaient ligoté à un arbre ou à un réverbère. Dans certains cas, tout à la frénésie[4] de leur rite brutal, ils dépassaient la

1. **Asphalte :** goudron recouvrant la chaussée.
2. **Se pelotonnaient :** se repliaient, se mettaient en boule.
3. **Lynchage :** action d'un groupe qui frappe très violemment ou met à mort quelqu'un.
4. **Frénésie :** agitation, violence.

mesure. Et à l'aube, on trouvait au milieu de la rue des cadavres méconnaissables et souillés.

Le problème des jeunes ! Cet éternel tourment, qui depuis des millénaires s'était résolu sans drame de père en fils, explosait finalement. Les journaux, la radio, la télévision, les films y étaient pour quelque chose. On flattait les jeunes, on les plaignait, ils étaient adulés[1], exaltés, encouragés à s'imposer au monde de n'importe quelle façon. Jusqu'aux vieux qui, apeurés devant ce vaste mouvement des esprits, y participaient pour se créer un alibi, pour faire savoir – mais c'était bien inutile – qu'ils avaient cinquante ou soixante ans, ça oui, mais que leur esprit était encore jeune et qu'ils partageaient les aspirations et les souffrances des nouvelles recrues. Ils se faisaient des illusions. Ils pouvaient bien raconter ce qu'ils voulaient, les jeunes étaient contre eux, les jeunes se sentaient les maîtres du monde, les jeunes, en toute justice, réclamaient le pouvoir jusqu'alors tenu par les patriarches[2]. « L'âge est un crime », tel était leur slogan.

« Chasseurs de vieux », ***Le K***, 1966, © Éditions Robert Laffont,
traduit de l'italien par Jacqueline Remillet ■

3 questions pour vous guider...

1. Après avoir lu l'extrait, justifiez le titre de la nouvelle « Chasseurs de vieux » et indiquez le problème qu'elle décrit.
2. Comment se comportent les jeunes à l'égard de Roberto ? Que lui reprochent-ils ?
3. Quel est plus largement « le problème des jeunes » (l. 43) ?

---

1. Adulés : adorés.

2. Patriarches : ancêtres, aînés d'une lignée.

DOC 6

JEAN-PIERRE LE GOFF

Mai 1968, l'héritage impossible

Selon le philosophe Jean-Pierre Le Goff (né en 1949), Mai 68 a créé une rupture générationnelle entre des aînés marqués par des guerres violentes et des jeunes vivant dans l'insouciance de la société de consommation.

[Des changements considérables depuis Mai 1968]

Une rupture générationnelle sans précédent

En l'espace d'une génération, les changements intervenus sont considérables, et ils ne concernent d'ailleurs pas seulement la France : « Aucune génération n'a jamais connu, assimilé des changements aussi rapides, écrit l'anthropologue[1] américaine Margaret Mead ; aucune n'a vu les sources de l'énergie, les moyens de communication, la définition de l'humanité, les limites de l'univers explorable, les certitudes d'un monde connu et limité, les impératifs fondamentaux de la vie et de la mort se transformer à ce point sous ses yeux. » Ce qui faisait la familiarité du monde disparaît. Le passé et l'expérience des aînés ne servent plus de référence pour s'orienter dans le monde moderne, éclairer l'avenir des jeunes générations. La continuité de l'expérience est rompue.

En invoquant leur propre jeunesse, les parents des années soixante se trompent d'époque : « Récemment les aînés pouvaient encore dire : Vous savez j'ai été jeune, mais vous, vous n'avez jamais été vieux. Aujourd'hui les jeunes gens peuvent répondre : Vous n'avez jamais été jeunes dans le monde où, moi, je suis jeune, et vous ne le serez jamais. » Si antérieurement, les contradictions entre générations ont toujours existé, dans les années soixante, elles parviennent à un point de rupture.

Il est un changement particulier qui marque ce « fossé générationnel ». Antérieurement, la solidité des liens qui unissaient

1. **Anthropologue :** spécialiste de l'étude des différents types humains.

les mêmes membres d'une même collectivité impliquait des épreuves et des souffrances partagées. Défendre les idéaux et les croyances communes pouvait aller jusqu'au sacrifice individuel, à l'image de l'héroïsme des ancêtres. Qu'en est-il de cet engagement face à la mort dans une société d'abondance[1] ? Quels sont les idéaux pour lesquels on serait prêt à se sacrifier ? Certes, le souvenir de la guerre, de ses privations et de ses horreurs est toujours bien présent. De multiples livres témoignent de la barbarie nazie et des jours sombres de l'occupation. En 1955, le film *Nuit et brouillard* d'Alain Resnais avait ravivé l'émotion. Mais le discours tenu aux jeunes générations est pour le moins paradoxal : il fait coexister un rappel de dette sacrificielle et un appel à profiter de la richesse nouvelle sans trop se soucier du reste. Le rappel de la dette passée commence à tourner à vide au regard du conformisme[2] et de la satisfaction béate dans lesquels la société paraît s'installer. Si les images des sacrifices et des guerres passés sont bien présentes dans les mémoires, elles servent désormais de contrepoint[3] pour valoriser le présent. Pour les jeunes, l'identification devient impossible.

Mai 1968, l'héritage impossible, 1998, © Éditions La Découverte ■

3 questions pour vous guider...

1. Quels sont les changements considérables intervenus en l'espace d'une génération (l. 1-13) ?
2. Quel changement particulier marque ce « fossé générationnel » (l. 22) ?
3. « Pour les jeunes, l'identification devient impossible » (l. 41-42) : pour quelle(s) raison(s) les jeunes ne peuvent-ils pas se reconnaître dans leurs aînés ?

1. **Société d'abondance :** société de consommation, qui propose aux consommateurs toutes sortes de produits, en grandes quantités.
2. **Conformisme :** attitude passive qui consiste à accepter les idées à la mode.
3. **De contrepoint :** de parallèle, comparaison.

DOC **7**

ANONYME
Affiche de Mai 1968

[Une lutte pour s'exprimer]

Réalisée en mai 1968 par les étudiants en grève de l'atelier des Beaux-Arts de Paris, cette affiche proteste avec force contre le régime du général de Gaulle. Selon eux, la France se meurt étouffée par le conflit de générations, car les vieux empêchent les jeunes de s'exprimer et de vivre librement CAHIER PHOTOS • p. I.

3 questions pour vous guider...

1. Quelles sont les composantes de l'image ?
2. Que représente l'ombre derrière le jeune homme ?
3. Pourquoi le slogan emploie-t-il le tutoiement ? Quel problème particulier révèle-t-il du conflit des générations ?

DOC **8**

LUC BRONNER
Le jugement sévère des Français sur la jeunesse

Dans cet article paru dans le quotidien Le Monde, *le journaliste Luc Bronner commente les résultats d'un sondage sur ce que l'opinion publique pense de la jeunesse française. Selon lui, les Français sont sévères à l'égard des jeunes générations qui ne partagent plus les mêmes valeurs que les plus âgés. Le fossé se creuse entre jeunes et vieux.*

[L'abandon des valeurs traditionnelles]

La fracture entre les générations serait-elle en train de se creuser ? Un sondage réalisé par Ipsos-Logica Business Consulting à l'occasion du premier colloque sur « les enjeux de l'élection présidentielle[1] », organisé, jeudi 24 novembre, par *Le Monde* à Bordeaux, montre que l'opinion publique française porte un regard compatissant mais critique sur la situation de la jeunesse en France.

Réalisée par téléphone auprès d'un échantillon représentatif de 1 014 personnes, les 18 et 19 novembre, l'enquête, réalisée en partenariat avec France Inter, dresse le portrait d'une société qui peine à comprendre sa jeunesse.

Une conscience aiguë des difficultés de la jeunesse

Les personnes interrogées n'ont pas de doute sur la situation pénible des jeunes Français dans un contexte de crise économique et sociale durable, marqué par un taux de chômage supérieur à 20 %. « *Sans surprise, un consensus se dégage sur l'idée que les jeunes d'aujourd'hui sont confrontés à de grandes difficultés et que leur situation est plus difficile qu'auparavant* », souligne Christelle Craplet, directrice d'études à Ipsos.

Ainsi, 81 % des personnes interrogées estiment qu'il est « *difficile d'être un jeune aujourd'hui en France* » ; 71 % pensent que leur situation s'est détériorée par rapport aux générations précédentes. Une dégradation particulièrement ressentie en matière d'emploi (plus difficile qu'avant pour 92 % des sondés), de logement (89 %) ou de pouvoir d'achat[2] (84 %) – domaines pour lesquels la solidarité familiale ne compense que partiellement la difficulté à s'insérer professionnellement. Les seuls points d'amélioration perçus concernent des thèmes plus secondaires, notamment les loisirs ou les relations amoureuses.

Un discours critique sur le comportement des jeunes

À la question « *Avez-vous le sentiment que les jeunes d'aujourd'hui sont différents de ce que vous étiez vous-même au même âge ?* », 83 % répondent « *plutôt différents* » ou « *très différents* ». Un résultat sans

1. Il s'agit alors de l'élection présidentielle de mai 2012 qui a vu la victoire du candidat socialiste François Hollande.

2. Pouvoir d'achat: capacité à partir d'un revenu déterminé de pouvoir acquérir des biens et des services.

surprise. Mais cette perception s'accompagne de jugements sévères sur cette jeunesse «*différente*». Dans l'ensemble, les jeunes sont jugés égoïstes (63%), paresseux (53%) et intolérants (53%). Des qualificatifs confirmés par les moins de 30 ans, lesquels se jugent eux-mêmes égoïstes (70%), paresseux (65%) et intolérants (51%) – ce qui témoigne d'une image dégradée, y compris au sein de la jeunesse elle-même.

Signe d'une société vieillissante ? Les plus anciens témoignent de leur incompréhension face à une jeunesse dont les codes, les habitudes, les modes de vie ne sont pas compris. Le signe aussi d'une société qui craint sa jeunesse et sa capacité à bousculer l'ordre : les jeunes ne sont pas perçus comme disciplinés mais jugés révoltés, selon une large majorité de sondés (70%) – alors même que, contrairement aux «indignés[1]» espagnols ou aux manifestations en Grèce[2], aucun mouvement important de jeunes n'a eu lieu en France depuis les dernières grandes mobilisations lycéennes en 2008 ou 2006.

«Le jugement sévère des Français sur la jeunesse»,
Le Monde, 23.11.2011

3 questions pour vous guider...

1. Pour quelles raisons la situation des jeunes générations s'est-elle dégradée en France par rapport à celle de leurs aînés ?
2. Expliquez la phrase suivante : « l'opinion publique française porte un regard compatissant mais critique sur la situation de la jeunesse en France » (l. 5-6).
3. Quelles critiques sont adressées, dans le dernier paragraphe, aux anciens ? puis aux jeunes ?

1. **«Indignés» :** mouvement espagnol de contestation politique et sociale qui est né en 2011 et qui lutte notamment contre l'austérité.

2. **Manifestations en Grèce :** manifestations qui, à partir de 2010, s'élevaient contre la crise financière et les mesures d'austérité exigées par l'Europe.

C Comment rapprocher les générations ?

Pourtant, les générations ne sont pas condamnées à une perpétuelle incompréhension. Pour la sociologue Monique Dagnaud DOC 9 • p. 24, contrairement à la vision réductrice que les médias diffusent, les générations semblent de nos jours sur la voie de la réconciliation : personnes âgées et jeunes dialoguent volontiers en cherchant à reconstruire ensemble une société autour de valeurs communes. Devant les crises économiques qui fragilisent chacun, Jean-Loup Thiébaut rapporte les propositions du sociologue Serge Guérin DOC 10 • p. 27 pour retisser le lien intergénérationnel. Les relations entre générations doivent être repensées pour que la société soit plus solidaire.

DOC 9

SANDRA LORENZO

Conflits de générations ? Les relations « jeunes » et « vieux » sont bien plus apaisées que les Enfoirés ne le chantent

Au début de l'année 2015, le clip de « Toute la vie », la nouvelle chanson des Enfoirés dont les ventes permettent de récolter des fonds pour Les Restos du Cœur, créa une vive polémique en opposant vieilles et jeunes générations. Pour le quotidien en ligne The Huffington Post, *Sandra Lorenzo interroge la sociologue Monique Dagnaud sur une telle vision de la situation : les générations ne seraient-elles pas plutôt sur la voie de la réconciliation ?*

[Vers une réconciliation des générations]

GÉNÉRATION – Les jeunes à gauche, les vieux à droite se font face. Au fil de la chanson les deux groupes se lancent dans une joute[1] verbale. Les « jeunes » reprochent aux « vieux » qui ont « tout, paix, liberté, plein emploi », de leur laisser un monde instable et

1. **Une joute :** un affrontement.

embrumé avec « chômage, violence et sida ». En guise de défense, les aînés expliquent qu'eux n'ont « rien volé » pour en arriver là et que la jeunesse a « une chance inouïe », celle d'avoir « toute la vie » devant elle. Cette scène qui a fait couler tant d'encre, c'est la dernière chanson des Enfoirés écrite par Jean-Jacques Goldman[1].

Taxé de réactionnaire, ce nouveau titre a créé un véritable tollé[2] sur les réseaux sociaux, surtout chez certains jeunes qui demandaient au compositeur à succès de s'expliquer. Jean-Jacques Goldman a donc fini par répondre par communiqué ce vendredi 27 février. « Les Enfoirés jouent le rôle des adultes qui leurs répondent (aux jeunes ndlr) comme souvent : en se dédouanant[3] et avec mauvaise foi, mais en espérant qu'ils feront mieux ». « Le fait que la jeunesse nous demande des comptes me semble la moindre des choses », explique-t-il en concluant que l'important est de faire « confiance à l'avenir ». Confiance en l'avenir ? C'est justement bien là le problème pour la jeune génération comme l'explique Monique Dagnaud, directrice de recherche émérite[4] au CNRS et auteure de *Génération Y*[5], *les jeunes et les réseaux sociaux : de la dérision à la subversion* en 2013 interrogée sur cette question par *Le HuffPost*.

Que pensez-vous du conflit générationnel représenté dans la chanson des Enfoirés ? Est-il conforme à la réalité française ?

Le conflit générationnel est mis en scène d'une manière incroyablement réductrice dans cette chanson. L'idée qu'il y a un conflit et que l'on va s'affronter est datée. La réponse apportée aux critiques des jeunes est sympathique, un peu toute faite, un peu rapide et bien pensante. J'ai été assez surprise de voir que ce titre avait suscité tant de réactions. Nombreuses sont les chansons qui

---

1. **Jean-Jacques Goldman :** chanteur et compositeur français (né en 1951), membre historique de l'association caritative Les Restos du Cœur et meneur de la troupe musicale des Enfoirés.
2. **Un tollé :** une protestation.
3. **Se dédouanant :** se dégageant de toute responsabilité.
4. **Émérite :** fonctionnaire qui a pris sa retraite mais qui jouit encore du prestige de son titre.
5. **Génération Y :** personnes nées à la fin des années 1970 et au début des années 1980 et qui suivent la génération « X », dite des baby-boomers.

disent des choses approximatives, qui font des raccourcis. Après tout ce n'est qu'une chanson. Une chanson qui n'est pas d'une profondeur exceptionnelle, une chanson assez clichée.

La grande différence entre les baby-boomers[1] et la génération d'aujourd'hui, c'est qu'à l'époque on pouvait trouver plus facilement du travail peu importe le diplôme. Cette génération avait en sa possession un trésor, la perspective que l'avenir était grand ouvert. Nous vivions dans un monde très optimiste. La vraie différence aujourd'hui, c'est la perception de l'avenir, elle a complètement changé.

[...]

Dans une tribune publiée dans *Le Monde* en juillet 2014, vous dites que du côté des jeunes Français, on ne voit « nulle révolte à l'horizon ». Entre les baby-boomers et leurs enfants, il n'y a donc pas de conflit ouvert ?

Entre les baby-boomers et leurs parents, il y avait un conflit sur les valeurs, sur le mode de vie, sur la liberté sexuelle et affective. Aujourd'hui, en règle générale, les parents et les enfants se retrouvent sur un socle de valeurs. Au sein des familles, la plupart du temps, les parents sont solidaires des choix de leurs enfants. Les rapports entre les parents et les enfants se sont beaucoup pacifiés. Les parents sont plus tolérants envers leurs enfants, ils acceptent mieux par exemple leur copain, leur copine. Les enfants, de leur côté, même s'ils déplorent parfois que leurs parents aient des vies personnelles compliquées, n'en font pas trop le reproche. Il n'y a pas un clivage[2] très profond entre les deux générations de ce point de vue.

Le conflit se trouve plutôt sur le terrain de l'insertion dans la société. Aujourd'hui, les premiers emplois quand ils existent

1 Baby-boomers : génération née juste après la Seconde Guerre mondiale et durant les trente années très prospères, dites Trente Glorieuses, qui ont suivi.

2. Un clivage : une forte division.

sont des contrats à durée déterminée ou des stages. Une grande partie de la jeunesse est inquiète pour son avenir, pour sa capacité à créer une famille, à vivre bien, à trouver une place dans la société. C'est d'ailleurs une inquiétude partagée par les parents. Objectivement, on peut dire que la situation de la jeunesse aujourd'hui est bien plus difficile que celle de leurs parents ou grands-parents au même âge.

«Conflits de générations ? Les relations "jeunes" et "vieux" sont bien plus apaisées que les Enfoirés ne le chantent», 28 février 2015, © *Le Huffington Post* ■

3 questions pour vous guider...

1. Pour quelles raisons la sociologue Monique Dagnaud juge-t-elle le conflit générationnel mis en scène dans la vidéo des Enfoirés très réducteur (l. 27-35) ?
2. La sociologue compare le conflit qui opposait autrefois les baby-boomers à leurs parents à celui qui oppose aujourd'hui les jeunes à leurs propres parents. Dans un tableau en deux colonnes, relevez ce qui caractérise chacun de ces conflits puis comparez-les.
3. Pour quelles raisons parents et enfants s'entendent-ils mieux de nos jours (l. 49-58) ?

DOC **10**

JEAN-LOUP THIÉBAUT

Mettre fin à la «guerre des générations» par la solidarité

Dans cet article, le journaliste Jean-Loup Thiébaut présente les solutions proposées par le sociologue Serge Guérin pour réduire la fracture entre les générations. Le sociologue plaide en particulier pour une plus grande solidarité entre les générations.

[La solidarité entre générations]

Vieillissement démographique, chômage élevé, accroissement des inégalités, fractures territoriales... La société française en crise fait face à de multiples défis socio-économiques que son modèle d'État providence[1] a bien du mal à relever.

Sociologue, spécialiste du vieillissement de la société, Serge Guérin nous fait découvrir de manière fluide les stratégies économiques et sociales des exclus de la mondialisation. En marge des métropoles créatrices de richesses, délaissée par un État endetté, la « France d'en bas[2] » prend son destin en main et invente une société plus solidaire.

Produire la convivialité

Ainsi, une économie de coopération et de proximité se développe à contre-courant des objectifs de rentabilité financière. Parmi les formules à succès, on retrouve le covoiturage qui s'est popularisé grâce au site BlaBlaCar. En pleine croissance, les Associations pour le maintien d'une agriculture paysanne (AMAP) permettent de souscrire à un panier de fruits et légumes produit par des producteurs locaux sans passer par un magasin. Ces différentes formes d'organisations permettent de faire des économies d'argent, de prendre en compte la nature et de produire de la convivialité.

L'économie solidaire se fonde aussi sur le monde associatif et les entreprises sociales et solidaires. Ce secteur comble les carences[3] de l'économie de marché[4], qui ne répond pas nécessairement aux attentes de la société, et les absences d'un État limité. Les enjeux

1. **État providence :** ensemble des interventions sociales et économiques d'un État pour assurer le bien-être de ses concitoyens.
2. Expression devenue courante et souvent méprisante inventée par Jean-Pierre Raffarin puis employée par Jacques Chirac lors de la campagne électorale de 2002 pour désigner les classes populaires.
3. **Carences :** manques.
4. **Économie de marché :** système économique où les décisions de produire, d'échanger et d'attribuer des biens sont déterminées par le libre jeu du marché économique.

économiques et politiques sont importants : le secteur des entreprises sociales et solidaires représente 10 % du PIB[1] et emploi 2,35 millions de personnes, *« c'est-à-dire plus que les entreprises du CAC 40 »*, rappelle l'auteur. Les associations se substituent à l'État et aux collectivités territoriales – qui n'estiment plus être capables d'effectuer, par manque d'argent ou de compétences – dans de nombreuses tâches sociales, culturelles et écologiques. Serge Guérin décrit ainsi un nouvel *« État providence décentralisé et délégué »*.

Transition démographique

La solidarité apporte aussi des solutions aux conflits de générations. Les plus de 60 ans représenteront 35 % de la population française en 2050 contre 23 % aujourd'hui : l'auteur insiste sur les conséquences de cette transition démographique, enjeu économique mais aussi de cohésion sociale. Au lieu d'opposer les actifs, dont le taux de cotisation augmente, aux baby-boomers privilégiés et aux personnes âgées malades ou dépendantes, Serge Guérin envisage le vieillissement et l'aide à la personne comme un facteur de développement, un *« levier de transformation des services publics »*.

Il constate que, déjà, les seniors[2] sont fortement impliqués dans la vie économique et sociale : la majorité des centaines de milliers de bénévoles sont des retraités. Au quotidien, ils jouent le rôle de *« filet de protection sociale »* lorsqu'ils apportent du soutien aux plus démunis, comme dans les associations des Petits frères des Pauvres, Emmaüs ou ATD Quart Monde. Ils participent aussi à la transmission des savoirs, tant au sein des entreprises, que par l'accompagnement de jeunes entrepreneurs et chômeurs.

« Mettre fin à la "guerre des générations" par la solidarité »,
14 janvier 2014, DR ■

1. PIB : produit intérieur brut, qui désigne la valeur totale de tous les biens et services produits dans un pays donné au cours d'une année donnée.

2. Seniors : classe la plus âgée de la population.

3 questions pour vous guider...

1. Relevez dans les lignes 5 à 21, deux « formules à succès » de l'économie de coopération et de proximité.
2. Quelles sont les solutions envisagées par le sociologue pour combler le fossé entre les générations (l. 35-43) ?
3. Pourquoi, selon le sociologue, le vieillissement de la population ne constitue-t-il pas un obstacle mais un facteur de développement économique ?

VERS L'EXAMEN

THÈME • *La fracture entre générations*

> Synthèse de documents

Comparez puis faites la synthèse des documents 4, 6, 8 et 10.

> Écriture personnelle

Selon vous, le conflit entre les générations est-il inévitable ? Appuyez-vous sur les documents cités, sur vos lectures et sur vos connaissances personnelles pour répondre.

VERS L'EXAMEN

THÈME • *Comment transmettre les valeurs d'une génération à une autre ?*

> Synthèse de documents

Comparez puis faites la synthèse des documents 3, 4, 6 et 10.

> Écriture personnelle

Selon vous, comment peut-on développer les liens entre les générations ?
Appuyez-vous sur les documents cités, sur vos lectures et sur vos connaissances personnelles pour répondre.

ENQUÊTES sur LE WEB

SUJET 1 Réconcilier les générations

Les générations sont-elles condamnées à se faire la guerre ? Si la différence d'âge crée tout naturellement un fossé entre les jeunes et les personnes plus âgées, il existe de nombreuses initiatives citoyennes sur Internet pour rapprocher les générations. Repenser les liens intergénérationnels permettra, à terme, de créer une société plus solidaire.

Les sites à explorer

- **Le site de l'Observatoire des inégalités**
  http://www.inegalites.fr/spip.php?page=article&id_article=1521
  Cet Observatoire des inégalités est chargé de signaler toute violation du principe d'égalité entre les citoyens. En 2011, il a organisé une conférence qui a réuni des sociologues spécialisés dans les relations intergénérationnelles. Cette page résume leurs interventions.
- **La documentation française : la famille, espace de solidarité entre les générations**
  http://www.ladocumentationfrancaise.fr/var/storage/rapports-publics/064000404.pdf
  À l'issue de la Conférence de la famille réunie en 2006, Philippe Bas, alors ministre délégué à la Ville, a commandé un rapport sur la famille comme espace de solidarité entre générations. Ce site propose l'intégralité du rapport.

VERS L'EXPOSÉ

Comment rapprocher les générations ?

En lisant le résumé de la conférence de l'observatoire des inégalités et en vous appuyant notamment sur la lettre de mission adressée au président de la République, expliquez pour quelles raisons la solidarité entre générations devient une nécessité sociale.

SUJET 2 Transmettre les valeurs d'une génération à l'autre

Le conflit entre générations n'est pas une fatalité. Les générations s'appuient sur la transmission des valeurs pour développer et renforcer leurs liens : les plus âgés apprennent aux plus jeunes et, inversement, les plus jeunes partagent leurs savoirs avec leurs aînés. Le fossé entre générations se comble peu à peu. Mais quelles sont les valeurs transmises ? Et comment transmet-on d'une génération à l'autre ?

Les sites à explorer

- **Le site Notre Temps pour transmettre aux générations futures**
  http://www.notretemps.com/loisirs/concours-adphile-2014-laureats,i61185
  En 2014, le site pour retraités, Notre Temps, a organisé un concours très particulier : il s'agissait de sélectionner la meilleure lettre écrite par une personne âgée pour transmettre ses valeurs aux jeunes. Les plus belles lettres sont présentées sur cette page.
- **Site de l'Unesco sur les responsabilités des générations présentes envers les générations futures**
  http://portal.unesco.org/fr/ev.php-URL_ID=13178&URL_DO=DO_TOPIC&URL SECTION=201.html
  En 1997, le site de l'Unesco (Organisation des Nations unies pour l'éducation, la science et la culture) a mis en ligne une déclaration qui souligne les devoirs et responsabilités des générations présentes envers les générations à venir. Les premières doivent transmettre aux secondes un ensemble de valeurs destinées notamment à préserver l'environnement.

VERS L'EXPOSÉ

Quelles valeurs transmettre d'une génération à une autre ?

Le fossé entre générations peut être comblé par le dialogue qui constitue le meilleur moyen de transmettre des valeurs. Le savoir et l'expérience acquis par une génération peuvent permettre à une autre de mieux affronter l'avenir. En vous appuyant sur les deux pages web ci-dessus, présentez dans une première partie les valeurs que les anciens peuvent transmettre aux plus jeunes. Dans une seconde partie, présentez les solutions des plus jeunes pour préparer l'avenir des générations futures

CHAPITRE 2

L'**égalité entre hommes et femmes** : une réalité ?

On ne naît pas femme ; on le devient.

Simone de Beauvoir, *Le Deuxième Sexe* (1949),

La domination masculine, qu'elle soit politique, sociale, économique ou familiale, détermine la place des femmes dans la société depuis toujours. Ces dernières décennies ont cependant vu de grandes avancées dans le rétablissement des droits des femmes à travers le monde. Mais peut-on dire pour autant que la femme est devenue l'égale de l'homme ? L'émancipation des femmes est-elle une question qui relève du passé ou demeure-t-elle d'actualité ? S'agit-il d'une véritable conquête ou d'une illusion ? Comment les hommes voient-ils ces changements ? Empêchent-ils les femmes de se libérer ou favorisent-ils au contraire leur indépendance ?

Pour répondre à ces questions, il faut tout d'abord se pencher sur l'histoire des inégalités entre hommes et femmes. Au fil des siècles, l'homme s'est vu attribuer le premier rôle alors que la femme, souvent privée d'instruction, s'est trouvée limitée aux tâches domestiques.

Conscientes de cette situation, les femmes ont progressivement cherché à s'émanciper tout au long du XXe siècle, en acquérant en premier lieu le droit de vote. Elles ont par la suite mené des combats révolutionnaires afin de se libérer de leur statut de femme au foyer, et de travailler pour acquérir une indépendance financière.

Pourtant, si de nombreuses victoires ont été remportées, la lutte est loin d'être achevée. En ce début du XXIe siècle, les emplois réservés aux femmes restent fragiles, souvent subalternes, et la plupart du temps moins bien payés que ceux des hommes. Trop nombreuses, les inégalités subsistent.

A Une situation inégalitaire dénoncée depuis des siècles

Considérées comme inférieures aux hommes, comme le montre Françoise de Graffigny DOC 11 • p. 35 dans la France de l'Ancien Régime, les femmes sont victimes d'une éducation au rabais, n'ont pas droit à la même instruction que les hommes et sont limitées à des rôles domestiques.

Pour Pierre Bourdieu DOC 12 • p. 37, cette place inférieure s'explique ainsi : la société est fondée sur le patriarcat[1], qui réserve le pouvoir de décider aux hommes et limite les activités des femmes.

C'est pourquoi, selon Simone de Beauvoir DOC 13 • p. 41, il est grand temps, à la fin de la Seconde Guerre mondiale, que les femmes se libèrent de cette société patriarcale qui les exploite et qui les empêchent de s'exprimer.

DOC **11**

FRANÇOISE DE GRAFFIGNY
Lettres d'une Péruvienne

Triomphal succès à leur parution au XVIIIe siècle, les Lettres d'une Péruvienne *de Françoise de Graffigny (1695-1758) dénoncent les préjugés de la société française d'Ancien Régime en s'appuyant sur les lettres de Zilia, une jeune Péruvienne exilée en France. Écrivant à son amant resté au Pérou, la jeune fille découvre l'injuste condition réservée aux femmes en France, à commencer par la manière dont elles sont éduquées dès leur plus jeune âge.*

[Une éducation au rabais]

Je ne sais quelles sont les suites de l'éducation qu'un père donne à son fils, je ne m'en suis pas informée. Mais je sais que, du moment que[1] les filles commencent à être capables de recevoir des

---

1. **Patriarcat :** modèle de société organisé en fonction de l'appartenance à la lignée paternelle.

instructions, on les enferme dans une maison religieuse pour leur apprendre à vivre dans le monde[2] ; que l'on confie le soin d'éclairer[3] leur esprit à des personnes auxquelles on ferait peut-être un crime d'en avoir, et qui sont incapables de leur former le cœur, qu'elles ne connaissent pas.

Les principes de religion, si propres à servir de germe à toutes les vertus, ne sont appris que superficiellement et par mémoire. Les devoirs à l'égard de la divinité ne sont pas inspirés avec plus de méthode. Ils consistent dans de petites cérémonies d'un culte extérieur, exigées avec tant de sévérité, pratiquées avec tant d'ennui, que c'est le premier joug[4] dont on se défait en entrant dans le monde ; et si l'on en conserve encore quelques usages[5] à la manière dont on s'en acquitte[6], on croirait volontiers que ce n'est qu'une espèce de politesse que l'on rend par habitude à la divinité. [...]

Régler les mouvements du corps, arranger ceux du visage, composer l'extérieur, sont les points essentiels de l'éducation. C'est sur les attitudes plus ou moins gênantes de leurs filles que les parents se glorifient de les avoir bien élevées. [...]

Quand tu sauras qu'ici l'autorité est entièrement du côté des hommes, tu ne douteras pas, mon cher Aza, qu'ils ne soient responsables de tous les désordres de la société. Ceux qui, par une lâche indifférence, laissent suivre à leurs femmes le goût qui les perd, sans être les plus coupables, ne sont pas les moins dignes d'être méprisés ; mais on ne fait pas assez d'attention à ceux qui, par l'exemple d'une conduite vicieuse[7] et indécente, entraînent leurs femmes dans le dérèglement[8], ou par dépit ou par vengeance.

Et en effet, mon cher Aza, comment ne seraient-elles pas révoltées contre l'injustice des lois qui tolèrent l'impunité[9] des hommes, poussée au même excès que leur autorité ? Un mari, sans craindre aucune punition, peut avoir pour sa femme les manières les plus

1. Du moment que : à partir du moment où.
2. Le monde : la haute société de l'époque.
3. D'éclairer : d'éveiller.
4. Le joug : la servitude.
5. Usages : manières, politesses.
6. Dont on s'en acquitte : dont on les accomplit.
7. Vicieuse : condamnable moralement.
8. Le dérèglement : l'immoralité.
9. Impunité : caractère de ce qui demeure impuni.

rebutantes[1] ; il peut dissiper en prodigalités[2], aussi criminelles qu'excessives, non seulement son bien, celui de ses enfants, mais même celui de la victime qu'il fait gémir presque dans l'indigence[3] par une avarice pour les dépenses honnêtes, qui s'allie très communément ici avec la prodigalité. Il est autorisé à punir rigoureusement l'apparence d'une légère infidélité, en se livrant sans honte à toutes celles que le libertinage lui suggère. Enfin, mon cher Aza, il semble qu'en France les liens du mariage ne soient réciproques qu'au moment de la célébration, et que dans la suite les femmes seules y doivent être assujetties[4].

Lettres d'une Péruvienne, Lettre XXIV, 1747 ■

3 questions pour vous guider...

1. Relevez trois exemples qui montrent que les femmes reçoivent une éducation au rabais.
2. « L'autorité est entièrement du côté des hommes » : relevez trois exemples de comportements masculins qui le prouvent (l. 22-43).
3. Pourquoi l'auteur donne-t-elle la parole à une femme pour dénoncer les inégalités ?

DOC **12**

Pierre Bourdieu
L'Homme décide, la femme s'efface

Pierre Bourdieu (1930-2002) s'interroge dans La Domination masculine *sur les causes profondes des inégalités entre hommes et femmes. Dans un entretien accordé à l'hebdomadaire* Télérama, *le sociologue fait un parallèle avec les rites de la société kabyle d'Afrique du Nord : il met ainsi en évidence le caractère universel de la répartition inéquitable des rôles entre les sexes.*

[Une distribution inéquitable des rôles]

---

1. Rebutantes : indignes, irrespectueuses.
2. Dissiper en prodigalités : dépenser sans compter.
3. L'indigence : la pauvreté.
4. Assujetties : soumises.

TÉLÉRAMA : Pourquoi ce détour par la société kabyle[1] pour analyser la domination masculine dans nos sociétés ? Et qu'est-ce que le paysan kabyle nous révèle de nous-mêmes ?

PIERRE BOURDIEU : Ce problème du rapport entre les sexes nous est tellement intime que l'on ne peut pas l'analyser par le seul retour réflexif sur soi-même. Sauf capacités exceptionnelles, une femme ou un homme ont beaucoup de mal à accéder à la connaissance de la féminité ou de la masculinité, justement parce que c'est consubstantiel[2] à ce qu'ils sont. C'est pourquoi j'ai jugé indispensable ce détour par la société kabyle, apparemment très éloignée, en réalité très proche. Je l'ai étudiée longuement naguère[3], du dehors et avec beaucoup de sympathie. J'ai pu en reconstituer le mode de pensée. Mode de pensée qui est encore présent en nous. Par exemple, pour les rites de fécondité[4], on cuisine des aliments qui gonflent. On les retrouve en Kabylie, pour les fêtes de mariage, de circoncision ou pour l'ouverture des labours. Et, dans mon enfance, à mardi gras, on faisait des beignets, c'est-à-dire des choses qui gonflent : comme le ventre de la femme ou le grain en gestation dans la terre, mais aussi comme le phallus[5], signe de la puissance fécondante masculine. Cette civilisation méditerranéenne est très vivante chez tous les hommes... et chez toutes les femmes ! Car les structures de pensée dominantes s'imposent aussi aux dominés.

TRA : Et c'est en pensant aux Kabyles que, par exemple, vous vous êtes souvenu de la façon dont on tuait le cochon dans votre Béarn natal. Pourriez-vous raconter ?

P. B. : Dans la cérémonie – car c'en était une – de la mort du cochon, les hommes avaient un rôle bref, spectaculaire, ostentatoire[1] : ils poursuivaient le cochon, ils portaient le coup de couteau, ça criait, le cochon gueulait, le sang coulait... Et puis après, les

---

1. **Kabyle :** originaire de la Kabylie, région berbère d'Algérie.
2. **Consubstantiel :** naturellement intégré.
3. **Naguère :** récemment.
4. **Rites de fécondité :** rites ancestraux encourageant à la procréation.
5. **Phallus :** représentation symbolique du sexe masculin.
6. **Ostentatoire :** démonstratif.

hommes se reposaient, jouaient aux cartes pendant deux jours tandis que les femmes s'affairaient à découper, fabriquer les boudins, les saucisses, les saucissons, les jambons. Comme en Kabylie, pour la cueillette des olives l'homme arrive avec une grande gaule[1], symbole masculin, d'accord, mais surtout il frappe les branches, acte bref, masculin, ça dure dix minutes, et ensuite la femme et les enfants ramassent les olives sous le soleil des journées entières. De cette opposition entre le haut et le bas, le spectaculaire et le minutieux découlent des tas de préjugés. On dira que les femmes aiment les petites tâches, qu'elles aiment se baisser, se courber, qu'elles sont aussi un peu mesquines. On fait comme si elles aimaient ce qu'elles sont condamnées à faire ; et, d'ailleurs, elles finissent par l'aimer puisqu'elles ne connaissent pas autre chose.

TRA : À quels gestes très contemporains associeriez-vous celui de l'homme qui tue le cochon ?

P. B. : Je le vois dans toutes les oppositions qui dessinent la division des sexes : le patron qui décide et la secrétaire qui assure le suivi, discontinu/continu, spectaculaire, éclatant, brillant/routinier, monotone, obscur… comme dit Verlaine « les travaux humbles et faciles[2] ! » Les Kabyles disent « la femme se débat comme la mouche dans le petit-lait[3], personne ne la voit ». Dans nos sociétés, même dans l'espace domestique, les hommes sont sollicités pour prendre les grandes décisions, mais ces décisions sont préparées par les femmes. Nous avons pu observer qu'à l'occasion de l'achat d'une maison, dans tous les milieux, les hommes ne s'abaissent pas à se renseigner, ils laissent aux femmes le soin de poser les questions, de demander les prix, et si ça va, ça va, si ça ne va pas, c'est elles qui ont tort. Par des milliers de petits détails de ce genre, les femmes s'effacent ou sont effacées, et cela d'autant plus qu'elles sont de milieu plus modeste. L'origine sociale redouble cet effet. C'est

1. Gaule : très longue perche.
2. Il s'agit d'une expression du poète Paul Verlaine (1844-1896) tiré du recueil *Sagesse* dont voici le vers exact : « La Vie humble aux travaux ennuyeux et faciles ».
3. Petit-lait : liquide jaunâtre apparaissant avant la coagulation du lait.

d'autant plus indécrottable que personne n'y met ni méchanceté ni mauvaise volonté.

TRA : La masculinité fonctionnerait alors comme une noblesse ?

P. B. : Oui. Elle a toutes les propriétés de la noblesse. Tout ce que valorisent les Kabyles – le sens de l'honneur, le devoir de garder la face[1] – sont les valeurs viriles de noblesse, d'excellence... [...] On me dit souvent pessimiste. Non ! Je veux seulement montrer combien sont profondes les racines de l'opposition masculin/féminin. Elle est liée à toutes les oppositions fondamentales sur lesquelles reposent notre éthique (élevé/bas, droit/tordu, etc.) et notre esthétique (chaud/froid – on le dit des couleurs –, raide/souple, etc.). Regardez dans l'Université, la séparation entre les disciplines : les sciences dites dures sont du côté masculin. Et d'une femme qui fait des mathématiques on dit que ce n'est pas bon pour elle, que c'est « desséchant », ce qui veut dire aussi stérile, elle n'aura pas d'enfants, elle restera célibataire...

« Entretien avec Pierre Bourdieu » par Catherine Portevin,
paru dans *Télérama* du 22 juillet 1998 ■

3 questions pour vous guider...

1. Relevez deux exemples qui montrent l'inégalité des rôles entre l'homme et la femme dans la société kabyle (l. 26-53).
2. Relevez un exemple qui illustre cette inégalité dans les sociétés occidentales. Quel préjugé en découle ?
3. Pourquoi Bourdieu parle-t-il de « noblesse » à propos de la position de l'homme dans la société (l. 62-76) ?

---

1. **Garder la face :** rester digne en toute circonstance.

DOC **13**

SIMONE DE BEAUVOIR

Le Deuxième Sexe

Philosophe, Simone de Beauvoir (1908-1986) s'est imposée avec Le Deuxième Sexe *(1949), essai sur le rôle des femmes dans la société, comme la principale théoricienne du féminisme en France et comme une actrice importante du Mouvement de libération des femmes dans les années 1970. Selon elle, les femmes sont brimées par les hommes qui étouffent volontairement leur génie créateur.*

[Un génie créateur étouffé]

Comment les femmes auraient-elles jamais eu[1] du génie alors que toute possibilité d'accomplir une œuvre géniale – ou même une œuvre tout court – leur était refusée ? La vieille Europe a naguère accablé de son mépris les Américains barbares qui ne possédaient ni artistes ni écrivains : « Laissez-nous exister avant de nous demander de justifier notre existence », répondit en substance Jefferson[2]. Les Noirs font les mêmes réponses aux racistes qui leur reprochent de n'avoir produit ni un Whitman ni un Melville[3]. Le prolétariat[4] français ne peut non plus opposer aucun nom à ceux de Racine ou de Mallarmé[5]. La femme libre est seulement en train de naître ; quand elle se sera conquise, peut-être justifiera-t-elle la prophétie de Rimbaud[6] : « Les poètes seront ! Quand sera brisé l'infini servage[7] de la femme, quand elle vivra pour elle et par elle, l'homme – jusqu'ici abominable – lui ayant donné son renvoi, elle sera poète elle aussi ! La femme trouvera l'inconnu !

---

1. Auraient-elles jamais eu : auraient-elles jamais pu avoir.
2. Jefferson : défenseur des libertés et des droits de l'Homme, Thomas Jefferson (1743-1826) fut le troisième président de l'histoire des États-Unis.
3. Walt Whitman (1819-1892) et Herman Melville (1819-1891) : écrivains américains parmi les plus célèbres.
4. Prolétariat : partie de la classe ouvrière consciente de son exploitation par le patronat.
5. Jean Racine (1639-1699) et Stéphane Mallarmé (1842-1898) : écrivains français de renom.
6. Arthur Rimbaud : poète français (1854-1891) connu pour sa poésie prophétique, dite de la « voyance ».
7. Servage : soumission.

Ses mondes d'idées différeront-ils des nôtres ? Elle trouvera des choses étranges, insondables[1], repoussantes, délicieuses, nous les prendrons, nous les comprendrons. » Il n'est pas sûr que ces « mondes d'idées » soient différents de ceux des hommes puisque c'est en s'assimilant à eux qu'elle s'affranchira[2] ; pour savoir dans quelle mesure elle demeurera singulière, dans quelle mesure ces singularités garderont de l'importance, il faudrait se hasarder à des anticipations bien hardies[3]. Ce qui est certain, c'est que jusqu'ici les possibilités de la femme ont été étouffées et perdues pour l'humanité et qu'il est grand temps dans son intérêt et dans celui de tous qu'on lui laisse enfin courir toutes ses chances.

Le Deuxième Sexe, 1949, © Éditions Gallimard ■

3 questions pour vous guider...

1. Au sort de qui Simone de Beauvoir compare-t-elle celui des femmes (l. 1-10) ? Quel est leur point commun ?
2. Expliquez la phrase suivante : « La femme libre est seulement en train de naître » (l. 10-11).
3. En quoi la citation de Rimbaud rejoint-elle les idées de Simone de Beauvoir ?

B L'émancipation des femmes

Si l'égalité avec les hommes débute avec le droit de vote accordé aux femmes en 1944, l'idée de leur émancipation progresse doucement dans la société française et dans l'opinion publique. Il faut toutefois attendre le soulèvement révolutionnaire de Mai 1968 pour aboutir, comme le souligne Annie Ernaux DOC 14 • p. 43, à leur reconnaissance sociale. Pendant ces années déterminantes de libération, les femmes luttent, socialement et économiquement, contre la domination masculine.

1. **Insondables :** d'une profondeur infinie.
2. **S'affranchira :** se libérera.
3. **Hardies :** ayant le goût du risque.

Après Mai 1968, sous la pression du Mouvement de libération des femmes DOC 15 • p. 45 , les femmes revendiquent leur place dans la société : elles ne veulent plus être limitées à un rôle familial et domestique. Ainsi, par la légalisation de la pilule et de l'IVG (interruption volontaire de grossesse), les femmes disposent de leurs corps comme elles l'entendent et peuvent enfin sortir du foyer pour conquérir leur indépendance économique.

Comme le confirment de nombreuses enquêtes DOC 16 • p. 47 , les femmes travaillent de plus en plus, occupent des postes à responsabilités dans les entreprises et constituent une part non négligeable de la population active. Même si les inégalités persistent, les femmes gagnent leur vie et ne dépendent plus financièrement de leurs maris. L'émancipation féminine, sur les plans politique, social et économique, est l'une des plus grandes victoires du XXe siècle.

DOC **14**

ANNIE ERNAUX

Les Années

Annie Ernaux (née en 1940) revient dans son roman Les Années *paru en 2008, sur ses années d'engagement féministe. Elle évoque notamment le contexte brûlant du début des années 1970 où les féministes multiplient les actions pour imposer l'égalité hommes-femmes au quotidien.*

[Les années de libération]

On se retournait sur son histoire de femme. On s'apercevait qu'on n'avait pas eu notre compte de liberté sexuelle, créatrice, de tout ce qui existe pour les hommes. Le suicide de Gabrielle Russier[1] nous avait bouleversées comme celui d'une sœur inconnue, et nous

---

1. Gabrielle Russier : enseignante en Lettres (1937-1969) qui s'est suicidée après avoir été condamnée pour détournement de mineur sur la personne d'un de ses élèves dont elle était amoureuse. L'affaire fit grand bruit.

nous étions indignées de la roublardise[1] de Pompidou[2] citant un vers d'Éluard[3] que personne ne comprenait pour éviter de dire ce qu'il pensait de l'affaire. La rumeur du MLF venait à la province. *Le torchon brûle*[4] se trouvait au kiosque, on lisait *La Femme eunuque* de Germaine Greer[5], *La Politique du mâle* de Kate Millett[6], *La Création étouffée* de Suzanne Horer et Jeanne Socquet[7] avec le sentiment d'exaltation et d'impuissance que procure la découverte d'une vérité pour soi dans un livre. Réveillées de la torpeur[8] conjugale, assises par terre sous le poster *Une femme sans hommes c'est un poisson sans bicyclette*, on reparcourait nos vies, on se sentait capables de quitter mari et enfants, de se délier[9] de tout et d'écrire des choses crues. De retour à la maison, la détermination refroidissait, la culpabilité sourdait[10]. On ne voyait plus comment on pourrait s'y prendre pour se libérer – ni pourquoi. On se persuadait que son homme à soi n'était pas un phallocrate[11] ni un macho. Et l'on hésitait entre les discours – ceux qui prônaient l'égalité des droits entre hommes et femmes, et s'attaquaient à « la loi des pères », ceux qui préféraient valoriser tout ce qui était féminin, les règles, l'allaitement et la préparation de la soupe aux poireaux. Mais pour la première fois, on se représentait sa vie comme une marche vers la liberté, ça changeait beaucoup. Un sentiment de femme était en train de disparaître, celui d'une infériorité naturelle.

Les Années, 2008, © Éditions Gallimard ■

1. **Roublardise :** ruse.
2. **Georges Pompidou (1911-1974) :** président de la France de 1969 à 1974.
3. Voici le vers de Paul Éluard cité par Georges Pompidou, alors président de la France : « Comprenne qui voudra, Moi, mon remords, ce fut la victime raisonnable au regard d'enfant perdu, celle qui ressemble aux morts qui sont morts pour être aimés ».
4. ***Le torchon brûle* :** journal édité par le MLF entre 1971 et 1973.
5. Essai de la féministe australienne Germaine Greer (née en 1939) qui appelle les femmes à quitter leur passivité.
6. Essai de la féministe américaine Kate Millett (née en 1934) qui analyse l'organisation des sociétés occidentales fondées sur le pouvoir des pères, le patriarcat.
7. Essai de deux féministes françaises qui, reprenant les thèses de Simone de Beauvoir, démontrent que les hommes ont délibérément tenu les femmes dans un rôle inférieur.
8. **Torpeur :** ici passivité, absence de réaction.
9. **Se délier :** se libérer.
10. **Sourdait :** revenait.
11. **Phallocrate :** homme qui méprise les femmes.

3 questions pour vous guider...

1. *Le torchon brûle, La Politique du mâle, La Création étouffée* : en vous appuyant sur les notes en bas de page, dites quels sont les apports du journal et des deux livres au combat des femmes.
2. Les femmes hésitent entre deux attitudes et deux discours (l. 13-24) : lesquelles ?
3. Expliquez cette phrase : « Un sentiment de femme était en train de disparaître, celui d'une infériorité naturelle » (l. 26-27). En quoi vous paraît-elle représentative de cette période ?

DOC **15**

CAMILLE SARRET

La fin de monsieur Gagne-Pain et de madame Fée-du-Logis

L'extrait qui suit reproduit une partie de l'entretien accordé à la journaliste Camille Sarret par Françoise Picq, militante féministe et spécialiste de l'histoire du féminisme. Il retrace les origines du MLF, le Mouvement de libération des femmes.

[La conquête politique des droits de la femme]

Sociologue, militante historique du MLF et vice-présidente de l'association « 40 ans », Françoise Picq analyse les effets engendrés par le Mouvement de libération des femmes sur la société française.

Dans quel état d'esprit manifestaient les féministes des années 1970 ?

Au lendemain des premières manifestations, en 1970, la revue *Partisans*[1] titrait « Libération des femmes, année zéro ». Nous avions à l'époque l'impression d'être des pionnières. Ce qui révèle

1. **Partisans:** revue militante d'extrême gauche fondée par François Maspero (1932-2015).

une méconnaissance totale du féminisme dont l'histoire remonte, au moins, au XIXe siècle.

Néanmoins, pour la première fois, les femmes réclamaient plus que des droits, elles exigeaient leur libération. Nous sommes dans la continuité de Mai 1968. C'est le refus des normes et des institutions. Les formes de protestations sont joyeuses et festives.

Quelles étaient les influences intellectuelles qui imprégnaient le MLF ?

En France, le Mouvement de libération des femmes naît de la rencontre entre Simone de Beauvoir[1] et Mai 1968. La philosophe apporte le bagage théorique. C'est elle qui analyse la construction sociale de la femme, qui explique comme une femme devient femme. Mais pour Simone de Beauvoir, la libération, dernier chapitre du *Deuxième Sexe*, se réalise sur un plan individuel. C'est donc Mai 1968 qui apporte la dimension collective. [...]

Quelles ont été les grandes conquêtes du MLF ?

La première victoire a été le vote de loi Veil[2] sur l'Interruption volontaire de grossesse en 1975. À notre grande surprise, ce combat pour la légalisation de l'avortement a été fédérateur. Aux manifestations, il y avait de plus en plus de monde. C'est aussi à cette époque que des décrets ont été adoptés pour que la loi sur la contraception soit enfin appliquée. Le statut de la famille a aussi beaucoup évolué. Le MLF a été le fer de lance[3] de profonds changements.

Ce mouvement a réussi à faire accepter des changements que de nombreuses femmes désiraient sans oser le dire comme, par exemple, pouvoir continuer à travailler tout ayant des enfants. Ce mouvement de libération a fait éclater le décalage entre les aspirations individuelles et le modèle traditionnel de la famille.

---

1. Voir DOC 13, p. 41.
2. **Loi Veil :** loi conçue par Simone Veil (née en 1927), alors ministre de la Santé.
3. **Fer de lance :** mouvement en pointe.

Il a mis fin à l'image de Monsieur Gagne-Pain et de Madame Fée-du-Logis en faisant naître un modèle plus égalitaire.

Entretien avec Françoise Picq, « La fin de monsieur Gagne-Pain et de madame Fée-du-Logis », 6 mars 2010, © TV5 Monde ■

3 questions pour vous guider...

1. Que réclament les femmes lors des manifestations des années 1970 (l. 5-15) ?
2. Dites précisément ce qu'a apporté Simone de Beauvoir au MLF (l. 16-24). Quelle dimension nouvelle a ajouté Mai 1968 à cet apport ?
3. Quelles conquêtes a remporté le MLF au lendemain de Mai 1968 (l. 25-40) ? Quel changement important ont-elles eu pour conséquence ?

DOC **16**

ALTERNATIVES ÉCONOMIQUES

L'émancipation des femmes

En 2011, le magazine Alternatives économiques *publie un sondage sur la place des femmes dans le monde du travail en France. Le constat mis en évidence dans l'article ci-dessous est le suivant : tout au long du XXe siècle, les femmes ont progressivement gagné leur indépendance mais, sur le marché du travail, les inégalités persistent et leur condition demeure encore incertaine et précaire économiquement.*

[Une émancipation économique]

Parmi les nombreuses transformations de la société française, l'émancipation des femmes est sans doute l'une des plus profondes. Cette émancipation passait d'abord par la conquête des moyens d'une vie autonome, c'est-à-dire au premier chef par l'accès au marché du travail. L'évolution du taux d'activité des femmes depuis la fin des années 1960 traduit parfaitement cette mutation. Qui est pourtant loin d'être achevée : à travail, qualifications et âge équivalents, les femmes continuent d'être moins rémunérées que les hommes. Et cet écart reste malheureusement inchangé depuis une dizaine d'années.

Evolution du taux d'activité des hommes et des femmes, en %

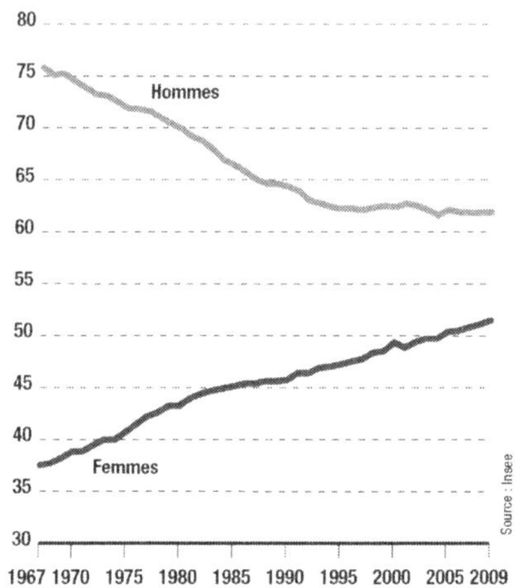

« **L'émancipation des femmes** », avril 2011,

3 questions pour vous guider...

1. Décrivez le document.

2. À quelles dates la courbe du taux d'activité des femmes progresse-t-elle ?

3. Quelle inégalité entre hommes et femmes persiste encore dans le marché du travail (l. 7-10) ?

C Un combat plus que jamais d'actualité

En dépit d'importantes avancées obtenues depuis les années 1960, le combat pour l'émancipation féminine est loin d'être achevé en France et dans le monde. Il demeure plus que jamais d'actualité en ce début de XXIe siècle.

Comme le montre Rémi Baroux DOC 17 • p. 49, les femmes, désormais entrées dans la vie active, ont une place fragile : elles occupent souvent des emplois précaires ou moins importants que ceux des hommes et se sentent menacées par la perte de leur emploi. À cela s'ajoute le fait qu'en rentrant à la maison, elles enchaînent souvent sur les tâches domestiques et connaissent des journées doubles.

Les femmes doivent donc lutter pour la reconnaissance de leurs droits. Ainsi, des campagnes de sensibilisation de l'opinion publique, comme celles du Laboratoire de l'Égalité DOC 18 • p. 54, demeurent nécessaires. Alors qu'auparavant, les hommes imposaient le modèle familial, aujourd'hui, les mères actives DOC 19 • p. 55 exercent une influence de plus en plus grande sur leurs enfants : les filles recherchent des emplois à responsabilités et les garçons participent davantage à la vie domestique. Toutefois, si le combat pour l'égalité progresse, la route est encore longue.

DOC 17

RÉMI BAROUX

La marche paradoxale des femmes vers l'émancipation

Dans son article pour le quotidien Le Monde, *le journaliste Rémi Baroux revient sur les constats établis par le premier Atlas mondial des femmes, présentant leurs droits à travers le monde. Selon Baroux, si l'égalité entre hommes et femmes a connu depuis les années 1960 de grandes avancées, les inégalités demeurent.*

[L'égalité : une conquête encore inachevée]

La progression vers l'égalité entre femmes et hommes est réelle, mais le chemin est encore long. « *Les avancées sont inabouties et paradoxales* », écrivent les auteurs de l'Atlas mondial des femmes, premier du genre, présenté, lundi 12 janvier, par l'Institut national d'études démographiques (INED) et publié par les éditions Autrement.

La cause du droit des femmes est relativement récente : ce n'est qu'en 1945 que les Nations unies[1] ont adopté une charte établissant des principes généraux d'égalité entre les sexes. Depuis, plusieurs conférences internationales ont permis de préciser les objectifs. Le 18 décembre 1979, l'Assemblée générale de l'ONU a notamment adopté la Convention sur l'élimination de toutes les formes de discrimination à l'égard des femmes. Et la quatrième conférence mondiale de Pékin, en 1995 – dont les Nations unies préparent le vingtième anniversaire –, s'est conclue sur une déclaration et un programme d'action pour l'autonomisation sociale, économique et politique des femmes.

Moins nombreuses que les hommes

Sur près de 7,4 milliards d'humains, les femmes sont minoritaires. Elles étaient plus nombreuses que les hommes jusque dans les années 1950.

Où en est-on réellement aujourd'hui ? « *Il y a des avancées dans un très grand nombre de domaines comme la santé, l'instruction… mais on voit aussi des situations se dégrader* », explique Isabelle Attané, démographe de l'INED[2] et coresponsable de l'Atlas[3]. Moins nombreuses que les hommes sur la planète depuis les années 1950 – les femmes sont 3,6 milliards sur près de 7,4 milliards d'humains –,

---

1. **Nations unies :** organisation mondiale fondée en 1945 regroupant, à quelques exceptions près, tous les États de la planète.
2. **INED :** Institut national d'études démographiques.
3. **L'Atlas** publié chaque année, recense les variations démographiques de la population mondiale.

elles vivent plus longtemps, et ce partout dans le monde. Mais c'est un des rares avantages qu'elles peuvent revendiquer par rapport à la gente masculine. En 2010, le risque pour un homme de mourir à 20 ans était ainsi presque trois fois plus élevé que pour une jeune femme. Las[1], cette espérance de vie plus longue cache une dégradation de la santé plus importante pour les femmes, liée notamment aux *« difficultés rencontrées parfois pour concilier la vie professionnelle et la vie familiale, les activités domestiques mobilisant davantage les femmes que les hommes, y compris celles qui travaillent »*, écrit la démographe Emmanuelle Cambois.

Pour le reste, les inégalités sont systématiquement en leur défaveur. Particulièrement exposées dans la vie domestique, ce sont elles aussi qui subissent davantage les violences sexuelles (75 à 85 %). Celles-ci augmentent dans les statistiques, mais cela est dû, explique la sociologue Alice Debauche, à une certaine *« libération de la parole des femmes »*. En France par exemple, le nombre de plaintes pour viol est passé d'environ un millier par an dans les années 1980 à dix fois plus dans les années 2000. La mesure et la comparaison de cette violence restent toutefois difficiles, tant les définitions légales des viols, agressions ou harcèlements, les possibilités de rompre le silence, etc. diffèrent d'un pays à l'autre.

L'augmentation des violences sexuelles, une des formes de violence contre les femmes, dans les statistiques est aussi due à la parole qui se libère.

Plus inquiètes pour leur emploi

Dans le secteur économique, l'accès à l'emploi progresse mais *« on constate que les femmes restent une variable d'ajustement[2] privilégiée dans un contexte de libéralisation[3] et la crise économique »*, avance Mme Attané. Dans les pays où les emplois informels et domestiques sont importants, cette réalité peut être moins perceptible.

---

1. Las : hélas.
2. Variable d'ajustement : ressource que l'on fait varier en premier selon les besoins.
2. Libéralisation : action qui favorise une plus grande liberté.

Mais la vulnérabilité plus forte des femmes est bien réelle. Plus souvent au chômage, elles ont aussi plus de risque de perdre leur emploi. Les femmes sont beaucoup plus nombreuses que les hommes à estimer avoir un risque de perdre leur emploi dans les six prochains mois dans de nombreux pays : Finlande (17 % contre 11 %), au Danemark (11 % et 7 %), en Belgique (près de 10 % et 4 %), en Espagne ou encore en Autriche. Dans les autres pays, comme la France, le Portugal ou le Royaume-Uni, la menace pesant d'abord sur des secteurs d'activité traditionnellement masculins expliquerait une moindre inquiétude des femmes.

L'emploi des femmes reste cantonné aux postes les moins valorisés, dans l'agriculture, le commerce et les services. Elles sont moins payées et davantage touchées par la pauvreté. Aux États-Unis, le taux de pauvreté des femmes était de 14,5 % contre 10,9 % pour les hommes (2011). Et surtout, les femmes continuent de faire des doubles journées : elles subissent majoritairement le travail domestique (vaisselle, ménage, rangement, soin aux enfants et personnes dépendantes, etc.). En France, ces tâches les occupent à raison de 20 h 32 par semaine contre 8 h 38 pour les hommes. Si l'on intègre le bricolage, le jardinage, les courses ou les jeux avec les enfants, le déséquilibre se réduit à peine, 26 h 15 pour les femmes contre 16 h 20 pour les hommes.

La gestion de front des charges familiales, qu'elles assument majoritairement, et professionnelles est particulièrement difficile pour les mères de jeunes enfants.

« L'égalité des sexes proclamée dans de nombreux textes n'est pas un bien acquis, il faut alerter sur les blocages, prévient Isabelle Attané. *Dans la sphère privée par exemple, les représentations restent compliquées. »* On connaît les orientations scolaires guidées par la socialisation du genre, déjà présente dans les familles. Les femmes ne représentent la majorité des diplômé-e-s en sciences que dans deux régions, l'Asie centrale, d'une part, et le Moyen-Orient et le nord de l'Afrique, d'autre part. En Europe occidentale et en Amérique du Nord, très peu présentes dans les filières de l'informatique et de

l'ingénierie, elles dominent les secteurs de santé, de la protection sociale et de l'enfance.

Les inégalités se sont déplacées, estime Wilfried Rault, sociologue à l'INED et coresponsable de l'ouvrage. « *Avec les taux de scolarisation en progrès pour les filles, on s'aperçoit que le choix des filières et l'accès à certaines professions sont plus ségrégatifs*[1], dit-il. *Cela existait déjà mais le curseur se déplace : les inégalités interviennent plus tard.* » [...]

Offensive des conservatismes

L'offensive des conservatismes, au niveau international comme national, au travers d'États comme le Vatican ou les pays les plus intégristes d'Afrique ou du Golfe, ralentit cette marche vers l'égalité. Au-delà des plus réactionnaires, de nombreux États rechignent à ce que des textes internationaux fixent des règles. Jusqu'en Europe sur le droit à l'avortement, comme en Espagne et en Italie, ou le débat du genre[2] en France. « *Il y a une confusion réelle entre la question de l'égalité et celle de la différence,* estime ainsi Wilfried Rault. *Il n'existe pas d'invariant naturel qui toucherait les femmes et les hommes. Et aucun discours ne peut justifier l'inégalité.* » Autrement dit par Simone de Beauvoir en 1949, « *on ne naît pas femme, on le devient* » (*Le Deuxième Sexe*)[3]. [...]

Les inégalités entre hommes et femmes se reconfigurent, se déplacent, s'euphémisent[4], disent les auteurs de l'Atlas. Pour celles qui ont mis plus d'un siècle à conquérir le droit de vote – les Néo-Zélandaises votent depuis 1893 quand les Koweïtiennes ont participé à un scrutin municipal pour la première fois en 2006 – et qui ne sont toujours pas électrices en Arabie Saoudite, les inégalités sont loin de disparaître.

« La marche paradoxale des femmes vers l'émancipation »,
lemonde.fr, 12.01.2015

---

1. Ségrégatifs : discriminatoires.
2. Débat du genre : polémique née en France, en 2013-2014, sur les identités sexuelles.
3. Voir DOC 13, p. 41.
4. S'euphémisent : s'atténuent.

3 questions pour vous guider...

1. Quelles inégalités persistent entre hommes et femmes, selon la démographe Isabelle Attané ?
2. Les femmes sont-elles encore victimes de violences physiques (l. 38-51) ? Pourquoi les chiffres doivent-ils être interprétés avec nuance ?
3. Pourquoi la démographe parle-t-elle de « conservatismes » (l. 101) ? Que désigne ce terme ?

DOC **18**

Laboratoire de l'Égalité
Affiche d'une campagne pour l'égalité femmes-hommes

[Continuer à lutter contre le sexisme]

Créé en 2009 à l'initiative de sociologues, journalistes et historiennes, le Laboratoire de l'Égalité veut mettre en place une culture commune de l'égalité politique, sociale et économique entre hommes et femmes. En 2012, afin d'alerter l'opinion publique sur les persistantes injustices dont sont victimes les femmes, le collectif lance une campagne de sensibilisation médiatique : des affiches mettent notamment en scène des mères de famille qui doivent concilier leurs occupations professionnelles et leurs tâches domestiques 2e DE COUVERTURE.

3 questions pour vous guider...

1. Quelles sont les composantes de l'image ?
2. Quel rapport établissez-vous entre l'image de cette mère au foyer et le slogan ?
3. Pourquoi cette campagne insiste-t-elle sur le terme « Partager » ? Qu'est-ce ce que cette affiche aimerait faire changer ?

DOC **19**

Anne Frintz

Égalité homme-femme : mieux vaut que Maman travaille !

Dans l'article suivant, la journaliste Anne Fritz présente les résultats de l'étude de Kathleen McGinn sur l'évolution du rôle des hommes dans la société. L'une des principales avancées est la suivante : l'éducation fournie par les mères qui travaillent à leurs enfants modifie leur comportement à l'âge adulte. On voit apparaître de nouveaux modèles de parents.

[Hommes-femmes : vers de nouveaux modèles parentaux ?]

Les filles dont les mères travaillent ont plus de chances, en général, d'avoir un emploi, d'occuper un poste à responsabilité et d'avoir un meilleur salaire que les filles de mères au foyer. Les garçons des « *working moms*[1] », eux, seront souvent plus attentifs à leur famille et participeront plus aux tâches ménagères, selon une étude de la Harvard Business School, réalisée grâce aux données statistiques de 24 pays développés. La professeur Kathleen McGinn, l'une des auteurs, espère que les résultats de l'étude aideront à respecter et valoriser les choix de chacun, femmes et hommes, au travail comme au foyer.

« Cela ne devrait pas être surprenant pour la plupart des gens qu'une fille qui a vu sa mère travailler fasse de même, mieux encore et que cela soit normal pour elle d'accéder à des postes à responsabilités. Mais ce n'est pas toujours le cas. Cette étude est importante par rapport aux discours visant à culpabiliser les mères qui travaillent. Elle prouve que les mères qui travaillent ne blessent pas leurs enfants », explique la professeur Kathleen McGinn de la Harvard Business School, auteur de l'étude « *Mums the Word! Cross-national Effects of Maternal Employment on Gender Inequalities at Work and at Home* » (Les effets

1. **Working moms :** en anglais, « les mamans qui travaillent ».

transnationaux de l'emploi maternel sur les inégalités de genre au travail et au foyer), rendue publique en mai 2015, cosignée par les chercheuses Mayra Ruiz Castro de la même école et Elizabeth Long Lingo du Worcester Polytechnic Institute.

Au contraire, les filles qui ont pour modèle une mère travaillant, même à temps partiel, ont 4,5 % de chances de plus d'exercer un emploi à l'âge adulte que les filles élevées par des mères au foyer. Ces dernières sont 25 % à accéder à des postes à responsabilité tandis que les filles des « working moms » sont 33 % à y parvenir. Aussi, les filles de femmes actives gagnent sensiblement plus que les autres. Les mères qui travaillent favorisent ainsi par leur action, et souvent sans le savoir, l'autonomie future de leurs filles, leur engagement dans la société... et donc une société plus égalitaire. « *Les parents sont des modèles très importants. Une précédente étude montrait que les filles travaillaient à peu près le même nombre d'heures que leurs mères ou les amies de leurs mères* », souligne Kathleen McGinn. [...]

Des hommes plus investis au foyer

Si l'étude porte uniquement sur l'impact du travail des mères sur les devenirs des enfants, c'est parce qu'il n'existe pas de données statistiques concernant les pères et leur investissement au foyer (des modèles dits « non-traditionnels »). Mais la gente masculine n'est pas en reste. Ainsi l'analyse de données récoltées sur dix ans (de 2002 à 2012), dans 24 pays développés, dont une quinzaine d'Europe de l'Ouest, démontre que les garçons élevés par des mères actives, une fois adultes et pères, s'occupent plus des membres de leur famille et participent plus aux tâches ménagères. « *Sûrement parce que les femmes qui travaillent veulent que leurs enfants s'investissent plus à la maison, les aident plus que ne le font ceux des femmes aux foyers. Mais ça, notre étude ne l'établit pas* », précise Kathleen McGinn.

Corinne Fortier, anthropologue française spécialiste des questions de genre au Collège de France, douche vite l'enthousiasme qui pourrait naître quant au partage égalitaire des tâches ménagères. « *Même si le garçon a aidé sa mère lorsqu'elle travaillait, et même s'il va, homme, partager les tâches ménagères avec sa compagne qui souvent travaille aussi et n'a pas tout son temps pour les tâches ménagères, les enquêtes montrent que les hommes passent toujours beaucoup moins d'heures que les femmes à ces travaux domestiques*», assure l'universitaire. «*Cela évolue doucement. Il faudra encore plusieurs générations pour que les hommes et les femmes soient égaux face à ça! Et il en va de même pour l'éducation des enfants, à l'exception des pays du nord de l'Europe. La faute est partagée. Les hommes doivent occuper ces espaces, et les femmes leur laisser la place*», préconise-t-elle[1].

Les pays du nord de l'Europe à la pointe

Les fils des «*working moms*» ne font pas obligatoirement de meilleures carrières que les autres. L'activité professionnelle des mères n'a presque pas d'incidence[2] sur celles de leurs fils plus tard. «*Ce que l'on attend traditionnellement des hommes dans la plupart des cultures européennes, c'est qu'ils ramènent de l'argent au foyer, et donc travaillent*», commente Corinne Fortier.

Kathleen McGinn et ses consœurs ont classé les 24 pays dont les données ont été étudiées selon leur degré d'ouverture par rapport aux rôles traditionnels des femmes et des hommes. La Russie, le Chili et le Mexique sont les pays les plus conservateurs. Les États-Unis stagnent dans leur avancée pour l'égalité homme-femme. Et les pays du nord de l'Europe, la Norvège, la Suède, sont considérés les plus libéraux et les plus engagés, tout comme la France.

«Égalité homme-femme: mieux vaut que Maman travaille![3]»,
article disponible sur rfi.fr ■

3 questions pour vous guider...

1. Qu'est-ce qu'une «*working mom*»? En quoi aident-elles à l'émancipation de leurs filles?
2. Qu'apportent les «*working moms*» à leurs fils, puis au futur couple de ces derniers (l. 38-50)?
3. Quelles sont les limites à cette émancipation (l. 51-63)? Les hommes sont-ils les uniques responsables?

---

1. Préconise-t-elle: recommande-t-elle.
2. D'incidence: de conséquence.
3. © en page 287.

Les dates clés du combat des femmes en France	
1881	Enseignement primaire obligatoire pour les filles au même titre que les garçons.
1886	Droit au divorce pour les femmes.
1907	Les femmes mariées peuvent percevoir leur propre salaire.
1944	Droit de vote pour les femmes.
1946	Le principe de l'égalité absolue entre hommes et femmes inscrit dans la Constitution.
1965	La femme peut exercer un emploi et ouvrir son propre compte bancaire sans l'autorisation de son mari.
1967	La loi Neuwirth autorise la vente de contraceptifs.
1970	Dans le Code civil, la notion d'« autorité parentale » se substitue à celle d'« autorité paternelle ».
1975	La loi Veil légalise l'Interruption volontaire de grossesse (IVG).
1975	Instauration du divorce « par consentement mutuel ».
1983	Vote des lois Roudy sur l'égalité professionnelle hommes/femmes.
1992	La loi pénalise les violences conjugales.
2000	Loi sur la parité dans la vie politique.

VERS L'EXAMEN

THÈME • *Les inégalités entre les hommes et les femmes*

> Synthèse de documents

Comparez puis faites la synthèse des documents 11, 12, 14 et 18.

> Écriture personnelle

D'après vous, les inégalités entre les hommes et les femmes sont-elles aujourd'hui les mêmes qu'autrefois ?
Appuyez-vous sur les documents cités, sur vos lectures et sur vos connaissances personnelles pour répondre.

VERS L'EXAMEN

THÈME • *Les conquêtes de l'émancipation féminine*

> Synthèse de documents

Comparez puis faites la synthèse des documents 12, 16, 17 et 19.

> Écriture personnelle

D'après vous, dans quels domaines les femmes ont-elles remporté des conquêtes importantes au cours du XXe siècle ?
Appuyez-vous sur les documents cités, sur vos lectures et sur vos connaissances personnelles pour répondre.

SUJET 1 La lutte des femmes pour la reconnaissance de leurs droits

Après la Seconde Guerre mondiale, de nombreuses réformes ont permis de réduire les inégalités sociale, économique et politique entre les hommes et les femmes. Pourtant, cette marche vers l'émancipation n'a pas été simple. Quelles en sont les principales étapes ? Pourquoi l'après-guerre fut-elle si décisive ?

Les sites à explorer

- **La grande histoire de la lutte des femmes**

  http://www.journeedelafemme.com/histoire-acces-pouvoir-politique-des-femmes-1.htm

  Sur ce site consacré aux droits des femmes, une page présente l'histoire de leur accès au pouvoir politique dans le monde. Une chronologie en retrace les principales étapes.

- **Interview d'Antoinette Fouque, militante du MLF**

  http://education.francetv.fr/matiere/epoque-contemporaine/premiere/video/antoinette-fouque-la-femme-au-foyer

  Militante et fondatrice du Mouvement de libération des femmes, Antoinette Fouque (1936-2014) évoque dans cette interview télévisée de 1973 la condition de la femme au foyer. Pour elle, la femme est victime d'un véritable esclavage.

VERS L'EXPOSÉ

Comprendre l'émancipation politique des femmes

Les femmes n'ont pas toujours été les égales des hommes sur les plans juridique et politique. En vous appuyant sur ces deux sites, présentez les principales étapes de l'histoire de la libération des femmes. Portez plus particulièrement votre attention sur les réformes qui ont suivi le mouvement de Mai 68.

SUJET

2 Quelles sont encore les inégalités entre les hommes et les femmes ?

Si les femmes se sont émancipées progressivement au cours du XXe siècle, elles sont très rarement mises sur le même plan d'égalité que les hommes. Politiquement, socialement et économiquement, d'importants progrès restent encore à accomplir. Mais de quelle nature sont-ils ? Ces inégalités pourront-elles être corrigées par des lois ou relèvent-elles de préjugés anciens trop ancrés dans les mentalités pour être modifiés ?

Les sites à explorer

- **Le site de l'Observatoire des inégalités**
  http://www.inegalites.fr/spip.php?article1400

  Sur son site, l'Observatoire des inégalités propose un aperçu, fondé sur des données chiffrées, des différentes inégalités qui persistent entre les hommes et les femmes.

- **Le site de France Télévisions : reportage sur l'inégalité hommes-femmes**
  http://www.francetvinfo.fr/societe/inegalite-hommes-femmes-les-prejuges-commencent-des-le-plus-jeune-age_876937.html

  Dans le journal de France 2, un reportage présente les inégalités entre les hommes et les femmes d'un point de vue social et culturel. Même si l'émancipation féminine semble acquise, de forts préjugés ancestraux considèrent encore la femme comme l'inférieure de l'homme.

VERS L'EXPOSÉ

Combattre les dernières inégalités

En dépit des avancées politiques, les femmes souffrent encore au quotidien d'inégalités. Comment y remédier ? S'agit-il de problèmes politiques ou sociaux ? En un exposé qui se fonde sur l'exploitation des deux pages internet, présentez tout d'abord les inégalités qui demeurent et dans une seconde partie, discutez des préjugés sociaux à l'aide du reportage de France 2.

CHAPITRE 3

Le monde du **travail** : un lieu d'épanouissement ?

> **Le travail éloigne de nous trois grands maux : l'ennui, le vice et le besoin.**
>
> VOLTAIRE, *Candide* (1759)

Travailler apparaît comme une nécessité pour vivre en société. C'est à la fois le moyen de gagner sa vie et de s'accomplir comme être humain en montrant ce dont on est capable. Travailler permet ainsi, grâce ce que l'on produit et au revenu que l'on en tire, de participer à la vie de la communauté. Mais l'activité professionnelle est-elle toujours source d'épanouissement ?

À l'origine, le mot « travail » est synonyme de torture mais ce n'est bien évidemment pas son unique sens. Toutefois, il convient de reconnaître, qu'au fil des siècles, le travail est souvent associé à la contrainte et à la souffrance.

Le XIXe siècle, traversé par les révolutions industrielles, met en place un travail qui déshumanise l'homme : souffrances physiques, mécanisation des gestes, le travail prend des allures d'épreuve, de punition. À partir du XXe siècle, la souffrance s'exprime aussi sur le plan psychologique. Le stress fait des ravages parmi les travailleurs mis sous pression par une demande de productivité toujours plus grande.

Aujourd'hui, de nombreux salariés et employeurs cherchent à inventer de nouvelles manières, plus humaines, de travailler. Ils cherchent à se libérer des contraintes, à s'épanouir au travail tout en considérant leur vie et leur équilibre personnel comme une priorité.

A Qu'est-ce que le travail ?

Selon la définition du dictionnaire DOC 20 • p. 65, le mot « travail » vient du latin « *tripalium* », un instrument de torture utilisé par les Romains. Le travail apparaît alors comme une souffrance, un effort qui coûte au travailleur. Mais le sens du mot évolue au fil du temps et s'applique à toutes sortes d'activités et productions humaines DOC 21 • p. 66.

Le philosophe Helvétius DOC 22 • p. 67 estime que le travail permet à l'homme de s'épanouir, tel l'ouvrier qui éprouve, selon lui, de la joie en travaillant. Mais cette conception est loin d'être partagée par l'écrivain Denis Diderot DOC 23 • p. 68 : il considère le travail comme une épreuve à la fois physique et psychologique pour l'ouvrier, particulièrement soumis à de rudes efforts. Or, dans ce cas, le travail constitue un frein à l'épanouissement de l'individu.

DOC **20**

Dictionnaire étymologique Larousse
Étymologie du mot « travail »

[Origine du mot « travail »]

1. travail
XVIe s., machine pour ferrer les chevaux ; adapt., sous l'infl. de *travée, travetel,* du bas lat. *tripalium* (578, concile d'Auxerre, *trepalium,* instrument de torture), proprem. « machine à trois pieux », de *tri,* trois, et *pālus.* (→ PIEU 1.)

2. travail → TRAVAILLER.

travailler
XIIe s., *Lois de Guill.,* « tourmenter » et « souffrir », jusqu'au XVIe s. ; 1680, Richelet, « exécuter un ouvrage » ; se substitue en ce sens à *ouvrer* (v. ce mot) ; lat. pop. **tripaliāre,* « torturer avec le *tripalium* » (→ TRAVAIL 1). [...]

3 questions pour vous guider...

1. Relevez dans la définition 1, les mots et expressions qui montrent que le travail est, à l'origine, considéré comme une souffrance.
2. Quel est, au XIIe siècle, le sens du verbe « travailler » ?
3. Quel sens prend-il à partir de 1680 ?

DOC 21

Le Petit Larousse illustré

Définition du mot « travail »

[Comment définir le travail ?]

1. TRAVAIL n.m. (pl. *travaux*) [de *travailler*]. **1.** Activité de l'homme appliquée à la production, à la création, à l'entretien de qqch : *Travail manuel, intellectuel.* **2.** Activité professionnelle, régulière et rémunérée ; emploi : *Chercher un travail.* **3.** Exercice d'une activité professionnelle : *Le travail en usine* ; lieu où elle s'exerce : *Se rendre à son travail.* **4.** Activité déployée pour accomplir une tâche : *Le ravalement nécessitera trois mois de travail.* **5.** Toute occupation considérée comme une charge : *Être surchargé de travail.* **6.** Ouvrage à réaliser ou réalisé : *Distribuer le travail aux collaborateurs, puis le vérifier.* **7.** Manière dont un ouvrage est exécuté : *Un travail minutieux.* **8.** Technique permettant de travailler une matière, d'utiliser un outil : *Le travail des métaux.* **9.** Ensemble d'exercices accomplis pour acquérir la maîtrise d'une activité : *Le travail d'un gymnaste aux agrès.* **10.** Activité laborieuse de l'homme considérée comme un facteur essentiel de la production et de l'activité économique : *Nouvelle organisation du travail.*

3 questions pour vous guider...

1. Un mot est employé 8 fois pour définir le mot travail : quel est-il ? Relevez 2 synonymes de ce mot.
2. Dans quels buts l'homme travaille-t-il ? Relevez-en 5.
3. Lequel des 10 sens du mot définit le travail comme une charge pesante ? Pour quelle raison ?

DOC **22**

Claude-Adrien Helvétius

De l'homme

Claude-Adrien Helvétius (1715-1771) est un philosophe français qui déclare, dans son livre De l'homme*, que travailler est une nécessité pour le bien de l'humanité et une source de joie. Dans cet extrait, il en fait la démonstration en opposant l'oisif, qui ne fait rien, à l'artisan.*

[La nécessité de travailler]

L'artisan est, sans contredit[1], exposé au travail. Mais le riche oisif[2] l'est à l'ennui. Lequel de ces deux maux est le plus grand?

Si le travail est généralement regardé[3] comme un mal, c'est que, dans la plupart des gouvernements[4], l'on ne se procure le nécessaire que par un travail excessif; c'est que l'idée du travail rappelle en conséquence toujours l'idée de la peine.

Le travail cependant n'en est pas une en lui-même. L'habitude nous le rend-elle facile? Nous occupe-t-il sans trop nous fatiguer? Le travail au contraire est un bien.

Que d'artisans devenus riches continuent encore leur commerce, et ne le quittent qu'à regret lorsque la vieillesse les y contraint! Rien que l'habitude ne rende agréable.

Dans l'exercice de sa charge, de son métier, de sa profession, de son talent, le magistrat qui juge, le serrurier qui forge, l'huissier[5] qui exploite, le poète et le musicien qui composent, tous goûtent à peu près le même plaisir, et dans leurs travaux divers trouvent également le moyen d'échapper au mal physique de l'ennui.

L'homme occupé est l'homme heureux. [...]

Le travail, lorsqu'il est modéré, est en général le plus heureux emploi que l'on puisse faire du temps où l'on ne satisfait aucun

1. Sans contredit: sans aucun doute possible.
2. Riche oisif: qui n'a pas besoin de travailler pour vivre.
3. Regardé: considéré.
4. Gouvernements: comportements.
5. Huissier: officier chargé de transmettre des actes de justice.

besoin, où l'on ne jouit d'aucun plaisir des sens, sans contredit les plus vifs et les moins durables de tous.

Que de sentiments agréables ignorés de celui qu'aucun besoin ne nécessite à penser ! Mes immenses richesses m'assurent-elles tous les plaisirs que le pauvre désire, et qu'il acquiert avec tant de peines ? Je me plonge dans l'oisiveté. J'attends, comme je l'ai déjà dit, avec impatience, que la nature réveille en moi quelque désir nouveau. J'attends ; je suis ennuyé et malheureux. Il n'en est pas ainsi de l'homme occupé. L'idée de travail et de l'argent dont on le paye, s'est-elle associée dans la mémoire à l'idée de bonheur ; l'occupation en devient un. Chaque coup de hache rappelle au souvenir du charpentier les plaisirs que doit lui procurer le paiement de sa journée.

De l'homme, 1773

3 questions pour vous guider...

1. Le travail est-il un mal ou un bien, selon Helvétius ?
2. Relevez les arguments en faveur de chaque thèse (l. 3-12).
3. Expliquez la formule suivante : « L'homme occupé est l'homme heureux » (l. 18).

DOC **23**

Denis Diderot
Réfutation d'Helvétius

Philosophe des Lumières, Denis Diderot (1713-1784) a contribué à remettre en cause de nombreux préjugés. Dans cet extrait, il conteste les arguments exposés par Helvétius dans son livre De L'homme *(**DOC 22 • p. 67**) et s'oppose à sa conception du travail. Pour Diderot, le travail manuel n'est pas une joie mais une souffrance.*

[Le travail : une joie ?]

J'aurais plus de confiance dans les délices de la journée d'un charpentier, si c'était un charpentier qui m'en parlât, et non pas un fermier général[1] dont les bras n'ont jamais éprouvé la dureté du bois et la pesanteur de la hache. Ce bienheureux charpentier, je le vois essuyer la sueur de son front, porter ses mains sur ses hanches et soulager par le repos la fatigue de ses reins, haleter à chaque instant, mesurer avec son compas l'épaisseur de la poutre. Peut-être est-il fort doux d'être charpentier ou scieur de pierre, mais franchement je ne veux point de ce bonheur-là, même avec l'agréable souvenir, à chaque coup de cognée[2] ou de scie, du payement qui m'attendrait à la fin de ma journée.

Toutes les sortes de travaux soulagent également de l'ennui, mais tous ne sont pas égaux. Je n'aime point ceux qui amènent rapidement la vieillesse, et ce ne sont ni les moins utiles, ni les moins communs, ni les mieux récompensés.

La fatigue en est telle, que l'ouvrier est bien plus sensible à la cessation[3] de son travail qu'à l'avantage de son salaire : ce n'est pas sa récompense, c'est la dureté et la longueur de sa tâche qui l'occupent pendant toute sa journée. Le mot qui lui échappe lorsque la chute du jour lui ôte la bêche[4] de la main, ce n'est pas : « je vais donc toucher mon argent... » c'est : « m'en voilà donc quitte pour aujourd'hui. »

Et vous croyez que quand il est de retour chez lui, il est bien pressé de se jeter entre les bras de sa femme ? Vous croyez qu'il y est aussi ardent[5] qu'un oisif entre les bras de sa maîtresse ? Presque tous les enfants des gens de peine[6] ne se font que le matin d'un dimanche ou d'une fête. [...]

---

1. **Fermier général :** sous l'Ancien Régime, de 1726 à 1790, la Ferme générale était une compagnie privée de financiers collectant les impôts indirects. Allusion ici à Helvétius, connu également pour être un homme d'affaires.
2. **Cognée :** hache utilisée par les bûcherons.
3. **Cessation :** arrêt.
4. **Bêche :** instrument servant aux travaux des champs.
5. **Ardent :** actif, vif.
6. **Gens de peine :** gens occupés à des travaux manuels.

Enfin, Helvétius, lequel des deux aimeriez-vous mieux être, ou courtisan ou scieur de pierre ? Scieur de pierre, me direz-vous. Cependant avant la fin du jour vous seriez dégoûté de la scie qu'il faudrait reprendre le lendemain ; et vous auriez bientôt envoyé paître[1] et le monarque, et son ministre et toute la cour, si votre rôle de courtisan vous déplaisait.

Réfutation d'Helvétius, 1778 ■

3 questions pour vous guider...

1. Diderot reprend ici l'exemple du charpentier évoqué dans le texte précédent (DOC 22 • p. 67) et le qualifie de « bienheureux charpentier » (l. 4) : en quoi cette formule est-elle ironique ?
2. « Toutes les sortes de travaux soulagent également de l'ennui, mais tous ne sont pas égaux » (l. 12-13) : expliquez cette phrase.
3. Relevez trois arguments qui contredisent la thèse d'Helvétius pour qui le travail est une joie (DOC 22 • p. 67).

B Le travail, source de souffrances ?

Le travail, qui donne à l'ouvrier les moyens de vivre, ne risque-t-il pas, par sa dureté, de l'enfermer dans une forme d'esclavage ? Cette question est apparue après les révolutions industrielles et la naissance de la classe ouvrière au XIXe siècle. Elle a ouvert des débats qui sont toujours d'actualité.

Le philosophe Karl Marx DOC 24 • p. 71 dénonce dès le milieu du XIXe siècle l'exploitation du travailleur par la bourgeoisie. Cette situation s'amplifie à la fin du XIXe siècle et tout au long du XXe siècle avec l'apparition, dans les usines, de la production à la chaîne dont le constructeur automobile américain Henry Ford a été le grand initiateur DOC 25 • p. 73. Déshumanisé, l'homme n'est plus

1. **Vous auriez bientôt envoyé paître :** vous vous seriez rapidement débarrassé.

que l'un des maillons d'une chaîne de production dont on exige une rentabilité maximale.

Au XXe siècle, la souffrance psychologique s'accroît: le travail devient source de dépression DOC 26 • p. 73, pouvant mener jusqu'au suicide, comme l'illustre le film *La Loi du Marché* DOC 27 • p. 76.

DOC **24**

KARL MARX
Manuscrits économico-philosophiques de 1844

Karl Marx (1818-1883) est un philosophe allemand qui s'est fait connaître par son appel à la révolte des travailleurs qui constituent le prolétariat. Dans ses Manuscrits de 1844 *dont est extrait ce passage, il dénonce l'exploitation des ouvriers, victimes d'un travail destructeur qu'il considère comme une source d'aliénation.*

[Le travail, une source moderne d'aliénation]

En quoi consiste l'aliénation du travail ?

D'abord, dans le fait que le travail est extérieur à l'ouvrier, c'est-à-dire qu'il n'appartient pas à son essence[1], que donc, dans son travail, celui-ci ne s'affirme pas mais se nie, ne se sent pas à l'aise, mais malheureux, ne déploie pas une libre activité physique et intellectuelle, mais mortifie[2] son corps et ruine son esprit. En conséquence, l'ouvrier n'a le sentiment d'être auprès de lui-même qu'en dehors du travail et, dans le travail, il se sent en dehors de soi. Il est comme chez lui, quand il ne travaille pas et, quand il travaille, il ne se sent pas chez lui. Son travail n'est donc pas volontaire, mais contraint, c'est du travail forcé. Il n'est donc pas la satisfaction d'un besoin, mais seulement un moyen de satisfaire des besoins en dehors du travail. Le caractère étranger du travail apparaît nettement dans

---

1. Son essence : sa nature, son identité.　**2. Mortifie :** meurtrit, blesse.

le fait que, dès qu'il n'existe pas de contrainte physique ou autre, le travail est fui comme la peste. Le travail extérieur, le travail dans lequel l'homme s'aliène, est un travail de sacrifice de soi, de mortification. Enfin, le caractère extérieur à l'ouvrier du travail apparaît dans le fait qu'il n'est pas son bien propre, mais celui d'un autre, qu'il ne lui appartient pas, que dans le travail l'ouvrier ne s'appartient pas lui-même, mais appartient à un autre. De même que, dans la religion, l'activité propre de l'imagination humaine, du cerveau humain et du cœur humain, agit sur l'individu indépendamment de lui, c'est-à-dire comme une activité étrangère divine ou diabolique, de même l'activité de l'ouvrier n'est pas son activité propre. Elle appartient à un autre, elle est la perte de soi-même.

On en vient donc à ce résultat que l'homme (l'ouvrier) ne se sent plus librement actif que dans ses fonctions animales, manger, boire et procréer, tout au plus encore dans l'habitation, qu'animal. Le bestial devient l'humain et l'humain devient le bestial.

Manuscrits économico-philosophiques de 1844, traduction de Franck Fischbach

3 questions pour vous guider...

1. Relevez dans les lignes 2 à 25 tous les signes de l'aliénation liée au travail.
2. Pourquoi Karl Marx parle-t-il de « travail forcé » (l. 11) ?
3. Expliquez la formule finale : « Le bestial devient l'humain et l'humain devient le bestial » (l. 29). Quel rôle joue le travail dans cette animalisation de l'homme ?

DOC **25**

ANONYME
Photo de la chaîne d'assemblage des usines Ford

[La déshumanisation du travail]

Mis en place dès 1908 par l'industriel américain Henry Ford (1863-1947), le montage à la chaîne, encore appelé fordisme, permet d'augmenter la productivité dans ses usines. Face à une demande croissante, le constructeur automobile imagine le modèle de la « Ford T » qui peut être montée en un temps record, grâce à ses pièces interchangeables. En répétant à l'infini ses tâches sur la chaîne de montage, l'ouvrier est progressivement déshumanisé. Il est d'ailleurs remplacé, au milieu du XXe siècle, par des machines CAHIER PHOTOS • p. I.

3 questions pour vous guider...

1. Décrivez les différentes composantes de la photographie.
2. Comment se présente la chaîne de montage ?
3. Que dire de la place des ouvriers sur cette photographie ?

DOC **26**

BERTRAND BISSUEL
Une étude met en évidence l'ampleur du phénomène de la souffrance au travail

En s'appuyant sur une étude réalisée entre 2006 et 2008 sur la santé au travail, le journaliste Bertrand Bissuel analyse, pour le quotidien Le Monde, les souffrances des employés touchés par de graves symptômes dépressifs, suite aux maltraitances qu'ils subissent au travail.

[Souffrances au travail]

Le mal-être des salariés est une réalité très répandue dans certains secteurs économiques. Environ un tiers des hommes employés dans l'hôtellerie ou la restauration disent ressentir une détresse psychique. Les femmes, elles, éprouvent, le plus souvent, ce type de difficultés dans les entreprises qui produisent ou qui distribuent de l'eau, du gaz ou de l'électricité (45 %). Trois autres secteurs concentrent une proportion élevée de travailleurs en situation de souffrance : les activités financières, l'administration publique et les services collectifs, sociaux et de personnels[1].

Dévoilés par la revue *Santé et travail* dans son édition de janvier, ces constats sont extraits d'un programme de recherche inédit, appelé Samotrace. Pour la première fois, une étude épidémiologique[2] sur les risques psychosociaux[3] a été réalisée dans un large éventail de professions. De janvier 2006 à mars 2008, quelque 6 050 salariés des régions Centre, Poitou-Charentes et Pays de la Loire ont répondu à des dizaines de questions. Une opération similaire est en cours dans le Rhône et dans l'Isère. Objectif : mettre en place, à terme, « *un système de surveillance de la santé mentale au travail* ».

Les premiers résultats de Samotrace confirment l'importance des « *symptômes dépressifs et anxieux* » que les médecins du travail pressentaient ou avaient décelés de façon éparse dans des secteurs comme la fourniture d'énergie ou les banques, qui, jusqu'à une période récente, semblaient causer moins de problèmes de santé par rapport à ceux connus pour leur pénibilité physique (construction, industrie, etc.). Autre enseignement à relever : la souffrance mentale affecte plus les femmes que les hommes (37 % d'un côté contre 24 % de l'autre). Même chose pour les mauvais traitements : 5 % des salariées interrogées confient avoir été victimes des violences physiques (contre 3,2 % pour les hommes) ; un peu plus de 16 % d'entre elles ont essuyé des humiliations ou des menaces (11,6 % chez les hommes).

À l'inverse, la consommation excessive d'alcool est un phénomène essentiellement masculin. Il est très marqué parmi les

1. **Services collectifs, sociaux et de personnels :** il s'agit notamment les agents de sécurité, hôtesses d'accueil, infirmiers, agents de service, etc.

2. **Épidémiologique :** qui concerne l'étude de la fréquence et de la répartition des maladies au sein d'une population.

3. **Psychosociaux :** troubles psychologiques dus à une situation sociale donnée.

salariés du monde de la finance (16,4 %) et du secteur des services collectifs, sociaux et personnels (17 %). De même, les hommes sont proportionnellement un peu plus nombreux que les femmes à soutenir qu'ils travaillent *« d'une façon heurtant leur conscience professionnelle »* (14,3 % contre 12,1 %).

Manque de reconnaissance

Samotrace apporte aussi des éléments de réponse sur les causes profondes de ce mal-être. Au cours de l'enquête, les 6 056 salariés de l'échantillon ont, par exemple, répondu à des questions sur la marge de manœuvre ou sur le *« soutien social »* qui leur sont accordés au travail. Ils ont aussi indiqué si leurs efforts étaient, selon eux, justement récompensés. En croisant toutes ces données, le poids de certains facteurs explicatifs a pu être mis en avant.

Ainsi, les femmes qui ressentent un décalage entre leur investissement dans le travail et les gratifications obtenues en retour sont trois fois plus nombreuses que les autres à déclarer un trouble psychique. La souffrance mentale affecte aussi plus fréquemment les travailleurs en butte[1] à l'isolement ou à des violences. Aux yeux de certains responsables de l'étude, ces résultats démontrent que les troubles de santé mentale sont intimement liés à l'organisation du travail et au mode de management.

Le programme Samotrace rejoint les préoccupations affichées par le gouvernement. À la mi-mars 2008, le ministre du travail, Xavier Bertrand, avait exprimé le souhait que des négociations sur le stress deviennent obligatoires dans les branches professionnelles touchées par le phénomène. De même, il avait évoqué l'hypothèse d'un système de bonus-malus[2] qui inciterait les entreprises à mieux prévenir les risques psychosociaux.

« Une étude met en évidence l'ampleur du phénomène de la souffrance au travail », *Le Monde*, 8.01.2009

---

1. En butte : exposé à.

2. Bonus-malus : dans une assurance, le bonus-malus est un système de réduction-majoration de la prime d'assurance à chaque échéance annuelle.

3 questions pour vous guider...

1. Quels sont les objectifs du programme de recherche Samotrace (l. 10-18) ?
2. Relevez, chiffres à l'appui, 4 résultats obtenus par ce programme.
3. Quelles sont les causes profondes du mal-être des salariés (l. 40-54) ?

DOC **27**

Stéphane Brizé
La Loi du marché

[Le travail : une cause de suicide ?]

Le film La Loi du marché *de Stéphane Brizé est sorti en 2015 et a été sélectionné au Festival de Cannes. Il raconte l'histoire de Thierry (interprété par Vincent Lindon), quinquagénaire père d'un grand garçon handicapé. Après quinze difficiles mois de chômage, d'entretiens inutiles et humiliants, il accepte un emploi d'agent de sécurité dans un supermarché. Mais, rapidement, la direction lui demande d'espionner ses collègues, de les humilier et de les pousser à la faute. Sous la pression, certains employés vont jusqu'au suicide* 3e DE COUVERTURE.

3 questions pour vous guider...

1. Analysez les composantes de l'affiche du film.
2. Quel mot apparaît en rouge dans le titre ? Pour quelle raison ?
3. Quelle est l'attitude de Vincent Lindon sur cette photo ?

C S'épanouir au travail

Souffrir au travail n'est pas une fatalité. Alors que les conditions de travail se dégradent, un certain nombre d'employés, mais aussi d'employeurs, tentent de réagir.

On voit apparaître une série de mesures DOC 28 • p. 77 qui favorisent l'épanouissement personnel de l'employé en lui accordant plus d'autonomie et de bien-être.

« Travailler pour vivre et non plus vivre pour travailler » semble ainsi être la nouvelle philosophie d'une génération de travailleurs qui privilégie les loisirs et la vie de famille DOC 29 • p. 80. Elle recommande l'adoption de nouveaux modes de travail tels que le télétravail ou le temps partiel. En ce début de XXIe siècle, vivre harmonieusement tout en travaillant semble devenu une priorité.

DOC **28**

MARGHERITA NASI

Le mal-être au travail n'est pas une fatalité

Dans cet article du Monde, *la journaliste Margherita Nasi présente les recherches de Marc-Alphonse Forget sur le travail en entreprise. Dans son dernier essai,* Travail : un mal français ?, *ce formateur en entreprise dresse un bilan de la souffrance au travail et démontre qu'elle n'est pas une fatalité. La journaliste reconnaît comme lui qu'il est désormais possible de créer de nouvelles pratiques de management pour rendre les travailleurs plus heureux dans leur entreprise.*

[Améliorer la vie au travail]

Management par la terreur, par le stress, par le harcèlement, par le chantage à la délocalisation[1]… Alors que l'actualité nous in-

1. Délocalisation : pour économiser le coût du travail et de la production, de nombreuses entreprises transfèrent leurs succursales à l'étranger.

terpelle sur la souffrance au travail, les expressions pour dénoncer les pratiques managériales et les pressions qui les accompagnent se multiplient. Si dans nombre de cas les pratiques managériales doivent être mises en cause, *« beaucoup de managers sont eux-mêmes victimes de ces états de mal-être et de leurs conséquences »*, rappelle Marc-Alphonse Forget.

Dans *Travail : un mal français ?*, le consultant et formateur en entreprise dresse un état des lieux du mal-être au travail, avec ses conséquences en termes de santé et sur le plan économique. Mais celui qui a exercé des responsabilités de management pendant près de 25 ans démontre également qu'il est possible d'améliorer le bien-être des salariés, y compris celui des cadres dirigeants, par des pratiques éthiques[1] dont il présente les clés.

Pacte de confiance rompu

En prenant le pouvoir, le capitalisme financier et actionnarial[2], dont le critère dominant est la rentabilité immédiate, a entraîné de fortes pressions sur les entreprises et leurs salariés. *« L'homme, le salarié, dans tout cela, pèse bien peu de chose »*, explique l'auteur. Lorsque le pacte de confiance entre le salarié et l'entreprise est rompu, le mal-être s'installe.

Si l'auteur ne souhaite pas abandonner le principe de la libre entreprise, il milite pour le développement d'approches plus qualitatives. Il se réjouit ainsi de l'émergence du concept de performance sociale en contrepoint de la performance économique.

Mettre en place un management éthique, qui évalue régulièrement l'état de bien-être des salariés, est-il suffisant à faire disparaître le stress et la souffrance au travail ? M. Forget en doute. Globalisation[3], concurrence, évolutions technologiques : l'environnement dans lequel les entreprises évoluent continuera de faire peser des contraintes fortes. *« Ces contraintes feront que le monde*

1. **Éthiques :** qui obéissent à des règles morales.

2. **Actionnarial :** qui travaille à rendre plus rentables les actions cotées en bourses des entreprises.

3. **Globalisation :** mondialisation.

de l'entreprise restera un monde dur, difficile, éprouvant, exigeant, ce qui rejaillira nécessairement sur les collaborateurs et leurs managers. En ce sens, le pire est peut-être à venir.»

Développer son autonomie

Si le management éthique peut atténuer le poids des pressions, il n'est pas le seul facteur d'amélioration du bien-être au travail. Pour mieux s'en sortir *« les salariés devront, de plus en plus, développer des ressources et des compétences personnelles »*, notamment une grande capacité à apprendre et à désapprendre pour garantir une employabilité[1] durable mais aussi une résistance au stress, une capacité à s'adapter, à s'innover.

« En effet, quels que soient à un moment donné les aides, les soutiens, les moyens qui peuvent être mis en œuvre par une entreprise, une organisation ou les pouvoirs publics, la réalité du monde d'aujourd'hui et de demain fait que nous ne pouvons plus, ou de moins en moins, nous reposer sur des garanties, des sécurités externes à la personne.»

Pour M. Forget, l'Éducation nationale ne doit plus se contenter de transmettre un savoir qui devient vite obsolète[2], mais aussi *« préparer psychologiquement et équiper techniquement les étudiants à s'en sortir positivement, dans le monde tel qu'il est »*, en proposant des formations au travailler ensemble, au traitement de l'information, mais aussi à la résolution des problèmes et à la gestion et la prévention du stress.

Tout comme les collaborateurs doivent développer leur autonomie en entreprise, les citoyens doivent le faire dans la vie plus globale. *« Le temps de la précarité, de l'éphémère et de l'incertitude est advenu. Dans un monde marqué par le changement permanent, l'incertitude, la redistribution des cartes politiques et économiques... chacun, dans sa vie personnelle et professionnelle, doit devenir sa principale source d'orientation et sa principale ressource.»*

« Le mal-être au travail n'est pas une fatalité » ■

1. **Employabilité :** capacité à être employé. 2. **Obsolète :** vieux, dépassé.

3 questions pour vous guider...

1. Quelles sont les causes du mal-être en entreprise (l. 17-22) ?
2. Quel genre de compétences personnelles doivent développer les salariés pour se sentir mieux au travail (l. 37-48) ?
3. Quelles solutions l'Éducation nationale peut-elle apporter dans la lutte contre le mal-être au travail (l. 49-55) ?

DOC **29**

Émilie Brouze

Salariés, ils ont choisi de travailler moins pour « profiter de la vie »

Émilie Brouze est journaliste pour le journal en ligne Rue89. Dans l'article ci-dessous, elle évoque ces nouveaux modes de travail que sont les temps partiels ou le télétravail, adoptés par de plus en plus de professionnels qui souhaitent ainsi échapper aux pressions de la vie en entreprise et profiter de la vie.

[Travailler moins pour se sentir bien ?]

Au black chez les voisins, à mi-temps, en télétravail ou de nuit : ils expliquent à Rue89 ce qu'ils font de leur temps gagné ailleurs, et pourquoi ils ne le regrettent pas.

Ils ont choisi de travailler moins... quitte à gagner moins. Pour s'occuper de leurs enfants, planter des fleurs, s'investir dans une association ou, comme Frédéric et Laure, profiter de la vie.

Ce jeune couple, qui avait détaillé son porte-monnaie sur Rue89, expliquait avoir fait le « choix de vie » de travailler moins pour avoir plus de temps. Ils répètent d'ailleurs à l'envi[1] le mot « temps ».

Laure est salariée à 80 % dans la fonction publique et Frédéric, au chômage, ne cherche pas systématiquement des contrats

1. **À l'envi :** sans arrêt.

mais s'occupe des enfants, retape la maison et jardine. Ils vivent « modestement » avec 2 320 euros par mois, sans chercher à « gagner plus ».

En France, les salariés bossent en moyenne 39 heures par semaine (Insee, 2012). Depuis 1950, la baisse de la durée du travail, observée dans tous les pays développés, s'accompagne de la hausse du travail à temps partiel (18,7 % en France, en 2011). Qu'il soit voulu ou subi : un tiers des salariés à temps partiel déclarent n'avoir pas trouvé mieux.

Ceux qui ont répondu à l'appel à témoins de Rue89 ont un jour décidé de diminuer le nombre d'heures de travail pour faire autre chose.

La décision se prend souvent à deux car, comme dans le cas de Sylvain, elle a des conséquences sur le budget d'un couple. Est-elle pour autant tenable à plus long terme ? Témoignages. [...]

Xavier, 41 ans : « Je peux profiter de la vie »

« Au départ, c'était un concours de circonstances. Il y a deux ans, j'ai quitté un CDI[1] à temps complet pour un nouveau travail, toujours dans l'informatique, où les salariés sont aux quatre cinquièmes[2]. On pouvait choisir quelle journée on ne voulait pas travailler.

Je perdais environ 5 000 euros par an de salaire, sans compter l'essence – au lieu de me rendre au boulot en RER, j'utilisais ma voiture.

Au début c'était bizarre mais ça m'a donné un grand bol d'air. J'étais usé par mes journées de douze heures. Avec ces quatre cinquièmes, j'avais un grand week-end toutes les semaines.

Mais au bout de sept mois, ils ne m'ont pas gardé. J'ai retrouvé un travail dans la finance, comme administrateur réseau[3], et j'ai tout de suite proposé de travailler aux quatre cinquièmes. Ils ont

---

1. CDI : contrat à durée indéterminée.
2. Quatre cinquièmes : travailler quatre jours sur les cinq jours de travail habituellement exigés dans une entreprise.
3. Administrateur réseau : celui qui gère le réseau internet d'une entreprise.

accepté. J'ai encore gagné en qualité de vie : je suis deux jours en télétravail[1], deux jours dans l'entreprise.

Financièrement, je gagne un peu moins qu'avant mais ce n'est pas grave. J'ai un petit prêt familial qui se termine bientôt et mon épouse, plus jeune que moi, travaille à temps complet. On s'y retrouve.

Pendant ma journée de libre, je fais du jardinage, du bricolage, je m'occupe de mon association… J'ai le temps de penser à ce que j'ai à faire. Le temps partiel, je ne peux pas m'en passer. Je pensais que j'allais m'ennuyer mais en fait, je peux m'occuper un peu de moi et profiter de la vie. » […]

Marie, 33 ans : « Le temps libre, une richesse quand on en profite »

« Je suis enseignante en maternelle. Quand j'ai eu mon premier garçon, fin 2010, j'ai repris à mi-temps pour une question d'organisation : je ne voulais pas qu'il rentre trop tôt en crèche. À la rentrée 2011, je suis passée à 75 %, ce qui me permettait de mieux m'organiser avec ma classe.

Je m'y retrouve bien. Avec mon mari et mes enfants, on a beaucoup plus de temps pour passer des moments ensemble. Les parents n'ont pas toujours le choix mais en tant qu'enseignante, je vois des enfants qui enchaînent garderie et école et qui sont épuisés. Je ne voulais pas ça pour les miens.

Je ne dis pas que je ne reprendrai pas un jour à temps plein mais pour l'instant, c'est un bon compromis.

Mon mari est indépendant mais il cherche un emploi de salarié, pas forcément à temps plein. À presque 50 ans, il a une expérience de vie très intense – il avait deux activités. Il dit qu'il n'était pas plus heureux avec plus d'argent. On se rend compte que passer du temps avec nos enfants, c'est bien pour eux et pour nous et on est aussi plus dans une optique de développement personnel. On gagne en qualité de vie.

1. **Télétravail :** travail depuis son domicile.

D'un point de vue financier, la différence entre un mi-temps et un 75 % n'est pas énorme : je touche 1 350 euros, contre 1 750 euros à temps plein. On a fait des concessions pour réduire notre train de vie : on est moins partis en vacances, on a réduit les loisirs… pour au final passer plus de temps ensemble.

Comme j'ai un enfant en bas âge, je reste souvent à la maison, le vendredi : je fais du ménage, je bouquine… Ça me permet de m'avancer pour me libérer complètement le week-end. Je pense que le temps libre, c'est une richesse qui s'apprécie quand on en profite. Pas pour faire des choses en plus, mais plutôt pour ne pas courir tout le temps. »

« Salariés, ils ont choisi de travailler moins pour "profiter de la vie" »,
16 janvier 2014, © *Rue89*

3 questions pour vous guider…

1. Quels avantages Xavier trouve-t-il à sa nouvelle situation de travail allégé (l. 36-52) ?
2. De quelle nature est le sacrifice accepté par ces travailleurs d'un nouveau type (l. 44-47 et l. 73-77) ?
3. À quoi Marie fait-elle référence quand elle dit : « On gagne en qualité de vie » (l. 71-72) ?

VERS L'EXAMEN

THÈME • *Le travail est-il un lieu d'aliénation ?*

> **Synthèse de documents**

Comparez puis faites la synthèse des documents 23, 24, 27 et 28.

> **Écriture personnelle**

Pensez-vous que le travail est un lieu de souffrance pour les salariés ?
Appuyez-vous sur les documents cités, sur vos lectures et sur vos connaissances personnelles pour répondre.

VERS L'EXAMEN

THÈME • *S'épanouir au travail*

> **Synthèse de documents**

Comparez puis faites la synthèse des documents 22, 26, 28 et 29.

> **Écriture personnelle**

Pensez-vous que le travail est une source d'épanouissement pour les salariés ?
Appuyez-vous sur les documents cités, sur vos lectures et sur vos connaissances personnelles pour répondre.

SUJET 1 Identifier les sources de stress au travail pour mieux l'éviter

Devant le nombre croissant de surmenages et burn-outs, de nombreux sites offrent des solutions pratiques d'évaluation du degré de stress enduré par le salarié, mais aussi des solutions pour y remédier au quotidien.

Les sites à explorer

- **Le site sante.fr évalue les facteurs de stress au travail**
  http://sante-medecine.journaldesfemmes.com/faq/1548-facteurs-de-stress-au-travail

  Le site de sante.fr propose un aperçu des principaux facteurs qui créent du stress dans l'activité professionnelle du salarié. De l'organisation des tâches à effectuer jusqu'aux relations de travail, le site passe l'ensemble des raisons en revue.

- **Une vidéo de l'INRS France sur le stress au travail**
  https://www.youtube.com/watch?v=4NGpoVWzHNU

  L'organisme Santé et Sécurité au Travail (INRS) propose une vidéo qui décrit les causes du stress au travail. Elle se construit en deux temps : le premier consiste à démasquer le stress et le second indique des solutions pour le prévenir.

VERS L'EXPOSÉ

Combattre le stress au travail

De nos jours, le bien-être ne semble pas faire bon ménage avec le travail. Mais comment mesurer le stress et le combattre ? Dans un exposé, présentez à votre classe tout d'abord les principaux facteurs de stress rencontrés par les salariés. Puis, dans une seconde partie, les solutions concrètes pour lutter contre.

SUJET 2 Comment s'épanouir au travail ?

Peut-on concilier bien-être et travail ? Pression de la hiérarchie, recherche de rentabilité accrue, compétition entre collègues, le travail est plus souvent davantage considéré comme une source de stress que comme une source d'épanouissement. Il existe cependant d'autres voies pour travailler dans de meilleures conditions.

Les sites à explorer

- **Site de l'INRS sur ce qu'il faut retenir du stress au travail**
  http://www.inrs.fr/risques/stress/ce-qu-il-faut-retenir.html

  L'organisme Santé et Sécurité au Travail (INRS) offre sur sa page internet une rubrique qui recense les différentes formes de stress au travail. Il s'agit de distinguer le bon stress du mauvais stress pour travailler et vivre plus sereinement.

- **Site d'Arte Info : « Travailler moins pour être plus heureux »**
  http://info.arte.tv/fr/travailler-moins-pour-etre-plus-heureux

  Dans un reportage diffusé dans le cadre de son journal, la chaîne de télé Arte présente l'exemple de la réforme du travail dans la ville de Göteborg en Suède. Depuis 2015, les employés municipaux peuvent travailler 30 heures par semaine : une nouvelle façon d'être heureux ?

VERS L'EXPOSÉ

Comment s'épanouir au travail ? En vous appuyant sur ces deux sites, exposez les moyens de concilier travail et bonheur.

CHAPITRE 4

La **société de consommation** : comment échapper à ses excès ?

> **Ce qu'on appelle la société de consommation devrait être rebaptisé : Société de Tentation.**
>
> FRÉDÉRIC BEIGBEDER, *Au secours pardon* (2007), © Grasset et Fasquelle

Publicités incessantes, prix cassés, tentation permanente de posséder le dernier gadget à la mode : nos sociétés occidentales semblent n'avoir pour unique obsession que le besoin, toujours plus grand, de consommer. Mais qu'appelle-t-on au juste la société de consommation ?

Apparue durant les Trente Glorieuses, forte période de croissance et de prospérité économique (entre 1945 et le début des années 1970), la société de consommation se présente comme un univers merveilleux où tout pousse à consommer en abondance.

Mais cette abondance a un coût, de plus en plus inaccessible au plus grand nombre. Aussi peut-on se demander ce que représente aujourd'hui la société de consommation. En temps de crise économique, avec le risque accru de surendettement, que sont devenus les consommateurs ? Consommer a-t-il le même sens qu'autrefois ? Comment peut-on consommer mieux et de manière plus responsable ?

A Qu'est-ce que la société de consommation ?

L'euphorie qui s'est emparée des sociétés occidentales, au moment des Trente Glorieuses, a amené les consommateurs à se procurer des biens de consommation et des services en quantités toujours plus importantes. Le sociologue Jean Baudrillard DOC 30 • p. 89 est le premier à s'être intéressé à ce phénomène de surconsommation et à la manière dont les magasins exploitent cette course à la consommation.

Le jeune couple mis en scène dans *Les Choses* de Georges Perec DOC 31 • p. 90 rêve d'accumuler meubles, objets et appartements. Cette ivresse de la consommation, le peintre Andy Warhol l'illustre avec humour dans son célèbre tableau représentant les boîtes de soupe Campbell's DOC **32 • p. 92**. Que sommes-nous devenus à force consommer? Ne sommes-nous pas aujourd'hui dominés par notre désir de posséder?

DOC **30**

JEAN BAUDRILLARD
La Société de consommation

Jean Baudrillard (1929-2007) est un sociologue qui s'est fait connaître, au début des années 1970, par son ouvrage La Société de consommation. *Il y analyse la fièvre consommatrice des sociétés occidentales dopées par la spectaculaire croissance économique des années 1950 et 1960. Dans cet extrait, il considère la société de consommation comme une nouvelle société d'abondance où acheter, c'est exister.*

[Définir la société de consommation]

L'amoncellement[1], la *profusion*[2] est évidemment le trait descriptif le plus frappant. Les grands magasins, avec leur luxuriance[3] de conserves, de vêtements, de biens alimentaires et de confection[4], sont comme le paysage primaire et le lieu géométrique de l'abondance. Mais toutes les rues, avec leurs vitrines encombrées, ruisselantes (le bien le moins rare étant la lumière, sans qui la marchandise ne serait que ce qu'elle est), leurs étalages de charcuterie, toute la fête alimentaire et vestimentaire qu'elles mettent en scène, toutes stimulent la salivation[5] féerique. Il y a quelque chose de plus dans l'amoncellement que la somme des produits: l'évidence du surplus, la négation magique et définitive de la rareté,

1. **Amoncellement:** accumulation.
2. **Profusion:** abondance.
3. **Luxuriance:** grande richesse.
4. **De confection:** de prêt-à-porter.
5. **Salivation:** action de produire de la salive, de mettre en appétit.

la présomption[1] maternelle et luxueuse du pays de Cocagne[2]. Nos marchés, nos artères commerciales, nos Superprisunic[3] miment ainsi une nature retrouvée, prodigieusement féconde : ce sont nos vallées de Chanaan[4] où coulent, en fait de lait et de miel, les flots de néon sur le ketchup et le plastique, mais qu'importe ! L'espérance violente qu'il y en ait non pas assez, mais trop, et trop pour tout le monde, est là : vous emportez la pyramide croulante d'huîtres, de viandes, de poires ou d'asperges en boîte en en achetant une parcelle. Vous achetez la partie pour le tout.

La Société de consommation, 1970, © Éditions Denoël ■

3 questions pour vous guider...

1. Quelle est, selon Baudrillard, la caractéristique la plus frappante de la société de consommation (l. 1-9) ?
2. Pourquoi le sociologue parle-t-il de la société de consommation comme d'une fête (l. 9-16) ?
3. Pourquoi le consommateur est-il heureux d'acheter « la partie pour le tout » (l. 20) ?

DOC **31**

Georges Perec
Les Choses

Dans Les Choses, *son premier roman, Georges Perec (1936-1982) brosse le tableau de la société de consommation des années 1960 en racontant l'histoire de Jérôme et Sylvie. Ce jeune couple de la classe moyenne rêve en permanence de posséder toutes sortes d'objets pour avoir une vie meilleure. Or, pour Perec, consommer ne fait pas le bonheur.*

---

1. Présomption : conviction supposée vraie jusqu'à preuve du contraire.
2. Pays de Cocagne : pays imaginaire où la nourriture serait abondante.
3. Superprisunic : chaîne de magasins.
4. Vallées de Chanaan : dans la Bible, région réputée pour son abondance et sa richesse.

[Une société d'abondance]

La première porte ouvrirait sur une chambre, au plancher recouvert d'une moquette claire. Un grand lit anglais en occuperait tout le fond. À droite, de chaque côté de la fenêtre, deux étagères étroites et hautes contiendraient quelques livres inlassablement[1] repris, des albums, des jeux de cartes, des pots, des colliers, des pacotilles[2]. À gauche, une vieille armoire de chêne et deux valets[3] de bois et de cuivre feraient face à un petit fauteuil crapaud tendu d'une soie grise finement rayée et à une coiffeuse[4]. Une porte entrouverte, donnant sur une salle de bains, découvrirait d'épais peignoirs de bain, des robinets de cuivre en col de cygne, un grand miroir orientable, une paire de rasoirs anglais et leur fourreau de cuir vert, des flacons, des brosses à manche de corne, des éponges. Les murs de la chambre seraient tendus d'indienne[5] ; le lit serait recouvert d'un plaid[6] écossais. Une table de chevet, ceinturée sur trois faces d'une galerie[7] de cuivre ajourée, supporterait un chandelier d'argent surmonté d'un abat-jour de soie gris très pâle, une pendulette quadrangulaire[8], une rose dans un verre à pied et, sur sa tablette inférieure, des journaux pliés, quelques revues. Plus loin, au pied du lit, il y aurait un gros pouf[9] de cuir naturel. Aux fenêtres, les rideaux de voile glisseraient sur des tringles de cuivre ; les doubles rideaux, gris, en lainage épais, seraient à moitié tirés. Dans la pénombre, la pièce serait encore claire. Au mur, au-dessus du lit préparé pour la nuit, entre deux petites lampes alsaciennes, l'étonnante photographie, noire et blanche, étroite et longue, d'un oiseau en plein ciel, surprendrait par sa perfection un peu formelle.

[...]

---

1. **Inlassablement :** sans cesse.
2. **Pacotilles :** objets quelconques, sans grande valeur.
3. **Valets :** larges cintres montés sur pieds et destinés à accueillir les différentes pièces d'un costume masculin.
4. **Coiffeuse :** meuble permettant aux femmes de disposer leurs affaires de toilette.
5. **Indienne :** tissu mural imprimé dans les tons de rouge connu pour son raffinement.
6. **Plaid :** couverture en laine.
7. **Galerie :** ornement en relief sur le bord d'un meuble.
8. **Quadrangulaire :** à quatre angles.
9. **Pouf :** tabouret bas.

La vie, là, serait facile, serait simple. Toutes les obligations, tous les problèmes qu'implique la vie matérielle trouveraient une solution naturelle.

Les Choses, 1965, © Éditions Julliard ■

3 questions pour vous guider...

1. Quel est l'effet produit par ces nombreuses énumérations d'objets ?
2. Pourquoi, selon vous, Perec ne met-il en scène ici aucun personnage ?
3. En quoi ce texte contient-il une critique de la société de consommation ?

DOC **32**

Andy Warhol
Campbell's Soup Cans

[L'ivresse de la consommation]

Andy Warhol (1928-1987), est un artiste américain, à l'origine du Pop Art, un mouvement qui s'interroge sur la société de consommation. L'une de ses œuvres les plus célèbres est la série de tableaux qu'il a réalisés à partir de la boîte de soupe Campbell, en 1962, pour illustrer l'ivresse de la société de consommation CAHIER PHOTOS • p. II.

3 questions pour vous guider...

1. Quelle est la composition du tableau ?
2. Quels sont les choix graphiques ?
3. Quelle est l'originalité de cette œuvre et quel est son message ?

B Les dérives de la société de consommation

Dans les années 1970 et 1980 marquées par plusieurs crises économiques, la folie consommatrice des Trente Glorieuses fait place à la désillusion. L'on s'aperçoit des effets désastreux de la société de consommation qui accentue l'individualisme DOC 33 • p. 93. Le consommateur accumule des objets comme pour combler un vide affectif ou une angoisse. La sculpture de Duane Hanson DOC 34 • p. 96, qui représente une ménagère américaine et son caddie débordant de nourriture, dénonce les excès de la société de consommation.

Car, à l'évidence, la société de consommation crée de nombreuses dérives. Pour Nicolas Riou DOC 35 • p. 96, les produits que l'on consomme sont devenus des signes de richesse. Ainsi ne plus consommer, c'est ne plus exister.

DOC **33**

HÉLÈNE L'HEUILLET

La consommation au prisme de l'éthique

La journaliste Hélène L'Heuillet rapporte dans l'article ci-dessous les réflexions du philosophe Gilles Lipovetzsky (né en 1944) sur les dérives de la société de consommation. Ses excès accentuent l'individualisme des sociétés occidentales contemporaines.

[La société de consommation : une société individualiste ?]

Nous sommes effectivement parvenus, selon lui[1], à un troisième stade de la société de consommation, moins centré sur l'objet que, paradoxalement, sur le sujet lui-même. L'objet a perdu de sa prestance[2]. Il n'est plus l'objet absolu, porteur de nouvelles

1. Selon Gilles Lipovetzsky.

2. **Sa prestance :** son maintien, son excellence.

« mythologies[1] », mais est devenu relatif à la jouissance que l'on peut en tirer et mesuré à l'aune[2] du désir qu'il est capable d'animer en nous : « nous sommes passés d'une économie axée sur l'offre à une économie axée sur la demande » et « la société d'hyperconsommation coïncide avec un État de l'économie marqué par la centralité du consommateur ».

L'auteur s'efforce pourtant de restituer la logique interne du développement de la société de consommation. Ce processus n'est rien d'autre que le progrès de l'individualisme. Si, au XVIIIe siècle, il avait semblé à des philosophes comme Montesquieu[3] ou Kant[4], qu'au-delà de l'échange des choses, le commerce développait les relations des hommes entre eux et la relation aux autres, la consommation, qui apparaît dans les années 1880, consacre dans un premier temps la relation de l'individu avec les objets. Dès le début, elle est d'ailleurs anthropomorphique[5]. L'invention de la consommation est en effet consubstantielle de[6] celle des marques, et de l'accès de l'objet au nom propre. Il y a de grands noms de la consommation, comme il y a des grands noms de l'histoire (Coca-Cola, Kodak, etc.). La deuxième phase de la société de consommation, qui commence après la reconstruction des économies de l'après Seconde Guerre mondiale, parachève[7] ce qui était en germe au premier stade : le rêve présenté dans les vitrines et sur les plaquettes publicitaires se réalise. L'objet convoité est désormais possédé. On achète, massivement, une voiture, une télévision, un lave-linge. Si « la phase I » correspondait à l'invention des grands magasins, encore destinés à une élite, « la phase II » voit s'ouvrir les supermarchés. Pour la première fois dans l'histoire l'abondance paraît à portée de tous. L'objet technique entre dans la maison, et avec lui l'idéal du confort domestique.

1. **Mythologies :** nouveaux mythes.
2. **À l'aune :** à partir de.
3. **Montesquieu :** écrivain et philosophe français (1689-1755).
4. **Kant :** philosophe allemand (1724-1804).
5. **Anthropomorphique :** qui cherche à représenter un être ou un objet sous une forme humaine.
6. **Consubstantielle de :** naturellement unie à.
7. **Parachève :** finit de construire.

La frénésie de la consommation a des effets sur la sphère morale, comme si l'allégement des contraintes quotidiennes se traduisait par un nouvel affranchissement[1] des obligations traditionnelles, et par une nouvelle étape de l'individualisme. La phase III radicalise cette tendance vers une consommation toujours plus individualisée, émotionnelle et chargée d'une « nouvelle fonction identitaire », moins axée sur la famille, et davantage sur le « soi » (téléphones portables, micro-ordinateurs, iPods, etc.). Le supermarché ne suffit plus à cette consommation centrée sur le rapport à soi. On préfère désormais l'achat facilité, rapide, et adapté au profil de chacun. La logique consumériste gagne les domaines qui en étaient les plus éloignés : le couple, la culture ou la religion. Cette nouvelle idéologie de la consommation a en effet intégré les valeurs spirituelles, le souci de soi, et le soin de son âme. Qu'on ne s'y trompe pas cependant, cette mutation n'est pas une rupture ni une sortie du matérialisme, mais une hyperbole[2] du matérialisme.

« La consommation au prisme de l'éthique », 2010, © raison-publique.fr, DR ■

3 questions pour vous guider...

1. Dans le premier paragraphe, qu'est-ce qui a remplacé l'économie axée sur l'offre ? Qu'est-ce que cela signifie ?
2. Il existe, selon le philosophe Lipovetzsky, trois phases dans la société de consommation (l. 13-44) : classez-les dans un tableau à trois colonnes avec leurs différentes caractéristiques.
3. Pourquoi la société de consommation est désormais caractérisée par une consommation centrée sur soi (l. 37-50) ? Appuyez-vous sur des exemples pour répondre.

1. **Affranchissement :** libération.

2. **Hyperbole :** exagération.

DOC **34**

Duane Hanson
Supermarket Shopper

[La surconsommation]

Duane Hanson (1925-1996) est un sculpteur américain qui appartient au courant artistique de l'hyperréalisme. Ses sculptures, très réalistes, représentent souvent des personnages ou des scènes de grande taille en fibre de verre et en résine qui illustrent les abus de la société capitaliste. L'artiste cherche ainsi, notamment avec la Supermarket Shopper *(1969-1970), à faire prendre conscience des excès de la société de consommation* CAHIER PHOTOS • p. III.

3 questions pour vous guider...

1. Analysez les composantes de la sculpture.
2. Comment le caddie met-il en scène la surconsommation ?
3. Comment la ménagère est-elle représentée ? Quel message cherche à communiquer Duane Hanson ?

DOC **35**

Nicolas Riou
Dis-moi ce que tu consommes, je te dirai qui tu es

Directeur en stratégie marketing, Nicolas Riou s'est distingué par ses analyses de l'évolution de la société de consommation. Depuis son apparition dans les années 1950, la société de consommation a changé : les produits que l'on consomme ne répondent plus comme autrefois à un besoin. Ce sont des « marqueurs sociaux » qui reflètent la réussite sociale. Dans cet article du quotidien Libération*, il dénonce ce qu'il considère comme une aliénation.*

[Une aliénation psychologique]

Qu'on le veuille ou non, la société de consommation change. L'envie de consommer est toujours là, mais les moteurs du désir ne sont plus les mêmes que ceux qui ont marqué les décennies précédentes.

Les années 60 ont marqué le premier âge de la société de consommation, celui où les produits correspondaient à des besoins tangibles[1]. On les achetait avant tout pour leur valeur d'usage, la fonction qu'ils accomplissaient et qui améliorait souvent le cadre de vie. Ainsi du réfrigérateur (10 % de la population équipée en 1958, 75 % en 1969), de la machine à laver (10 % en 1958, 66 % en 1974), de la télévision, de l'automobile, des couches-culottes, de la lessive et de bien d'autres encore. Par l'acquisition de biens matériels de plus en plus nombreux, la consommation a permis la transformation des modes de vie et s'est associée à la notion de progrès. En 1963, Edgar Morin[2] écrivait dans *Le Monde* l'entrée dans une nouvelle civilisation, « du bien-être, du confort, de la consommation, de la rationalisation ».

Les années 80 ont incarné l'apogée[3] du deuxième âge de la consommation, celui où la valeur d'image se substitue à la valeur d'usage. À l'âge de la dynamique individualiste, les objets ne répondent plus à des besoins collectifs mais se personnalisent. Ils visent essentiellement à différencier leurs utilisateurs. La consommation s'organise selon une logique de signes. Signes de réussite ou d'appartenance à un groupe social. Une voiture, des vêtements de marque, une maison bien équipée agissent avant tout comme des marqueurs sociaux[4]. Ils ne répondent plus simplement à un besoin, mais sont choisis pour leur immatériel, l'imaginaire qu'ils incarnent, souvent construit par la publicité.

Trop souvent, les analystes comme les critiques en restent là. Pourtant, nous sommes entrés dans une nouvelle étape de la

---

1. **Tangibles :** réels, concrets.
2. **Edgar Morin :** philosophe et sociologue français (né en 1921).
3. **Apogée :** sommet.
4. **Marqueurs sociaux :** signes révélateurs d'appartenance à une classe sociale.

société de consommation. Les objets ne répondent plus simplement à des besoins : on n'a généralement pas besoin de changer de voiture ou de lave-vaisselle. Aux logiques d'arbitrage de prix ou de marquage social, s'ajoute un nouveau moteur, d'ordre psychologique. Nous choisissons de plus en plus les marques ou les produits pour le bénéfice psychique qu'ils nous apportent. Et celui-ci est souvent inconscient. Comment faire un choix rationnel quand, dans un hypermarché, on doit arbitrer entre 22 000 produits ?

La logique du désir s'est toujours articulée autour de la notion de manque. Mais ce manque est devenu psychologique. Les objets et les marques comblent des vides affectifs. Avec son fameux « Parce que je le vaux bien », la marque L'Oréal joue sur la satisfaction narcissique et aide les femmes à se sentir plus belles. Elle stimule leur confiance en elles et les aide à se sentir désirables, tout en véhiculant l'idée de contrôle, de maîtrise de soi et de son image. Le succès actuel des marques de luxe repose sur une mécanique similaire, celle du luxe « pour soi » plutôt que du symbole de statut.

Par la multiplication des objets, et des messages, la consommation protège de la panne de jouissance. Il n'y a plus de temps morts, ceux-ci sont comblés par des objets, qui ont une nouvelle fonction, celle de béquille identitaire. En identifiant le modèle de la « consommation compensatoire », les chercheurs anglo-saxons soulignent combien les objets du quotidien compensent des déficits identitaires. Ils deviennent une partie de nous-mêmes, traduisent qui nous sommes, ou qui nous rêverions d'être. Le choix paradoxal d'un 4x4, alors qu'on conduit en milieu urbain, vise avant tout à exprimer sa personnalité, à s'identifier à un style de vie rêvée. Dans une société de cols blancs[1], on se sent plus libre en Levi's, plus viril en Harley Davidson ! On se sent une meilleure mère en utilisant des couches de marque. On maîtrise son corps et son image en utilisant un nouveau shampooing à forte composante technologique. De même qu'on est plus féminine en Chanel. Les marques cultes développent une valeur ajoutée affective.

1. **Cols blancs :** référence au monde des affaires.

Dans une société vieillissante, en panne de repères et de projet collectif, la consommation devient une véritable thérapie. Le discours santé des marques alimentaires, les arguments sécurité des marques automobiles rassurent une société anxieuse et peu sûre d'elle. Les objets nous consolenta, nous confirment dans notre existence, ou meublent le vide de sens auquel nous sommes confrontés. Il faut désormais aborder la société de consommation avec une nouvelle clé de lecture, où leur valeur affective l'emporte sur leur fonction.

Article : « Dis-moi ce que tu consommes, je te dirai qui tu es »,
Libération du 31 octobre 2005 ■

3 questions pour vous guider...

1. Quelles sont les deux premières étapes de la consommation évoquées dans les 2 premiers paragraphes ? Quelles en sont les caractéristiques principales ?
2. Dans quelle nouvelle étape de la consommation sommes-nous entrés, selon Nicolas Riou (l. 30-36) ?
3. Pourquoi Nicolas Riou qualifie-il la consommation de « véritable thérapie » (l. 65) ? Quel rôle joue désormais l'objet ?

C Consommer autrement, est-ce possible ?

L'hyperconsommation est-elle une fatalité dans nos sociétés occidentales ? Rien n'est moins sûr. Les crises économiques répétées ont conduit les consommateurs à modifier leurs comportements et à envisager de nouvelles manières de consommer. Comme l'explique Audrey Garric DOC 36 • p. 100, une économie circulaire s'est peu à peu développée. Elle favorise le recyclage d'objets déjà utilisés à travers un système d'échanges, de troc.

Les hyperconsommateurs cèdent de plus en plus souvent la place aux « consom'acteurs » : consommer devient un acte responsable, où celui qui achète est un acteur à part entière de la transaction, comme le souligne Dominique Desjeux DOC 37 • p. 104. Un nouveau modèle de société de consommation fondé sur le lien social apparaît : il est plus participatif et plus interactif DOC 38 • p. 108.

DOC **36**

AUDREY GARRIC

Les Français sont-ils sortis de l'hyperconsommation ?

Dans les années 2000, une économie dite « circulaire », fondée sur le don et le recyclage des objets, voit le jour. Cette nouvelle forme d'économie, qui a pour but de sortir de l'hyperconsommation, entraîne des changements de comportements que la journaliste Audrey Garric présente dans cet article du journal Le Monde.

[Sortir de l'hyperconsommation]

Les Français sont-ils prêts pour l'économie circulaire ? C'est la question à laquelle a tenté de répondre l'Agence de l'environnement et de la maîtrise de l'énergie (Ademe), dans une étude commandée au Centre de recherche pour l'étude et l'observation des conditions de vie (Crédoc) et publiée mardi 17 juin à l'occasion du lancement des premières assises[1] de l'économie circulaire à Paris.

Ce rapport, qui compile et analyse une cinquantaine d'enquêtes menées auprès de la population au cours des vingt-cinq dernières années, montre une prise de conscience écologique des consommateurs et une évolution de leur comportement. Au lieu d'extraire toujours plus de ressources (dont on sait qu'elles sont finies[2]) pour consommer davantage, dans une logique linéaire[3], une partie d'entre eux a basculé vers une logique plus circulaire, qui vise à

1. **Assises :** session extraordinaire d'une assemblée.
2. **Finies :** vouées à disparaître.
3. **Logique linéaire :** par opposition à l'économie circulaire, on nomme économie linéaire une économie qui pousse à consommer sans recycler.

consommer mieux, en augmentant l'efficacité de l'utilisation des ressources et en diminuant l'impact sur l'environnement.

De plus en plus de tri et de limitation des déchets

Cette évolution est particulièrement visible dans le domaine des déchets, dont la quantité est en baisse depuis le début des années 2000. Selon un Eurobaromètre de la Commission européenne réalisé en 2011, 82 % des Français déclarent trier la plupart de leurs déchets pour le recyclage, contre 66 % des Européens. Dans le détail, 71 % d'entre eux affirment trier systématiquement les piles (la proportion n'était que de 30 % en 1998), 69 % les papiers journaux (contre 37 % en 1998), et 76 % le verre (contre 65 %).

Au-delà du tri, les Français limitent également la quantité d'emballages en amont[1]. Entre 2003 et 2010, la proportion de personnes qui déclarent être attentives à la quantité de résidus que leur achat occasionnera est devenue majoritaire, passant de 41 % à 52 %, selon une étude du Crédoc pour l'Ademe parue en 2010.

Conséquence : la production de déchets par habitant a diminué ces dernières années : après avoir doublé entre le début des années 1960 et 2002 (passant d'environ 175 kg par habitant à 359 kg), elle est depuis en baisse, avec 290 kg en 2011.

Occasion, réparation, don

Allonger la durée de vie des produits est une autre illustration de l'économie circulaire. Il y a différentes façons de le faire : en les entretenant, en les faisant réparer, en les donnant ou en les prêtant plutôt que de les jeter. Par exemple, 54 % des Français font réparer leurs appareils électroménagers, hi-fi et vidéo plutôt que d'en acheter de nouveaux, 88 % d'entre eux ont déjà fait un don de vêtements ou de chaussures à une association, 75 % ont acheté des produits d'occasion en 2012, contre 59 % en 2004 et 25 % ont eu recours au covoiturage, dont 10 % régulièrement en 2013. De plus

---

1. **En amont :** à l'origine.

en plus, avec le développement de la consommation collaborative, l'usage se substitue à la propriété, la fonction à l'objet.

Les sites qui assurent ces échanges horizontaux sont légion[1] : l'incontournable Leboncoin (deuxième site le plus fréquenté, en temps passé, dans l'Hexagone après Facebook), mais aussi Zilok, E-loue, Videdressing, La Ruche qui dit oui !, BlaBlaCar, Airbnb ou Couchsurfing[2].

Reste que l'obsolescence programmée – c'est-à-dire le fait que les fabricants conçoivent délibérément des produits qui s'usent ou tombent en panne rapidement afin d'obliger les consommateurs à renouveler constamment leur stock – existe toujours bel et bien et se révèle même souvent devancée par les consommateurs eux-mêmes, qui n'attendent pas la fin de vie de leurs équipements pour en changer.

Modes de vie plus sobres

Enfin, certains modes de vie tendent à changer vers une plus grande sobriété en ressources. Depuis 2003 par exemple, la consommation d'eau par les ménages a légèrement baissé (- 3 %, alors que dans le même temps la population progressait de + 7 %), après avoir augmenté régulièrement depuis les années 1950.

Le souci de réduire la consommation d'énergie dans le logement est également très présent : 81 % des ménages cherchent à diminuer leur consommation ; ce qui se traduit par des « *petits gestes* », comme le fait d'éteindre davantage les lumières, d'utiliser des ampoules à économie d'énergie ou de baisser le chauffage dans les pièces inoccupées.

Levier économique

Si recréer du lien social, contourner les systèmes marchands ordinaires, soutenir l'économie locale ou faire un geste pour la

---

1. **Légion :** nombreux.
2. **Leboncoin […] Couchsurfing :** respectivement des sites internet de vente entre particuliers, de location de matériel, de location de tout type, de vide-grenier communautaire, de vente de produits fermiers, de covoiturage, de location de chambres chez des particuliers et de couchages chez l'habitant.

planète font partie des motivations de ces nouveaux « consommacteurs » que les services marketing cherchent à apprivoiser, leurs principales motivations se révèlent être la recherche d'économies et la volonté de maintenir leur pouvoir d'achat[1] dans un contexte de contraintes budgétaires dues à la crise.

« Le levier économique reste majeur, mais il conduit néanmoins à des pratiques plus vertueuses, note la sociologue Solange Martin, qui a piloté l'étude pour l'Ademe. *On se situe en fin de phase de l'hyperconsommation : elle est passée de mode et est même devenue culpabilisante. Il faut maintenant accompagner les nouveaux comportements des consommateurs.* » Cela peut passer par des incitations publiques aux achats vertueux ou par des initiatives mises en place par les collectivités locales ou les entreprises.

« Les Français sont-ils sortis de l'hyperconsommation ? »,
lemonde.fr, 17.06.2014 ■

3 questions pour vous guider...

1. Comment se définit, selon la journaliste, l'économie circulaire ? Quelles en sont les illustrations concrètes ?
2. Qu'est-ce que la consommation collaborative (l. 43-50) ? Comment redéfinit-elle la fonction et la valeur des objets ?
3. Selon la journaliste, quels sont les bienfaits de la consommation circulaire (l. 71-77) ?

1. **Pouvoir d'achat :** capacité d'achat de biens et de services que permet un revenu.

DOC **37**

Dominique Desjeux

Du consommateur malin au consommateur contraint

Dominique Desjeux est professeur d'anthropologie, branche des sciences qui étudie l'être humain sur le plan physique et culturel. Dans cet article, il analyse les changements sociaux provoqués par les nouvelles manières de consommer. Il considère que, sous l'effet de la crise économique, la société française adopte progressivement un modèle de consommation plus responsable. Le consommateur devient un « consom'acteur ».

[Devenir un « consom'acteur »]

Glanage[1] à la fin des marchés de rue en ville, course aux coupons de réduction dans les supermarchés, revente des cadeaux de Noël par Internet, etc. La crise, selon une partie des professionnels du marketing, conduirait à de nouvelles pratiques de consommation, transformant le consommateur en un « consom'acteur malin », voire un résistant à la consommation.

La croissance des classes moyennes favorisées des pays émergents[2] depuis 2000, notamment en Chine, a entraîné une augmentation de la demande et donc des prix des matières premières minérales, énergétiques et alimentaires.

La poussée inflationniste[3] mondiale explique pour une part le chassé-croisé entre la consommation en pleine ascension des BRICS (Brésil, Russie, Inde, Chine et Afrique du Sud) et, à l'inverse, la descente sociale des classes les moins favorisées des pays occidentaux, dont la consommation est menacée par la croissance des dépenses contraintes, phénomène qui bouleverse tous les marchés occidentaux.

---

1. **Glanage :** action de ramasser ici et là.
2. **Pays émergents :** pays dont le PIB (produit intérieur brut) est inférieur à celui des pays dits développés et qui, cependant, connaissent une forte croissance économique.
3. **Poussée inflationniste :** large augmentation des prix.

D'après l'Institut national de la statistique et des études économiques (Insee), les dépenses incompressibles[1] des Français ont fortement augmenté entre 2001 et 2006. Elles sont passées de 50 % à 70 % pour les 20 % des ménages aux revenus les plus bas. Leurs dépenses de logement atteignent 44 %, contre 31 % cinq ans plus tôt.

La précarité[2] énergétique, liée à la hausse des factures de chauffage, augmente au rythme de la montée des prix du gaz ou de l'électricité. En province, la mobilité en voiture est touchée par les cours du pétrole. La montée de ces dépenses contraintes fait baisser de fait le pouvoir d'achat[3] des dépenses non contraintes, c'est-à-dire le plus gros du marché de la grande consommation.

« Marché de la pauvreté » des années 1990

Le nombre de consommateurs sous contrainte de pouvoir d'achat est donc en forte augmentation, les plus démunis coupant dans leurs dépenses de santé ou d'alimentation. On retrouve le « marché de la pauvreté » des années 1990. Il concernerait aujourd'hui près de 50 % des Français et renvoie à trois grandes pratiques de consommation économe, comme l'ont observé les enquêtes réalisées à l'échelle des familles.

Le calculateur, démuni ou non, compare et organise ses achats. L'explorateur, lui, butine, fait appel à ses réseaux humains – familiaux ou amicaux – et numériques.

Enfin, celui qui se restreint cherche à acheter moins cher, à consommer moins, à faire par lui-même, à récupérer des produits gratuits. Il achète les denrées alimentaires un peu avant la fermeture du marché, au moment où les prix sont bradés. S'il n'a pas d'argent, il glane les invendus ou fait les poubelles.

Il peut aussi faire du troc sur la base d'échanges liés à des pratiques de bricolage ou de lavage. En supermarché, il cherche les produits en promotion, utilise les coupons de façon systématique.

---

1. Incompressibles : impossibles à réduire.
2. Précarité : fragilité.
3. Pouvoir d'achat : capacité d'achat de biens et de services que permet un revenu.

Il attend les soldes. Il vend et achète des produits d'occasion dans les vide-greniers ou sur Internet, qui « surfe » d'ailleurs sur ce courant avec des sites de plus en plus nombreux, comme Leboncoin.fr. Il récupère les « encombrants » dans la rue. Il fait des économies d'énergie, pratique le covoiturage.

Certes, la crise, qui affecte singulièrement le pouvoir d'achat des classes moyennes occidentales, donne de l'ampleur à des comportements ou des formes de consommation inattendues. Mais toutes ces pratiques sont-elles si nouvelles ?

Stupides et passifs

Cette vision peut laisser sous-entendre qu'avant la crise, la plupart des consommateurs étaient stupides et passifs. Or, ils ont toujours été des acteurs stratèges en fonction de leur groupe d'appartenance, plus ou moins sous contrainte de pouvoir d'achat, de normes culturelles et sociales, d'espace dans le logement ou de temps disponible tout au long de la journée, notamment les consommatrices des familles les plus démunies.

D'autre part, depuis l'avènement de la société de grande consommation dans les années 1960 en Europe de l'Ouest, il y a toujours eu des résistants à la consommation, en particulier aux tentatives de cadrage par la publicité.

Enfin, les comportements actuels des consommateurs montrent aussi une résistance plus forte aux tentatives de persuasion du marketing dont le modèle individualiste, libertaire[1] et hédoniste[2], a peut-être atteint ses limites.

Le développement durable demande de sortir du principe de l'obsolescence programmée[3] des produits et de « l'art du gaspillage », sous peine de risque de guerres liées à la compétition pour l'accès aux ressources naturelles. Au final, ce n'est pas tant le

---

1. **Libertaire :** qui refuse systématiquement toute autorité.
2. **Hédoniste :** qui privilégie le bien-être.
3. **Obsolescence programmée :** ensemble des techniques destinées à réduire la durée d'utilisation d'un produit.

consommateur qui change que le système sociétal[1] de consommation, dont la recomposition est accélérée par la crise du pouvoir d'achat.

Mais au moment où il faut aller vers une consommation plus raisonnée, les marqueteurs[2] issus des groupes favorisés et des grandes écoles restent peu formés à ces nouvelles approches sociétales. Leur imaginaire et leurs représentations publicitaires se heurtent aux contraintes et aux pratiques du jeu social, comme au moment de l'émergence de la consommation en 1960, mais cette fois en sens inverse. Le marketing doit donc aujourd'hui se demander comment innover face à un consommateur plus économe.

« Du consommateur malin au consommateur contraint »

3 questions pour vous guider…

1. Identifiez, dans le premier paragraphe, ce qui, selon Dominique Desjeux, explique les nouvelles pratiques de consommation.
2. Qu'appelle-t-on le « marché de la pauvreté » (l. 34) ? Donnez des exemples d'astuces qui permettent à ces nouveaux consommateurs de faire des économies.
3. Pourquoi, dans le dernier paragraphe, Dominique Desjeux affirme-t-il que le modèle de société, plus que le consommateur, explique un nouveau mode de consommation ?

---

1. **Sociétal :** social.
2. **Marqueteurs :** spécialistes du marketing.

DOC 38

VÉRONIQUE LANGLOIS ET XAVIER CARPENTIER

La société de consommation en voie d'uberisation : pourquoi ces nouvelles pratiques sont nécessairement amenées à se développer

Fondateurs de Freethinking, laboratoire de recherche en consommation, Véronique Langlois et Xavier Carpentier fournissent dans cet extrait les résultats de leur enquête sur « l'uberisation » de la société de consommation. Inspiré de la société de chauffeurs Uber fondée sur l'économie collaborative, ce nouveau modèle économique repose sur le comportement volontaire de citoyens décidés à profiter de la crise financière et sociale pour adopter une nouvelle manière de consommer.

[Un nouveau modèle de la société de consommation ?]

La France du milieu[1], aux prises avec la crise du pouvoir d'achat[2] mais séduite par la consommation collaborative[3] : cet été, Freethinking a réalisé pour ZenithOptimedia une étude qualicollaborative qui a rassemblé plus de 158 Français des classes moyennes sur sa plateforme fermée, pendant 15 jours. Ce sont les cinq enseignements majeurs tirés de cette plongée au cœur de leur nouvelle vision de la consommation, qui vont vous être exposés cette semaine par leurs deux auteurs, Véronique Langlois et Xavier Charpentier. Première partie de notre série « consommation des classes moyennes ».

NON, JE NE VEUX PLUS CHANGER

Premier enseignement : ces Français de classes moyennes ne veulent plus changer. Ils sont installés dans leur nouvelle

---

1. **France du milieu :** classes moyennes.
2. **Pouvoir d'achat :** capacité d'achat de biens et de services que permet un revenu.
3. **Consommation collaborative :** économie qui vise à produire de la valeur en reposant sur une plus grande collaboration du consommateur, appelé à faire des achats éthiques et responsables.

consommation, plus frugale[1], réfléchie et déflationniste[2], et n'entendent pas en sortir de si tôt – à moins évidemment qu'un changement de climat économique radical se fasse jour...

Mais au-delà de ce constat, que répond ce consommateur décidé à ne plus changer quand on lui demande pourquoi il ne le veut plus ?

Parce que je ne vois pas de reprise

Tout simplement parce que sept ans après le début de la crise des subprimes[3], je ne vois aucune reprise sur mon bulletin de salaire et donc dans mon pouvoir d'achat. Les fluctuations conjoncturelles[4] de prix ne signifient en aucun cas pour moi un signal fort de reprise. Et, bien sûr, le chômage continue à peser sur mon moral et à obérer[5] la perception de mon revenu – qui devient pour certains ultra-défensive : si j'ai assez, demain, pour ne pas manquer de l'essentiel, ce sera déjà pas si mal au fond...

« Dans tous les cas, ne croyant pas du tout à ce qu'on nous dit, j'attendrai donc de constater par moi-même cette fameuse reprise ; quand seulement je pourrai moi-même prétendre pouvoir dépenser un peu plus, quand j'aurai enfin vendu mon appartement au prix juste... »

« La reprise c'est surtout les chiffres officiels car dans la vie quotidienne c'est surtout des entreprises qui licencient. »

« Pour ma part, la reprise économique je ne la vois pas du tout ; dans mon travail il y a toujours des restrictions[6] budgétaires sans ouverture de poste. [...] Pour mon pouvoir d'achat je ne trouve pas qu'il augmente mais plutôt qu'il régresse. [...] Et ne parlons pas

1. **Frugale :** simple, sobre.
2. **Déflationniste :** avec moins de ressources financières.
3. **Subprimes :** crise financière qui, en 2008, a touché aux États-Unis les particuliers ayant fait un prêt hypothécaire à risque.
4. **Conjoncturelles :** en fonction des événements.
5. **Obérer :** accabler d'une lourde charge financière.
6. **Restrictions :** coupes.

des impôts qui sont toujours en train d'augmenter que ce soit sur le revenu ou les impôts locaux[1]. »

Parce que j'ai trop appris pour désapprendre

La crise m'a (ré)éduqué. Aujourd'hui, j'en retire un enseignement pratique mais aussi et surtout un enseignement durable, une leçon de vie qui conditionne mon appréhension[2] de l'avenir. J'ai développé des techniques et des habitudes de gestion de mon quotidien de crise (arbitrages sévères, gestion au plus juste, recherche systématique de la promotion ou de l'occasion, épargne, nouvelle mobilité...) : en changer maintenant me coûterait trop. Modifier ce que l'on a mis en place pour beaucoup depuis 10 ans et plus – le passage à l'euro – et que l'on a considérablement renforcé depuis la crise de 2008, ce serait une révolution mentale que je ne suis pas prêt à faire en des temps eux-mêmes trop incertains.

« Je pense que la crise a fait réfléchir sur notre mode de vie. Peut-être que j'achète un peu moins mais c'est surtout une décision d'acheter mieux. Du durable pour les choses chères même si cela fait dépenser plus, à la longue je pense que j'y gagne. Acheter local et en moins grande quantité à la fois pour moins gaspiller. »

« Les 3 pratiques que je ne changerais pas : le troc et les échanges avec ma famille, mes amis, continuer à cuisiner des produits frais et ne pas acheter des produits transformés, acheter le plus possible des produits locaux. – Je pense effectivement tout comme vous que ces 3 exemples sont de « bonnes pratiques » qu'il ne faut surtout pas abandonner ! Et ce n'est pas qu'une question de « pouvoir d'achat ». Riches ou pas. » [...]

1. **Impôts locaux :** impôts perçus par les collectivités territoriales.

2. **Appréhension :** façon d'envisager.

Parce que je ne sais pas vivre autrement, si je suis un millenial[1]

Et parce que je n'en vois pas l'intérêt. La culture de la déflation[2], c'est aussi une certaine expertise de la consommation 2.0, surtout chez les plus jeunes de ces Français des classes moyennes qui nous ont fait partager leurs nouvelles pratiques et leurs nouvelles valeurs. C'est à la fois des connaissances acquises, et des connaissances toujours en cours d'acquisition, toujours à approfondir, toujours à updater[3]. Dans tous les cas, c'est une façon d'appréhender la consommation qui est véritablement, pour eux, un nouveau langage – qui transforme la consommation d'avant en une véritable langue morte.

«La société de consommation en voie d'uberisation: pourquoi ces nouvelles pratiques sont nécessairement amenées à se développer»,
21 septembre 2015, © *Atlantico*, DR ■

3 questions pour vous guider...

1. En quoi la crise économique est-elle responsable des nouveaux comportements économiques des personnes interrogées pour l'enquête (l. 21-35)?
2. Que signifie «acheter mieux» pour ces personnes (l. 55-66)?
3. L'étude montre-t-elle que ces nouveaux comportements sont faits pour durer? Justifiez votre réponse.

---

1. **Millenial:** désigne les membres de la génération Y (voir note 2, p. 6).
2. **Déflation:** réduction de la consommation et de la production.
3. **Updater:** actualiser.

VERS L'EXAMEN

THÈME • *Les abus de la société de consommation*

> Synthèse de documents

Comparez puis faites la synthèse des documents 31, 33, 35 et 36.

> Écriture personnelle

Pensez-vous que la société de consommation entraîne forcément des dérives ?

Appuyez-vous sur les documents cités, sur vos lectures et sur vos connaissances personnelles pour répondre.

VERS L'EXAMEN

THÈME • *Comment consommer de manière intelligente ?*

> Synthèse de documents

Comparez puis faites la synthèse des documents 30, 34, 37 et 38.

> Écriture personnelle

Pensez-vous qu'il soit aujourd'hui possible de consommer autrement ?

Appuyez-vous sur les documents cités, sur vos lectures et sur vos connaissances personnelles pour répondre.

ENQUÊTES sur LE WEB

SUJET 1 Peut-on consommer autrement ?

La société de consommation comporte de nombreuses dérives : l'hyperconsommation, le désir de posséder toujours plus d'objets qui peut conduire au surendettement. Mais peut-on consommer autrement ? Existe-t-il des moyens de consommer de manière plus économique et plus responsable, en protégeant l'environnement ? Peut-on lutter contre le gaspillage ?

Les sites à explorer

- **Une chanson de Boris Vian**
  https://www.youtube.com/watch?v=Hn9J-LkMQOA

  Dans cette chanson de 1957, le romancier et poète Boris Vian (1920-1957), chanteur à ses heures, condamne avec humour les excès de consommation d'une société ivre de modernité.

- **« Ushuaïa Le Mag »**
  https://vimeo.com/125562640

  Dans un reportage diffusé le 7 mars 2015, l'émission « Ushuaïa Le Mag », qui traite des problèmes environnementaux, évoque trois manières de consommer autrement.

VERS L'EXPOSÉ

Comment combattre les excès de l'hyperconsommation ?

Consommer encore et toujours plus n'est pas une fatalité. De nouvelles habitudes de consommation peuvent être mises en place pour lutter notamment contre gaspillage. Dans le cadre d'un exposé, présentez tout d'abord les dangers de la société consommation soulignés par la chanson de Boris Vian puis mettez en lumière les solutions proposées par « Ushuaïa Le Mag ».

SUJET 2 Quels sont les excès de la société de consommation ?

Synonyme d'abondance, la société de consommation, prétend offrir aux consommateurs les moyens d'accéder au bonheur. Or la prospérité économique qu'elle leur fait miroiter cache bien souvent une misère économique et sociale. Beaucoup s'endettent pour suivre le rythme de cette consommation frénétique. Quels sont précisément les excès auxquels pousse la société de consommation ?

Les sites à explorer

- **Extrait d'une conférence de Gilles Lipovetsky, critique de la société de consommation**
  https://www.youtube.com/watch?v=zJ0ikGxe5VM

  Dans une conférence donnée en 2014, le sociologue Gilles Lipovetsky critique la société de consommation, incapable d'atteindre le but qu'elle s'est fixé : le bonheur. Remettant en cause son origine capitaliste, le sociologue indique qu'elle n'est pas une source d'épanouissement.

- **Site de L'Express sur l'addiction à la consommation**
  http://www.lexpress.fr/emploi/business-et-sens/en-finir-avec-notre-addiction-a-la-consommation_1614837.html

  Dans cet article de 2014, Élisabeth Laville indique les raisons essentielles qui peuvent conduire certains à l'hyperconsommation. Elle considère que la société de consommation fragilise l'économie dans son ensemble en démultipliant les foyers de précarité.

VERS L'EXPOSÉ

En quoi la société de consommation est-elle aliénante ?

Loin d'être synonyme de bonheur, la société de consommation est souvent le symbole d'excès et de l'aliénation du consommateur. Mais jusqu'à quel point ? Relevez tout d'abord les critiques de Gilles Lipovetsky, puis présentez les solutions pour sortir de l'hyperconsommation.

CHAPITRE 5

Internet et les réseaux sociaux au XXIe siècle : une véritable révolution ?

> **La révolution numérique est beaucoup plus significative que l'invention de l'écriture ou même de l'imprimerie.**
>
> DOUGLAS ENGELBART[1]

Au début des années 2000, la révolution numérique a permis de créer de nouveaux moyens de communication : téléphone portable, tablettes tactiles, forums de discussion et réseaux sociaux. Depuis, les échanges se multiplient et font tomber les frontières. Il est désormais possible de se faire de nouveaux amis, proches géographiquement comme dans le monde entier. Des communautés se forment, mobilisées autour d'une même cause humanitaire, politique ou culturelle.

Toutefois, on s'interroge sur la nature des liens ainsi tissés. Sont-ils utilitaires et sincères, superficiels et éphémères ? Quel type d'amis se fait-on avec les réseaux sociaux ? Peut-on vraiment prétendre connaître quelqu'un parce qu'il a « liké » notre photo et « parlé » avec nous *via* Internet ? Et que dire des utilisations abusives de ce média qui peut provoquer une cyberdépendance, favoriser le cyber-harcèlement et permettre la surveillance d'opposants politiques par les autorités de leur pays ?

Ces maux, qui font partie de la vie du Web, sont dénoncés et combattus. Ils ne doivent cependant pas masquer toutes les ressources et les avancées apportées par la révolution numérique. Internet est un outil qu'on peut choisir d'utiliser positivement, en créant de nouvelles solidarités, en mettant le savoir à la portée de tous ou en donnant une voix aux citoyens opprimés.

A De nouvelles manières de communiquer et d'échanger

Grâce aux téléphones mobiles connectés, réseaux sociaux, et aux e-mails, la révolution numérique a profondément modifié

1. **Douglas Engelbart :** ingénieur américain (1925-2013), pionnier et inventeur dans le domaine informatique.

notre manière de communiquer. Dominique Cardon souligne la montée en puissance des réseaux sociaux dans la vie quotidienne DOC **39** • p. 117. C'est sur le nouveau type de relation créé sur ces réseaux que met l'accent Antonio Casilli DOC **40** • p. 119 : le *friend* de Facebook, né d'un contact simple et rapide, est différent de l'ami que l'on rencontre dans la vie courante. Ces nouvelles manières de communiquer favorisent la formation de communautés virtuelles réunies autour d'un objectif commun. Leur organisation, qui repose sur des règles très précises, est décrite par Isabelle Compiègne DOC **41** • p. 122.

DOC **39**

DOMINIQUE CARDON

La Démocratie Internet. Promesses et limites

Dans son livre, La Démocratie Internet. Promesses et limites, *le sociologue Dominique Cardon (né en 1965) étudie les changements provoqués par les nouvelles technologies dans la vie quotidienne. L'extrait suivant souligne l'importance grandissante d'Internet et des réseaux sociaux chez les jeunes et dans toutes les couches de la population, même si l'accès au Web n'est pas le même pour tous.*

[La montée en puissance des réseaux sociaux]

En quelques années à peine, les plateformes de réseaux sociaux ont conquis une place centrale dans les usages de l'Internet, mais aussi dans nos vies, nos relations d'amitié, nos amours. Le tournant est saisissant. En 2005, parmi les dix sites à plus forte audience dans le monde, on comptait des services de vente en ligne et des grands portails commerciaux comme eBay, Amazon, Microsoft ou AOL[1]. Depuis 2008, ceux-ci ont disparu du classement au profit

1. **AOL:** société américaine de services internet fondée en 1985.

de YouTube, Myspace, Facebook ou Wikipédia. [...] Les internautes consacrent désormais plus de temps aux réseaux sociaux qu'à leur messagerie électronique [...].

D'un simple point de vue quantitatif, cet attrait pour les réseaux sociaux change très profondément le rapport aux écrans numériques. Ils ne sont plus une porte ouverte vers un monde de documents froids et lointains, mais une fenêtre vivante sur notre vie quotidienne. Cet encastrement[1] d'Internet dans la sociabilité des individus, dans leur subjectivité[2] aussi, reflète la transformation sociologique de ses publics. En effet, la dynamique des réseaux sociaux se caractérise par l'arrivée massive, sur Internet, de populations plus jeunes et issues de milieux populaires. Dans les pays occidentaux, le fossé numérique se mesure moins par l'accès à l'ordinateur connecté que par les différentes manières, élitistes[3] ou populaires, de naviguer, de s'exhiber et d'interagir. Les inégalités sociales et culturelles se distribuent désormais à l'intérieur des pratiques en ligne. La distinction numérique est née.

Souvent qualifié de « web 2.0 », ce tournant ne fait que prolonger en le généralisant des pratiques qui existaient depuis la naissance d'Internet. La principale inflexion[4] qu'il imprime au Web est d'articuler étroitement l'exposition de soi et la conversation entre proches qui s'étaient jusqu'alors déployées dans des espaces distincts. Cette simple rencontre a eu un effet décisif sur la sociologie de l'Internet.

La Démocratie Internet. Promesses et limites, coédition Le Seuil-La République des idées, 2010 ■

---

1. **Encastrement :** inclusion.
2. **Subjectivité :** le fait d'être subjectif, de prendre un parti.
3. **Élitistes :** sélectionnant les meilleurs.
4. **Inflexion :** changement.

3 questions pour vous guider...

1. Quels étaient en 2005 les sites et les réseaux sociaux les plus utilisés ? Quels sont-ils en 2008 ?
2. L'auteur parle de l'« encastrement d'Internet dans la sociabilité des individus » (l. 15-16) : expliquez et commentez ce propos.
3. Quelles sont, selon l'auteur, les causes du « fossé numérique » (l. 20) ?

DOC **40**

Antonio A. Casilli
Mon *friend* n'est pas mon ami

Dans son essai Mon friend n'est pas mon ami, *Antonio A. Cassili (né en 1972) s'interroge sur la nature des relations qui se nouent sur les réseaux sociaux comme Facebook. S'y fait-on de véritables amis comme dans la vie courante ?*

[L'amitié au sens de Facebook]

Dans la socialité[1] façonnée par les réseaux informatiques, les individus sont constamment en transition entre les milieux denses de leurs familles, de leurs groupes, de leurs communautés, et les milieux où les contacts sont raréfiés : des zones inconnues dans lesquelles on entre occasionnellement pour rechercher une information indispensable ou pour échanger avec personnes disparates[2]. Dans ces territoires sociaux inconnus, les usagers ont besoin de guides. Ces guides sont leurs « amis » (*friends*). Catalogués dans des listes de contacts comme sur Facebook, ajoutés et effacés constamment comme les abonnés de Twitter, sincères ou utilitaires comme les membres du réseau LinkedIn, ils sont la base des médias sociaux des dernières années. Ce sont d'habitude ceux qui

1. Socialité : fait d'appartenir à un groupe, de créer des liens.

2. Disparates : différentes, variées.

nous mettent en communication avec des personnes nouvelles, ou qui nous donnent le renseignement confidentiel dont nous faisons bénéficier aussi les autres membres de notre communauté. Ces liens sont à la base des services les plus populaires des années 2000, de Friendster à MySpace ou à Orkut, qui tous promettent à leurs utilisateurs d'élargir leurs réseaux de connaissances plus rapidement que dans la socialité en face à face. Ce que nous désignons conventionnellement par le nom d'« amitié » est un type de liaisons tout à fait spécifique aux environnements sociaux du Web.

En anglais, cette amitié assistée par ordinateur prend le nom de *friending*. Le néologisme désigne l'acte d'« amitier » ou de « devenir *friend* avec » quelqu'un. Un acte volontaire dont les motivations et les finalités peuvent être complètement différentes de celles de l'amitié hors ligne. L'Américaine danah boyd (laquelle malgré son nom en minuscules est certainement l'une des plus grandes autorités en matière de médias sociaux) se demande : « Pourquoi tout le monde suppose que *friends* équivaut à amis ? » En réalité, le fait que des *friends* en ligne soient des « amis réels » ou qu'ils se plaisent un peu ne représente que l'une des raisons possibles – et certainement pas la plus commune – de leur choix. Il ne faut pas perdre cela de vue : le *friending* n'est pas un miroir de l'amitié en chair et en os. Il n'est pas une relation interpersonnelle entre deux individus unis par un sentiment réciproque. [...] Le *friending* est surtout un lien entre *deux profils d'usagers* – un lien qui peut être unidirectionnel (je peux regarder ton profil, mais tu ne peux pas regarder le mien) ou bidirectionnel (l'autorisation à accéder aux données stockées sur le profil est réciproque). Il s'agit avant tout d'un processus technologique, avec ses spécificités et ses contraintes.

L'établissement d'un lien d'amitié entre deux usagers est conditionné à un acte déclaratif fort : quelqu'un envoie une requête officielle d'amitié à quelqu'un d'autre qui doit l'accepter ou la refuser. Les traces écrites de cette convention entre deux particuliers restent enregistrées dans le système. Il est inutile de rappeler que, hors ligne, les choses se passent de façon complètement différente. Si notre quotidien ressemblait à Facebook, nous serions constamment importunés par des inconnus qui nous pousseraient du bout du doigt (c'est le fameux « poke »), qui nous apostropheraient en disant : « Bonjour, je suis monsieur Untel. Veux-tu m'ajouter comme ami ? Oui ou non ? », et qui ne nous laisseraient en paix qu'après que, exaspérés, nous aurions déclaré haut et fort : « Oui ! Maintenant, nous sommes amis ! » Pour grotesque qu'elle puisse paraître, cette scène n'est qu'une transposition de ce qui se passe chaque jour dans les médias sociaux quand nous recevons une requête d'amitié. La question « es-tu mon ami, oui ou non ? » est justement la pierre angulaire[1] du processus de composition des cercles sociaux en ligne. En choisissant et en affichant publiquement ceux qui sont dans leur cercle, les usagers se lient à d'autres membres du réseau – notamment à des personnes éloignées de leurs milieux habituels.

À la différence de l'amitié, qui peut naître de l'habitude de la fréquentation ou bien d'un événement qui rapproche deux individus, le *friending* trouve son origine dans un acte déclaratif. Il affiche donc des marques d'officialité et de ritualité[2] d'une obligation sociale : on reçoit un message, on répond, l'acte est public et reste enregistré dans un système informatique.

Les Liaisons numériques. Vers une nouvelle sociabilité ?,
« La Couleurs des Idées », © Éditions du Seuil, 2010

3 questions pour vous guider...

1. « Les usagers ont besoin de guides » (l. 7-8) : qui sont ces guides ? À quoi servent-ils ?
2. Quelle est la différence entre le *friending* et l'amitié ?
3. Pour établir un lien d'amitié entre deux usagers des réseaux sociaux, il faut faire un « acte déclaratif fort » (l. 42) : en quoi consiste cet acte ?

1. **Pierre angulaire :** élément central.

2. **Ritualité :** caractère de ce qui est officiel et rituel.

DOC **41**

ISABELLE COMPIÈGNE

Les emblématiques communautés virtuelles

*Isabelle Compiègne est enseignante en psychosociologie de la communication. Elle s'interroge ici sur la société numérique et notamment sur les nouveaux liens sociaux qui s'y créent. Pour elle, une nouvelle ère, celle de l'*homo numericus*, l'homme numérique, s'ouvre.*

[Les communautés virtuelles : un nouveau type d'organisation sociale]

Au sein des espaces relationnels ouverts par les technologies numériques, et même si cette affirmation doit être nuancée, les communautés virtuelles sont exemplaires d'un nouveau genre d'organisation sociale dont elles éclairent de nombreux aspects.

Si l'origine exacte de ce concept reste assez obscure – il serait apparu avec l'invention des BBS, les *Bulletin Board System*[1] – elles sont quoi qu'il en soit associées à Internet. Elles s'inscrivent dans certains de ses principes fondateurs tels que l'ouverture et la coopération, représentant, dans l'esprit de ses membres, un mythe très fédérateur. Elles sont constituées de communications interactives de tous à tous organisées autour d'un intérêt ou d'un objectif communs. Le nombre d'individus, les rapports sociaux vécus entre eux et le développement non programmé d'un processus dynamique dans la durée, en sont des éléments essentiels. L'appartenance à une communauté virtuelle se justifie par le partage des valeurs : on peut donc être impliqué simultanément dans plusieurs d'entre elles. Spécialisées ou générales, fonctionnelles ou solidaires, les échanges les font souvent évoluer. Sur chacun des sites les hébergeant existent des règles et des normes de conduite,

1. ***Bulletin Board System*** : serveur équipé d'un logiciel qui permet de converser par messagerie ou d'échanger des fichiers.

plus ou moins formalisées et imposées par des animateurs ou des logiciels, destinées à assurer leur bon fonctionnement. Elles diffèrent selon les communautés, la finalité étant la réalisation de l'objectif communautaire.

« Les emblématiques communautés virtuelles »
in *La Société numérique en question(s)*, © Éditions Sciences humaines, 2011

3 questions pour vous guider...

1. Citez deux principes fondateurs des communautés virtuelles.
2. « L'appartenance à une communauté virtuelle se justifie par le partage des valeurs » (l. 15-16) : expliquez cette phrase et dites ce que vous en pensez.
3. Qu'est-ce qui permet d'assurer le bon fonctionnement de ces communautés ?

B Illusions et dangers liés aux nouveaux médias

Si la révolution numérique et ses nouveaux médias facilitent les échanges et les relations entre les individus, elle présente cependant quelques dangers. Lorsque l'on échange sur Internet, on pénètre dans un monde virtuel. Et, malgré la requête préalable d'amitié, personne n'est à l'abri de mauvaises rencontres. Le cyber-harcèlement existe et des *friends* peuvent se révéler peu amicaux, comme le montre le dessin de Michael Meister DOC **42** • p. 124.

Les dangers sont aussi politiques : Internet peut être utilisé comme une arme de surveillance par des dictatures DOC **43** • p. 124. De plus en plus répandu, le risque de cyberdépendance existe et fait aussi des victimes parmi tous ceux qui abusent d'Internet pour échapper à la réalité DOC **44** • p. 128.

DOC **42**

Michael Meister
Dessin sur le cyber-harcèlement

[Des liens d'amitié illusoires ?]

Internet n'est pas toujours un espace de convivialité. Des plaintes de plus en plus nombreuses sont déposées pour cyber-harcèlement. En effet, les échanges numériques, souvent anonymes, favorisent les moqueries et les attaques violentes, notamment contre des adolescents démunis, comme le montre ce dessin CAHIER PHOTOS • p. IV.

3 questions pour vous guider...

1. Décrivez les composantes de ce dessin.
2. Décrivez l'attitude du garçon et imaginez ce qui a pu lui arriver.
3. Qu'est-ce qui caractérise la foule ? Comment est-elle présentée par le dessinateur ?

DOC **43**

Antoine Champagne
Surveillance « profonde » sur Internet

Pour le journaliste Antoine Champagne, Internet permet aux dictatures de renforcer leur pouvoir totalitaire en surveillant en permanence leurs citoyens. Il cite l'exemple de plusieurs régimes autoritaires qui ont ainsi utilisé à des fins répressives des technologies fournies par les pays occidentaux.

[Internet, un outil de répression]

Visitant, après la chute de Tripoli[1], un centre destiné à l'écoute de la population, la journaliste du *Wall Street Journal* Margaret

1. Chute de Tripoli : il s'agit de la chute, en 2011, lors du printemps arabe, du régime dictatorial du colonel Mouammar Kadhafi (1942-2011) qui dirigeait la Libye.

Coker a pu constater que tout y était surveillé : le réseau internet, les téléphones mobiles et les connexions (Internet et téléphone) par satellite. Dans certains dossiers figuraient, entre autres choses, des courriels ou des extraits de conversations en ligne d'opposants au régime de Mouammar Kadhafi. Sur les murs du centre, des affichettes de l'entreprise qui avait mis en place cette installation : Amesys, une filiale de la société française Bull[1]. *Le Canard enchaîné* révélera par la suite que la direction du renseignement militaire (DRM) avait été sollicitée pour aider à la formation des « surveillants » libyens.

En Syrie, c'est du matériel américain qui permet au régime de M. Bachar Al-Assad de censurer Internet et de récupérer comme bon lui semble les identifiants et mots de passe des citoyens, afin d'accéder à leurs messageries électroniques ou à leurs comptes sur les réseaux sociaux Facebook et Twitter. Un outil particulièrement efficace pour reconstituer les interactions d'un opposant avec des appuis intérieurs ou extérieurs. Les technologies employées portent le doux nom de Deep Packet Inspection (DPI, en français « inspection en profondeur des paquets »). Lorsqu'on envoie un courriel, des dizaines de machines se relaient pour l'acheminer. Se contentant de consulter l'adresse de destination, elles n'en regardent pas le contenu et le transmettent directement au voisin. De proche en proche, le courrier parvient à bon port. Comme l'explique Jonathan Zittrain, spécialiste du droit d'Internet, *« c'est un peu comme dans une soirée avec des gens polis. Si vous êtes trop loin du bar et qu'il y a trop de monde pour s'en approcher, vous demandez à votre voisin de vous faire parvenir une bière. Il demande alors à son voisin qui est, lui, un peu plus proche du bar, etc. En fin de compte, votre demande parvient jusqu'au bar et la bière revient par le même chemin. Comme tout le monde est poli, personne n'a bu dans votre verre pendant l'opération »*.

Avec le DPI, c'est une autre vision de l'Internet qui se met en place. Moins polie. Que diriez-vous si votre voisin analysait votre

1. **Bull** : société française spécialisée dans l'informatique fondée en 1930.

commande et commençait par vous faire la morale ? Ou s'il décidait de changer le contenu de votre verre, pour y verser de l'eau, ou un euphorisant plus fort ? C'est ce que permettent les techniques de DPI : lire le contenu des conversations, les modifier, les envoyer à quelqu'un d'autre...

Sur ce marché, Amesys n'est pas isolée. Qosmos, autre société française, vient de se faire épingler par Bloomberg. L'agence de presse américaine a en effet révélé qu'elle avait fourni des sondes DPI à un consortium[1] chargé d'équiper la Syrie sur le même modèle que la Libye de Kadhafi. En Chine, les technologies de DPI sont au cœur du grand pare-feu[2] qui permet au gouvernement de censurer les conversations et d'espionner les citoyens.

Savoir qui télécharge quoi

De fait, comme le montre la récente divulgation par le site Wikileaks[3] de nombreux documents internes de ces sociétés, la surveillance des réseaux de communication est « *une nouvelle industrie secrète recouvrant vingt-cinq pays. [...] Dans les histoires d'espionnage traditionnelles, les agences de sécurité comme le MI5 britannique mettent sur écoute le téléphone d'une ou deux personnalités intéressantes. Au cours de ces dix dernières années, les systèmes de surveillance massive et indiscriminées sont devenus la norme* ». Un peu plus tôt, le *Wall Street Journal* avait publié plus de deux cents documents marketing émanant de trente-six sociétés proposant aux autorités antiterroristes américaines divers outils de surveillance et de piratage.

[...]

Probablement intrigué par la présence massive d'entreprises européennes sur ce type de marché, le Parlement européen a passé une résolution destinée à proscrire[4] la vente à l'étranger de

1. Consortium : groupement d'entreprises indépendantes.
2. Pare-feu : logiciel permettant de protéger le réseau d'un utilisateur des virus informatiques.
3. Wikileaks : organisation non-gouvernementale fondée par Julian Assange en 2006 dont l'objectif est de révéler des documents confidentiels.
4. Proscrire : interdire formellement.

systèmes de surveillance des appels téléphoniques et des textos, ou fournissant une surveillance ciblée d'Internet, s'ils sont utilisés pour contrevenir aux principes démocratiques, bafouer[1] les droits humains ou la liberté d'expression. Le 1er décembre 2011, le Conseil de l'Union européenne, durcissant les mesures restrictives à l'égard du régime syrien, a ainsi interdit *« les exportations d'équipements et de logiciels destinés à la surveillance d'Internet et des communications téléphoniques »*.

Mais la fourniture de produits d'écoute globale reste mal encadrée sur le plan juridique. Il est aisé pour les producteurs de passer entre les mailles du filet. D'autant que les législations sont diverses. Les autorisations données par le gouvernement ne sont pas publiées. Et les logiciels de ce genre ne sont pas considérés stricto sensu[2] comme des armes.

« Surveillance "profonde" sur Internet », janvier 2012,

3 questions pour vous guider...

1. Comment s'exerce la surveillance des citoyens dans les dictatures (l. 1-19) ?
2. Quel rôle joue les démocraties occidentales dans cette surveillance (l. 19-47) ?
3. Existe-t-il un réel encadrement des pratiques de surveillance (l. 61-72) ?

1. **Bafouer :** ne pas respecter.

2. **Stricto sensu :** au sens strict (expression latine).

DOC 44

Romain Renner

L'addiction à Internet, un mal moderne

Journaliste au Figaro, Romain Renner présente dans cet article les résultats d'une étude allemande sur la cyberdépendance. Ils montrent que la dépendance des jeunes à Internet, et en particulier aux réseaux sociaux et aux jeux vidéo, est un mal moderne.

[La cyberdépendance, une pathologie contemporaine ?]

La dépendance à Internet touche de plus en plus de monde. C'est ce que révèle une étude allemande. Mais cette dépendance est-elle, comme certains l'entendent, une maladie mentale ? Et se traite-t-elle comme n'importe quelle addiction?

Une étude commandée par le ministère de la Santé allemand, parue le 26 septembre, révèle que plus d'un demi-million d'Allemands seraient dépendants à Internet. Un mal qui se traduit, selon les chercheurs, par une consommation moyenne de quatre heures du média Internet chaque jour. « Le temps passé sur Internet est un facteur peu fiable, nuance tout de même Elizabeth Rosset, psychologue à l'hôpital Marmottan[1] de Paris. Une personne peut passer peu de temps sur Internet mais être obnubilée[2] toute la journée par ce qu'elle va y faire. »

L'addiction à Internet, qui provoque l'isolement et le repli social, n'est pas forcément considérée comme une maladie au sens commun du terme, bien qu'elle se soigne. En France, la guérison passe d'abord par le dialogue avec les psychologues ou addictologues[3]. « La plus grande difficulté consiste à faire venir les gens à nous, explique Elizabeth Rosset. Mais lorsqu'une personne prend

---

1. Hôpital Marmottan : hôpital spécialisé dans le traitement des maladies psychiatriques mais également des addictions aux drogues.

2. Obnubilée : obsédée.

3. Addictologues : médecins spécialisés dans le traitement des addictions.

conscience de son problème, on peut plus facilement la traiter. » Aux États-Unis et en Chine, par exemple, l'addiction à Internet se soigne par la manière forte dans des établissements spécialisés, créés sur le même principe que les centres de désintoxication. Le docteur Karila, de l'hôpital Paul Brousse à Villejuif, parle d'un traitement « cognitif[1] et comportemental » pouvant éventuellement être appuyé par une prise « contrôlée et limitée dans le temps » de médicaments de type antidépresseurs.

Accro à Internet ou aux activités sur Internet ?

Contrairement à une addiction à la drogue ou à l'alcool, la dépendance à Internet est à double tranchant : elle peut concerner le média en lui-même comme les activités que l'on peut y pratiquer (jeux en ligne, jeux d'argent, pornographie, achats, etc.). Les deux se rejoignent selon le Dr Karila : « Internet est le support de l'addiction. On traite donc la dépendance associée au net. » Elizabeth Rosset estime que ce sont les « spécificités » d'Internet en particulier son accessibilité qui modifient le rapport à la dépendance.

C'est d'ailleurs l'une des raisons qui fait que la population dépendante à Internet ne constitue pas un groupe homogène. « Quand le problème concerne les jeux vidéo, ce sont les jeunes qui sont principalement touchés mais la moyenne d'âge augmente si la dépendance a trait aux jeux d'argent », explique Elizabeth Rosset.

Les réseaux sociaux, simple phénomène de société ?

Les jeunes sont d'ailleurs fortement concernés par la question de la dépendance des réseaux sociaux. L'étude du ministère de la Santé allemand révèle une dépendance aux réseaux sociaux très importante chez les jeunes filles (77 %) mais également chez les garçons (65 %). La frontière entre l'addiction au sens propre et la simple consommation abusive, relativement classique chez les adolescents et les jeunes en général, est néanmoins très mince.

---

1. **Cognitif** : lié à la connaissance.

L'utilisation des réseaux sociaux pourrait en effet s'apparenter à l'utilisation du téléphone ou de la télévision. Des jeunes qui passent beaucoup de temps à téléphoner ou envoyer des messages à leurs amis ne sont pas considérés comme dépendants mais pratiquent pourtant la même activité sur un réseau social comme Facebook. Le site de l'Américain Mark Zuckerberg (sur lequel la France compte la neuvième communauté mondiale avec plus de 23 millions d'utilisateurs[1]) est d'ailleurs le seul réseau social réellement vecteur de « conduite addictive ». Une étude SNCD[2] menée en juillet révèle en effet que 68 % des utilisateurs de Facebook se rendent sur le site au moins une fois par jour alors que ce chiffre chute à 30 % pour Twitter et en dessous de 15 % pour les autres réseaux sociaux. Même constat pour le temps passé sur le site : la communauté Facebook y passe en moyenne 52 minutes par jour alors que les personnes inscrites sur Twitter n'y passent que 25 minutes par jour.

Difficile alors de parler de réelle addiction aux réseaux sociaux. Ici, le terme de phénomène de mode serait bien plus approprié. « Il y a un certain nombre de pratiques qui s'atténuent avec l'âge, confirme Elizabeth Rosset. C'est également le cas pour les jeux vidéo. » Elle considère que cet abus relève bien souvent « d'un manque de limites fixées par les parents » qui, selon le Dr Karila, va surtout poser problème à une « minorité vulnérable qui va s'accrocher à Internet ».

« L'addiction à Internet, un mal moderne », publié le 28/09/2011 sur le figaro.fr

1. En 2015, on compte plus de 30 millions d'utilisateurs.

2. SNCD : Syndicat national de la Communication directe.

3 questions pour vous guider...

1. Quels comportements sont les signes d'une addiction à Internet (l. 5-17) ?
2. En vous appuyant sur les données chiffrées, dites quels sont les groupes concernés par l'addiction à Internet.
3. En dehors des réseaux sociaux, quelle autre activité sur Internet peut provoquer une addiction ?

C Un nouvel outil politique et culturel

L'utilisation du numérique présente aussi de nombreux aspects positifs. Les réseaux sociaux, et plus généralement le Web constitue un outil dont l'utilité est non seulement sociale mais culturelle et politique. Rémy Ourdan DOC **45** • p. 131 rappelle le rôle des réseaux sociaux dans le « Printemps arabe » de 2011. Le travail des journalistes, et en particulier des journalistes d'investigation, a lui aussi été transformé par l'apport des réseaux sociaux DOC **46** • p. 135. Internet a également favorisé la démocratisation du savoir : tout utilisateur peut désormais accéder gratuitement à Wikipédia, cette encyclopédie qui demande la collaboration de tous pour s'enrichir et valider ses contenus DOC **47** • p. 138.

DOC **45**

RÉMY OURDAN

Les révoltes arabes sont-elles des « révolutions 2.0 » ?

Le début de l'année 2011 est marqué par la chute de plusieurs dictatures emportées par les révolutions du « Printemps arabe ». Le journaliste Rémy Ourdan souligne, dans cet article du Monde, le rôle des réseaux sociaux dans ces révolutions. Ce qui leur a valu d'être également appelées « révolutions 2.0 ».

[Un levier démocratique]

Ils sont en train de changer le monde. Les internautes et blogueurs, adeptes de Facebook, Twitter et YouTube, ont déclenché une mobilisation populaire qui s'étend à presque tous les pays arabes. L'icône de cette génération s'appelle Wael Ghonim, et il est égyptien.

Âgé de 30 ans, chef du marketing de Google pour le Moyen-Orient, vivant à Dubaï avec sa femme américaine et leurs deux enfants, il a reconnu, après être venu au Caire pour participer à la manifestation du 25 janvier[1] et avoir été détenu douze jours par les forces de sécurité, être le créateur de la page Facebook « *We are all Khaled Said* ». Baptisée du nom d'un jeune homme torturé et battu à mort par des policiers à Alexandrie le 6 juin 2010, la page a été au cœur de la prise de conscience par les jeunes Égyptiens des abus de la police et du pouvoir, et fut la clé, avec d'autres pages contrôlées par d'autres mouvements de jeunesse, de la mobilisation du 25 janvier.

Un outil de mobilisation

« *Internet est l'espace de liberté du peuple, l'espace où chacun peut s'informer et communiquer, et "We are all Khaled Said" a joué un rôle crucial* », témoigne l'avocat Gamal Eid, du Réseau arabe pour l'information sur les droits de l'homme. « *Ghonim n'a pas d'idéologie. C'est ce qui fait sa force, estime la militante Mona Seif. Il a réussi à mobiliser des gens comme lui, qu'on ne voyait jamais s'engager en politique. Il a parlé à tous.* » Wael Ghonim, qui a galvanisé[2] le peuple égyptien à sa sortie de prison, lors d'un entretien à Dream TV puis d'un discours place Tahrir[3], fait référence à une « Révolution 2.0 ». Un point de vue qui ne fait pas l'unanimité.

---

1. Le 25 janvier 2011 marque le début de la révolution égyptienne qui contribua, le 11 février, à la chute de son dictateur, Hosni Moubarak (né en 1928), en place depuis 1981.

2. Galvanisé : excité, enthousiasmé.

3. Place Tahrir : principale place publique du Caire où la révolution a pris place.

Le blogueur Ramy Raoof tweete que *« la révolution 2.0, la révolution Facebook, la révolution Twitter sont des expressions dénuées de sens »*. [...]

« La révolution n'aurait peut-être pas eu lieu sans ces outils, car il aurait été difficile de mobiliser les gens, croit Mona Seif. *En revanche, à partir de la manifestation du 25 janvier, Facebook et Twitter n'ont joué qu'un rôle marginal. Ce ne fut pas une révolution 2.0, ce fut une révolution de rue. Les gens seraient de toute façon restés place Tahrir jusqu'à la chute de Moubarak. »* La révolution égyptienne, ce furent aussi des discours enflammés, des prières, des combats, du sang versé. *« Il est possible de déclencher une révolution en quelques clics, mais ensuite, c'est le peuple qui fait la révolution »*, estime la militante Gigi Ibrahim.

Un facteur parmi d'autres

Le journaliste Issandr El-Amrani, qui tient le blog *The Arabist*, revient sur la genèse de la révolte. *« Les Égyptiens étaient désabusés*[1]*, par les richesses non partagées, par la corruption, par les tortures, par les scandales électoraux. La page* "We are all Khaled Said" *a joué un rôle important, ainsi que d'autres militants sur Facebook et Twitter, mais il y a eu aussi la force de la révolution en Tunisie, la tuerie des coptes*[2]*, la première manifestation le 25 janvier, la répression sanglante le 28 janvier. C'est là, pour toutes ces raisons, que le mouvement est devenu si fort. Et il y a eu l'intelligence des leaders du mouvement, qui ont fait passer un message clair et net, et il y a eu le soutien des médias. »* Tous ces ingrédients ont abouti, selon M. El-Amrani, à une rare combinaison de facteurs différents entraînant un résultat inattendu.

La coupure d'Internet et des téléphones mobiles durant quelques jours n'a donc pas eu l'effet escompté par le pouvoir, la mobilisation étant déjà forte. *« Une fois que les Égyptiens avaient décidé de descendre dans la rue, c'était bon,* témoigne le blogueur

1. Désabusés : déçus, sans illusions.

2. Tuerie du 10 octobre 2010 où 24 chrétiens ont été assassinés par l'armée égyptienne à la suite d'une manifestation.

Wael Abbas. *En revanche, Internet nous a permis de les amener dans la rue, de diffuser des informations politiques et des détails logistiques*[1]. *Je crois qu'aucun d'entre nous, militants, ne s'attendait à voir autant de gens rassemblés.* » Les initiateurs des appels à la révolution ont été dépassés par la puissance de leurs outils, avant d'être surpris par la détermination et le courage des Égyptiens.

Une communauté de militants

Le pays de 80 millions d'habitants compte, selon Gamal Eid, 24 millions de personnes connectées à Internet, dont près de 5,45 millions de comptes Facebook, 300 000 comptes Twitter et 250 000 blogs. C'est suffisant pour relayer efficacement des informations. « *Chaque famille a au moins un membre connecté, via un ordinateur ou un smartphone* », remarque Wael Abbas. Tous admettent aussi la puissance de la télévision, et le rôle important qu'a joué la chaîne qatarie Al-Jazira[2] par son soutien affiché aux protestataires.

La communauté des militants numériques d'Égypte, qui se comptent dorénavant par centaines ou par milliers, tant l'intelligence politique d'un Wael Ghonim ou la force du témoignage d'une Gigi Ibrahim ont séduit leurs compatriotes, est déterminée à accompagner le pays vers la démocratie.

« Les révoltes arabes sont-elles des "révolutions 2.0" ? »,
Le Monde, 21.02.2011 ■

3 questions pour vous guider...

1. Quel rôle ont joué les réseaux sociaux dans la révolution égyptienne ?
3. Quelles sont les limites des réseaux sociaux (l. 31-40) ?
2. Pour quelle(s) raison(s) l'expression « révolution 2.0 » ne fait-elle pas l'unanimité ?

---

1. Logistiques : pratiques.

2. Al-Jazira : chaîne d'informations en continu.

DOC **46**

Xavier de la Porte des Vaux

Quel usage d'Internet pour le journalisme d'investigation ?

Les réseaux sociaux, qui annoncent presque en temps réel les événements, révèlent souvent des scoops. Ces nouvelles sont parfois utilisées par les journalistes d'investigation pour mener leurs enquêtes. Le journaliste Xavier de la Porte des Vaux s'interroge, dans cet extrait du journal Le Monde diplomatique, *sur la morale d'une telle pratique.*

[Le journalisme 2.0]

La lecture de la semaine[1], il s'agit d'un post[2] paru mardi dernier sur un des blogs du quotidien anglais *The Guardian* sous le clavier de Mercedes Bunz. Je ne connaissais pas Mercedes Bunz avant de lire son post. Elle est allemande, a fait des études de philosophie, d'histoire de l'art puis de médias (les *medias studies*) et depuis un an, elle vit à Londres où elle suit Internet et les Nouvelles Technologies pour le *Guardian*. Son post est intitulé : « Quel usage d'Internet pour le journalisme d'investigation ? » Article intéressant, car il prend le contre-pied de tout ce qu'on peut lire et entendre sur les rapports entre journalisme et Internet, en France notamment. En proposant des pistes très contre-intuitives[3].

Mercedes Bunz commence par énumérer quelques enquêtes menées grâce au Web : comment un blog, grâce à ses lecteurs éparpillés dans tous les États-Unis, a réussi à élucider ce qui se jouait politiquement dans le départ soudain de magistrats sous la présidence de George Bush ; comment le post d'un Canadien sur son blog a mis les journalistes sur la piste d'un trafic de nourriture pour chien contaminée provenant de Chine et commercialisée par

---

1. Xavier de la Porte des Vaux tient ce propos dans le cadre de son émission hebdomadaire diffusée sur France Culture, « La Place de la toile ».

2. Post : article paru sur Internet.

3. Contre-intuitives : qui vont contre les idées reçues.

une marque américaine ; ou comment les tweets d'un journaliste du *Guardian* sur une enquête qu'il menait – enquête sur la mort du vendeur de journaux pendant le G-20[1] à Londres –, comment ces tweets ont permis de collecter du matériel qui a fini par montrer l'implication de la police dans cette mort.

Bref, pour Mercedes Bunz, Internet a changé le journalisme d'investigation[2] et de plus en plus de journalistes l'utilisent soit pour y trouver des idées, soit pour vérifier des faits. Ils l'utilisent aussi pour informer leur communauté de leur enquête en cours en lui demandant parfois de l'aide ou des conseils. Et Bunz de citer Dan Gillmor, ancien journaliste d'investigation et auteur d'un livre sur le journalisme contemporain (*We the Media*) : « *Après une bonne enquête,* dit Gillmor, *tout journaliste reçoit des coups de fil de gens qui lui disent : super histoire, mais voilà ce que tu as raté.* » Pour Gillmor, ce qui arrive de plus intéressant au journaliste qui enquête, lui arrive quand il dit sur quoi il enquête. Bien sûr, tout ce qui arrive n'est pas intéressant, mais dans la masse, il y aura de bonnes informations. Mercedes Bunz ajoute que cette manière de faire du journalisme d'investigation un processus plus qu'un produit n'est pas inédite pour les vétérans du métier, il n'y a jamais eu de bonne enquête sans suite. Mais le fait de pouvoir tenir un blog ou de tweeter permet au journaliste de ne plus seulement publier le produit de son enquête, mais aussi de transformer l'enquête en une conversation publique et de trouver des informations dans cette conversation.

Bunz cite les propos d'un journaliste d'investigation récemment récompensé par un prix prestigieux, Paul Lewis. « *Au début,* dit Paul Lewis, *je n'étais pas tellement convaincu par Twitter, mais c'est vite devenu très utile pour recueillir des informations* ». La suite du propos de Paul Lewis est plus intéressante : « *Twitter n'est pas juste un site internet ou une plateforme de micro-blogging*[3]*, c'est un médium en soit*

1. G-20 : réunion annuelle des 20 pays les plus riches et industrialisés du monde.
2. Journalisme d'investigation : journalisme qui repose sur des enquêtes poussées et fouillées.
3. Micro-blogging : Twitter est considéré par beaucoup comme un mini-blog, à savoir une page personnelle qui n'en nécessite pas les lourdeurs informatiques.

comme le fax, le mail, ou même le journal papier. La manière dont l'information circule sur Twitter, sa forme même, sont différentes de tout ce qu'on avait connu jusqu'ici. » Et pour Lewis, l'avantage qu'un journaliste a à faire connaître le sujet de son enquête en cours dépasse largement l'inconvénient qu'il y a à en informer les concurrents.

Pour Mercedes Bunz, le fait d'engager les lecteurs dans l'enquête est une nouvelle forme du journalisme, même s'il faut qu'une communauté ait été préalablement construite. Comme l'explique Paul Bradshaw, enseignant de journalisme en ligne à l'Université de Birmingham : si un journaliste veut faire du « crowdsourcing » (utiliser la foule pour y puiser des informations), ça nécessite qu'il ait d'abord bâti une relation forte avec cette communauté.

Ça nécessite surtout, explique Paul Lewis, encore une fois cité par Mercedes Bunz, une révolution copernicienne[1] du travail journalistique : *« Beaucoup des journalistes qui se montrent sceptiques[2] à l'égard de Twitter,* dit Lewis, *le sont parce qu'ils croient déjà savoir ce qu'ils doivent trouver. Moi, je dois trouver ce qu'il y a à savoir. »*

C'est peut-être là que Mercedes Bunz livre la clé. Que l'enquêteur ou l'enquêtrice aient intérêt à rendre public, dans une communauté construite – communauté de lecteurs, d'amis, de confrères –, le sujet de leur enquête, ceci va à l'encontre des pratiques traditionnelles du journalisme d'investigation, mais on imagine que c'est possible. Que Twitter soit le lieu propice à cette publicisation également – oui, Twitter n'est pas très compliqué à utiliser –, mais c'est le changement intellectuel que tout cela présuppose qui semble plus dur à réaliser. Demander l'aide des lecteurs, compter sur eux, quitter une position de supériorité, voilà qui me semble bien plus difficile.

« Quel usage d'internet pour le journalisme d'investigation ? », 29 mars 2010,

1. Révolution copernicienne : révolution décisive et radicale.

2. Sceptiques : qui doutent.

3 questions pour vous guider...

1. Les réseaux sociaux ont parfois aidé des journalistes dans une enquête (l. 12-23) : relevez des exemples dans le texte.
2. Quel réseau les journalistes utilisent-ils en particulier et comment s'en servent-ils (l. 39-54) ?
3. Quel travail préalable doit effectuer le journaliste d'investigation avant de prendre ses informations sur les réseaux sociaux (l. 55-61) ?

DOC **47**

ÉLODIE MAUROT

Wikipédia, révolution dans le savoir

Depuis le début des années 2000, l'encyclopédie en ligne Wikipédia s'est imposée comme un outil de connaissance. Héritière de l'esprit du siècle des Lumières, elle repose sur la participation des internautes. La journaliste Élodie Maurot s'interroge dans cet article du quotidien La Croix, *sur la qualité scientifique de ce travail communautaire.*

[Le numérique, un nouvel outil de connaissance ?]

Diderot et d'Alembert[1], les encyclopédistes des Lumières, y reconnaîtraient-ils leur petit ? Fondée en 2000 par les Américains Jimmy Wales et Larry Sanger, Wikipédia, encyclopédie entièrement gratuite, créée par et pour les internautes, revendique cette prestigieuse filiation, mais le code ADN[2] de l'encyclopédie a subi entre-temps une petite révolution démocratique.

Sur Wikipédia, pas d'experts signant les articles, pas d'architecture du savoir définie *a priori*, pas de clôture des connaissances estampillée[3] par un comité d'experts. Chacun est libre d'éditer, de

---

1. Denis Diderot (1713-1784) et Jean le Rond d'Alembert (1717-1783) sont des philosophes français à l'origine de *L'Encyclopédie*.

2. ADN : code génétique à l'origine de tout être vivant.

3. Estampillée : signée.

corriger et de modifier les contenus, participant ainsi à une vaste entreprise d'élaboration et de diffusion du savoir.

En dix ans, Wikipédia s'est imposée dans les usages, elle est même devenue incontournable. Le nombre de ses articles dépasserait la barre des 17 millions, en 270 langues. « C'est avant tout une victoire "par le clic", par la facilité d'usage », analyse Marc Foglia, auteur de *Wikipédia. Média de la connaissance démocratique ?* (Fyp Éditions).

Une éthique de la discussion et de l'argumentation

Vaincre les réticences n'était pourtant pas gagné. « Des dangers multiples étaient annoncés, voire une véritable catastrophe pour la culture, poursuit-il. Mais elle ne s'est pas produite et cela a changé le regard sur le projet. » Pour s'en convaincre, il suffit d'interroger autour de soi. Si les plus réticents commencent par évoquer le risque du « n'importe quoi », ils finissent par reconnaître qu'ils consultent eux-mêmes le site... sans pour autant s'y limiter.

Contrairement aux idées reçues, et à d'autres projets présents sur la Toile, Wikipédia ne repose pas sur l'anarchie, le soliloque[1] et le subjectivisme[2], mais impose la coécriture à plusieurs d'un texte unique qui devra faire l'objet d'un consensus[3].

Son modèle n'est donc ni un système « fermé », avec comité de rédaction et ligne éditoriale, ni un modèle totalement « ouvert » autorisant l'expressivité arbitraire de chacun. Il repose plutôt sur le principe d'une éthique[4] de la discussion et de l'argumentation, même si celle-ci peut être longue et s'enliser[5] dans des « guerres éditoriales » portant sur des sujets parfois anecdotiques.

Des milliers de bénévoles

Wikipédia, c'est avant tout une forme de démocratie appliquée au savoir, livré à égalité aux mains de tous, pour le meilleur comme pour le pire. « Le principe de Wikipédia, c'est que plus il

1. **Soliloque :** monologue.
2. **Subjectivisme :** absence d'objectivité et d'impartialité.
3. **Consensus :** accord.
4. **Éthique :** code moral.
5. **S'enliser :** ne pas en finir.

y a de contributeurs – plus les yeux sont nombreux –, plus une erreur a de la chance d'être détectée, analyse Florence Devouard, ancienne présidente de la Wikimedia Foundation et membre du conseil d'administration de Wikipédia. C'est d'ailleurs souvent comme cela que l'on commence : un jour, on tombe sur un article comportant une erreur et on le modifie… »

Le projet fait confiance à la base, au simple citoyen, selon le principe de l'information *bottom-up*, produite « du bas vers le haut », que beaucoup de wikipédiens considèrent comme complémentaire – voire plus fiable que l'information *top-down* (« du haut vers le bas ») des grands médias, suspectés d'avoir des intérêts particuliers à défendre.

« **Wikipédia, révolution dans le savoir** », paru dans le journal *La Croix* du 8 mars 2011

3 questions pour vous guider…

1. En quoi consiste la participation des internautes à Wikipédia ?
2. Modifier sans cesse un article est-il un avantage ? Justifiez votre réponse.
3. Quelle est la différence essentielle entre Wikipédia et une encyclopédie Larousse ?

VERS L'EXAMEN

THÈME • *Internet, une révolution dans la manière de communiquer ?*

> Synthèse de documents

Comparez puis faites la synthèse des documents 39, 41, 42 et 45.

> Écriture personnelle

D'après vous, la technologie numérique a-t-elle révolutionné la manière de communiquer au quotidien ?
Appuyez-vous sur les documents cités, sur vos lectures et sur vos connaissances personnelles pour répondre.

VERS L'EXAMEN

THÈME • *Internet, un nouvel outil politique ?*

> Synthèse de documents

Comparez puis faites la synthèse des documents 39, 43, 45 et 46.

> Écriture personnelle

Pensez-vous qu'Internet favorise les révolutions politiques et sociales ?
Appuyez-vous sur les documents cités, sur vos lectures et sur vos connaissances personnelles pour répondre.

SUJET 1 L'addiction à Internet

Baptisée « génération zombie », les adolescents d'aujourd'hui semblent passer une grande partie de leur journée sur Internet. Réseaux sociaux, sites de jeux en ligne ou encore site de ventes promotionnelles, Internet semblent mobiliser l'attention de tous. Mais comment évaluer son addiction à Internet ? Et comment lutter contre cette nouvelle forme de dépendance ?

Les sites à explorer

- **Site d'Addict Auvergne pour évaluer sa dépendance à Internet**
  http://www.addictauvergne.fr/echelle-addiction/internet-addiction-iat/

  Depuis 2014, le site du centre d'addictovigilance d'Auvergne propose d'évaluer, à l'aide d'un quiz amusant, la dépendance à Internet et aux réseaux sociaux. Un test éducatif riche d'enseignement.

- **Le site Coreight : comment sortir de l'addiction à Facebook ?**
  http://coreight.com/content/addiction-dependance-facebook

  Le site d'information et de divertissement propose un article sur la manière de sortir de la dépendance à Facebook. Le réseau social fondé par Mark Zuckerberg entraînerait une addiction que quelques gestes permettent de contrôler.

VERS L'EXPOSÉ

L'addiction à Internet, une question de santé publique ?

L'addiction à Internet est de plus en plus considérée comme une dépendance au même titre que l'alcool ou le tabagisme. À ce titre, de nombreuses initiatives voient le jour pour limiter les effets d'Internet sur la santé mentale de ses utilisateurs. Dans le cadre d'un exposé, faites compléter le quiz par vos camarades de classe, de manière anonyme. Présentez ces résultats dans un premier temps puis comparez-les, dans un second temps, aux initiatives proposées par le site Coreight.

SUJET 2 Une nouvelle manière de communiquer ?

Communiquer sur Internet diffère des modes « traditionnels » de communication. Plus rapides et plus nombreux, les échanges sont innombrables, parfois même avec des interlocuteurs inconnus. Peut-on pour autant parler d'une révolution numérique dans la manière de communiquer ? Deux sites offrent des pistes de réflexion sur cette question.

Les sites à explorer

- **Le site Anthedesign pour savoir comment communiquer sur Internet**
  https://www.anthedesign.fr/communication-2/communiquer-sur-internet/

  Le site Anthedesign expose dans un court article les différentes raisons pour lesquelles communiquer sur Internet est aussi simple que rapide. Il recense les différents modes de communication qu'offre le Web.

- **L'impact d'Internet sur la communication**
  http://cerig.pagora.grenoble-inp.fr/icg/Dossiers/Communication/II-Stucture.html

  Le Cerig, école de communication de Grenoble, a très tôt analysé les changements qu'Internet a entraînés dans les modes de conversation : parler sur Internet n'est pas parler comme dans la vie courante.

VERS L'EXPOSÉ

Une révolution dans la communication ?

Internet invite sans cesse à échanger, sur des sujets multiples, sur des supports divers et parfois même simultanément sur plusieurs plateformes. Mais s'agit-il d'une véritable révolution ? Dans le cadre d'un exposé, présentez tout d'abord les différents modes de communication offerts par Internet, puis relevez les changements apportés par le Web dans la manière de communiquer.

« Sois jeune et tais-toi », affiche réalisée par l'Atelier des Beaux-Arts de Paris, mai 1968.

→ Présentation et questions • CHAPITRE 1, DOC 7, p. 21

Chaîne d'assemblage d'une usine Ford en Angleterre, 1937.

→ Présentation et questions • CHAPITRE 3, DOC 25, p. 73

Andy Warhol, ***Campbell's Soup Cans*** (Boîtes de soupe Campbell), 1962

→ Présentation et questions • CHAPITRE 4, DOC 32, p. 92

Duane Hanson, ***Supermarket Shopper***, 1970, sculpture en résine de polyester, fibre de verre et matériaux divers, grandeur nature

→ Présentation et questions • CHAPITRE 4, DOC 34, p. 96

Dessin de Michael Meister, 2007.

→ Présentation et questions • CHAPITRE 5, DOC 42, p. 124

Sharon Stone (Ginger) dans le film ***Casino*** de Martin Scorsese, 1995.

→ Présentation et questions • CHAPITRE 6, DOC 52, p. 157

Affiche du film *The Truman Show* de Peter Weir avec Jim Carrey, 1998.

→ Présentation et questions • CHAPITRE 7, DOC 60, p. 184

Une du journal *Hara-Kiri* du 16 novembre 1970.

→ Présentation et questions • CHAPITRE 8, DOC 66, p. 215

bête et méchant

L'HEBDO *hara-kiri*

PROLONGEMENT HEBDOMADAIRE DU MENSUEL HARA-KIRI • N° 94 • LUNDI 16 NOV. 1970 • 1,50 F • TOUS LES LUNDIS

BAL TRAGIQUE
A
COLOMBEY
—
1 MORT

Xavier Gorce, ***Les Indégivrables***, Le Monde, 9 juin 2014

→ Présentation et questions • CHAPITRE 9, DOC 75, p. 236

CHAPITRE 6

Le **jeu** : une nouvelle addiction ?

> « **Dans le jeu on n'est pas libre, pour le joueur le jeu est un piège.** »
>
> MILAN KUNDERA, *Risibles Amours* (1970), © Éditions Gallimard

Comment définir le jeu ? S'agit-il d'un simple amusement, d'une façon comme une autre de passer le temps ou de se détendre pour oublier ses soucis ?

Au-delà du simple divertissement, le jeu exerce un rôle dans l'éducation de l'être humain, il évolue avec lui, s'adaptant à chaque âge. Il accompagne l'enfant dans son développement et dans son entrée progressive en société.

Cette activité, qui semble essentielle à l'homme, n'est pourtant pas sans risques. Excès, isolement, violence ou autodestruction guettent les joueurs qui se livrent sans retenue à leur passion. Mais faut-il pour autant considérer ces comportements comme les signes d'une addiction ? L'usage de ce terme pour désigner l'utilisation abusive des jeux vidéo fait débat. Passé dans le vocabulaire, ce terme est rejeté par ceux qui refusent de mettre sur le même plan l'utilisation excessive des jeux vidéo et l'addiction à l'alcool ou à la drogue.

Toutefois, s'il est important de rester vigilants pour ne pas tomber dans une trop grande dépendance à l'égard des jeux, il faut admettre qu'ils présentent de nombreux aspects positifs. Lorsqu'il s'inspire de l'actualité politique, le jeu éveille la conscience des joueurs sur le monde. Le jeu n'est-il d'ailleurs pas un bon moyen d'amener les hommes à exprimer leur sens de l'humain ?

A Les différentes significations et fonctions du jeu

Simple au premier abord, la notion de jeu n'est pas si facile à définir. Cette activité que l'on considère souvent comme superflue et liée au hasard exige la plupart du temps des capacités de réflexion, des connaissances et pousse le joueur à imaginer des stratégies pour gagner. Roger Caillois, qui prend en compte cette complexité, donne au jeu plusieurs significations et lui reconnaît plusieurs fonctions DOC 48 • p. 147.

Pour Jean Cazeneuve DOC 49 • p. 150, jouer est un acte fondamental. S'il sert d'abord à se divertir, le jeu permet de se construire et d'apprendre à se situer par rapport aux autres, au sein de la société.

DOC **48**

Roger Caillois

Les Jeux et les hommes

Sociologue français, Roger Caillois (1913-1978) montre, dans son essai Les Jeux et les hommes, *que chaque civilisation peut se définir selon les jeux qu'elle pratique. Dans cet extrait, il évoque les différentes fonctions et significations du jeu.*

[Qu'est-ce que le jeu ?]

Les jeux sont innombrables et de multiples espèces : jeux de société, d'adresse, de hasard, jeux de plein air, de patience[1], de construction, etc. Malgré cette diversité presque infinie et avec une remarquable constance, le mot jeu appelle les mêmes idées d'aisance[2], de risque ou d'habileté. Surtout, il entraîne immanquablement une atmosphère de délassement[3] ou de divertissement. Il repose et il amuse. Il évoque une activité sans contrainte, mais aussi sans conséquence pour la vie réelle. Il s'oppose au sérieux de celle-ci et se voit ainsi qualifié de frivole[4]. Il s'oppose d'autre part au travail comme le temps perdu au temps bien employé. En effet le jeu ne produit rien ni biens, ni œuvres. Il est essentiellement

1. **Jeu de patience :** jeu utilisant des cartes à jouer et joué à un seul joueur, comme la réussite.
2. **Aisance :** facilité.
3. **Délassement :** détente.
4. **Frivole :** inutile, superflu.

stérile. À chaque nouvelle partie, et joueraient-ils toute leur vie, les joueurs se retrouvent à zéro et dans les mêmes conditions qu'au premier début. Les jeux d'argent paris[1], ou loteries, ne font pas exception : ils ne créent pas de richesses, ils les déplacent seulement.

Cette gratuité du jeu est bien le caractère qui le discrédite le plus. C'est elle aussi qui permet qu'on s'y livre avec insouciance et qui le maintient isolé des activités fécondes. Chacun, dès l'abord[2], se persuade de cette manière que le jeu n'est rien que fantaisie agréable et distraction vaines, quels que soient le soin qu'on y apporte, les facultés qu'il mobilise, la rigueur qu'on exige. [...]

Le mot jeu désigne encore le style, la manière d'un interprète, musicien ou comédien, c'est-à-dire les caractères originaux qui distinguent des autres sa façon de jouer d'un instrument ou de tenir un rôle. Lié par le texte ou par la partition, il n'en demeure pas moins libre, dans une certaine marge, de manifester sa personnalité par d'inimitables nuances ou variations.

Le terme de jeu combine alors les idées de limites, de liberté et d'invention. Dans un registre voisin, il exprime un remarquable mélange où se lisent conjointement[3] les idées complémentaires de chance et d'habileté, de ressources reçues du hasard ou de la fortune et de la plus ou moins vive intelligence qui les met en œuvre et qui tâche d'en tirer un profit maximum. Une expression comme *avoir beau jeu* correspond au premier sens, d'autres comme *jouer serré, jouer au plus fin* renvoient au second ; d'autres enfin, comme *montrer son jeu* ou, à l'inverse *dissimuler son jeu*, se réfèrent inextricablement[4] aux deux : avantages au départ et déploiement adroit d'une stratégie savante.

L'idée de risque vient aussitôt compliquer des données déjà enchevêtrées : l'évaluation des ressources disponibles, le calcul des éventualités prévisibles s'accompagnent vite d'une autre spéculation[5], une sorte de pari qui suppose une comparaison entre le

---

1. Paris : qui reposent sur des paris d'argent.
2. Dès l'abord : immédiatement.
3. Conjointement : ensemble.
4. Inextricablement : sans qu'on puisse les séparer.
5. Spéculation : hypothèse.

risque accepté et le résultat escompté. D'où les locutions comme *mettre en jeu, jouer gros, jouer son reste, sa carrière, sa vie*, ou encore la constation que *le jeu ne vaut pas chandelle*, c'est-à-dire que le plus grand profit qu'on puisse attendre de la partie reste inférieur au coût de la lumière qui l'éclaire.

Le *jeu*, de nouveau, apparaît comme une notion singulièrement complexe qui associe un état de fait, une donne[1] favorable ou misérable, où le hasard est souverain et dont le joueur hérite par heur[2] ou malheur, sans qu'il y puisse rien, une aptitude à tirer le meilleur parti de ces ressources inégales, qu'un calcul sagace[3] fait fructifier et que la négligence dilapide[4], enfin un choix entre la prudence et l'audace qui apporte une dernière coordonnée : la mesure dans laquelle le joueur est disposé à miser sur ce qui lui échappe plutôt que sur ce qu'il contrôle.

Les Jeux et les hommes, 1958, ■

3 questions pour vous guider...

1. Quelles sont les deux fonctions du jeu mises en évidence par Caillois dans les lignes 5 à 15 ?
2. « La gratuité du jeu [...] permet qu'on s'y livre avec insouciance » (l. 16-27) : expliquez cette phrase.
3. « Avoir beau jeu » (l. 34), « jouer serré » (l. 35), « jouer gros » (l. 44) : ces expressions renvoient à trois sens différents du mot jeu. Expliquez chaque expression en indiquant à quel sens du mot elle renvoie.

---

1. Donne : cartes distribuées au joueur en début de jeu.
2. Par heur : par chance, par bonheur.
3. Sagace : intelligent.
4. Dilapide : dépense sans compter.

DOC **49**

Jean Cazeneuve

Le Jeu dans la société

Le philosophe Jean Cazeneuve (1915-2005) s'est intéressé au rôle du jeu dans les civilisations occidentales. Dans cet article de l'encyclopédie Universalis, *il montre que le jeu est, pour l'enfant, le premier apprentissage de la vie en société.*

[Le jeu formateur de la personnalité sociale]

Un apprentissage de la vie en société

On ne s'étonnera donc pas que des psychosociologues[1] aient vu dans le jeu l'un des facteurs les plus importants pour la formation de la personnalité sociale. C'est ainsi que George Herbert Mead[2] attribue la formation du *soi*, c'est-à-dire de la personnalité dans ce qu'elle a de conscient et de réfléchi, à un processus social d'interaction et d'intériorisation des rôles d'autrui[3]. Or c'est le jeu qui, dans l'enfance, réalise cet apprentissage des rôles et par conséquent façonne progressivement la base sociale du soi. Mais l'analyse de cette fonction du jeu révèle qu'il présente successivement deux aspects. On aboutit ainsi à une autre typologie dualiste[4] particulièrement adaptée au phénomène de la socialisation, et qui correspond d'ailleurs à une distinction établie dans certaines langues, en particulier dans le vocabulaire anglo-saxon. En effet, le mot français *jeu* peut être traduit soit par *play*, soit par *game*. Dans la première phase de son évolution psychosociologique, selon Mead, l'enfant pratique le jeu libre (*play*) en imaginant un compagnon invisible, par exemple pour jouer au gendarme et au voleur, ou

1. **Psychosociologues :** psychologues qui étudient l'interaction entre les faits psychologiques et les faits sociaux.
2. **George Herbert Mead :** sociologue américain (1863-1961).
3. **Autrui :** les autres.
4. **Typologie dualiste :** classement divisé en deux catégories principales.

bien à la maman avec sa poupée. Il assume ainsi à son gré[1] toutes sortes de rôles dont il reste le maître. Puis, entre six et huit ans, l'enfant passe à la pratique du jeu social et réglementé (*game*). À partir de cet âge, en effet, il prend plaisir à une conduite régie[2] par des règles et même il s'amuse à inventer des règles, ce qui revient à définir des rôles permettant de prévoir des réponses aux actions et aux attitudes des uns et des autres. Tandis que dans le jeu libre les rôles ne sont pas liés entre eux, au contraire dans le jeu réglementé (par exemple dans la partie de football) tous les rôles différents se trouvent intériorisés sous la forme d'un tout cohérent qui est une situation sociale. L'intériorisation de cet ensemble organisé de rôles correspond à ce qui, sur le plan objectif, est un groupe institutionnalisé. L'enfant, grâce au jeu réglementé, assume non plus seulement le rôle de tel ou tel partenaire, mais finalement celui d'un autrui généralisé [...].

« Le Jeu dans la société », © *Encyclopaedia Universalis*, 2005

3 questions pour vous guider...

1. L'auteur parle de « personnalité sociale » : de quoi s'agit-il, selon vous ?
2. Quelles différences existe-t-il pour l'enfant entre « *play* » et « *game* » ?
3. Qu'apprend le « jeu réglementé » à l'enfant ? dans quel but ?

B Les dangers du jeu

Jouer ne rime pas toujours avec gagner. Parfois, à force d'excès, le joueur perd le plaisir de jouer et le sens des réalités. Fédor Dostoïevski, dans son célèbre roman *Le Joueur* DOC **50** • p. 152, met en scène un personnage tellement obsédé par le jeu qu'il finit par tout perdre.

---

1. À son gré : comme il le veut.
2. Régie : construite.

Le joueur est alors comparable à un toxicomane qui doit recevoir un traitement clinique pour soigner sa maladie, comme le propose l'hôpital Marmottan DOC 51 • p. 154. Certains accros au jeu représentent même un danger pour leur entourage, comme Ginger, le personnage du film *Casino* de Martin Scorsese DOC 52 • p. 157. D'autres, plongés dans les jeux vidéo, se révèlent violents et agressifs DOC 53 • p. 158. Le jeu perd alors son caractère ludique et insouciant : il devient dangereux.

DOC **50**

FÉDOR DOSTOÏEVSKI

Le Joueur

Le Joueur, *du romancier russe Fédor Dostoïevski (1821-1881), est le récit d'Alexeï Ivanovitch, atteint par le virus du jeu, qui passe ses nuits au casino de Roulettenbourg en Allemagne. Dans cet extrait, Alexeï montre comment, après un long moment d'observation, il plonge à son tour dans le jeu comme poussé par une force qu'il est incapable de contrôler.*

[Du goût du risque à l'obsession pathologique]

On s'écrasait dans les salles de jeu. Comme ils sont insolents, tous, et avides[1] ! J'ai fendu[2] la foule et me suis placé à côté du croupier[3] ; puis j'ai commencé timidement, en ne risquant que deux ou trois pièces à la fois.

Pendant ce temps, j'observais et faisais des remarques ; il me semble que tous ces calculs ne signifient pas grand-chose et qu'ils n'ont pas l'importance que leur attribuent beaucoup de joueurs. Ils sont assis là avec des feuilles couvertes de chiffres, ils notent les coups, comptent, supputent[4] les chances, font une dernière opération, misent enfin… et perdent, tout comme les simples mortels

---

1. **Avides :** qui expriment un désir sans limites.
2. **Fendu :** traversé.
3. **Croupier :** employé d'un établissement de jeux.
4. **Supputent :** font des hypothèses.

qui jouent sans calculer. Par contre, j'ai tiré une conclusion qui semble juste : de fait, dans la succession des chances fortuites[1], il y a, sinon un système, du moins une sorte d'ordre ; c'est évidemment très étrange. Par exemple, il arrive qu'après les douze chiffres du milieu sortent les douze derniers chiffres ; deux fois, mettons, le coup porte sur ces douze derniers chiffres et passe aux douze premiers. Une fois qu'il est tombé sur les douze premiers, il revient sur les douze du milieu ; trois, quatre fois de suite, les chiffres du milieu sortent, puis ce sont de nouveau les douze derniers ; après deux tours, on retombe sur les premiers, qui ne sortent qu'une fois, et les chiffres du milieu sortent trois fois de suite ; cela continue ainsi pendant une heure et demie ou deux heures. Un, trois et deux ; un, trois et deux.

C'est très curieux. Tel après-midi ou tel matin, le *noir* alterne avec le *rouge*[2], presque sans ordre et à tout instant ; chaque couleur ne sort que deux ou trois fois de suite. Le lendemain ou le soir, le *rouge* seul sort, par exemple jusqu'à vingt-deux fois de suite et cela continue ainsi quelque temps, quelquefois une journée entière. Je dois une bonne part de ces observations à Mr. Astley qui passe toute la matinée près des tables de jeu mais ne mise jamais.

Pour revenir à moi, j'ai tout perdu jusqu'au dernier sou et en fort peu de temps. J'ai d'abord mis vingt frédérics[3] sur *pair* et j'ai gagné ; je les ai remis et ai gagné encore ; ainsi deux ou trois fois. Je crois que la somme que j'avais en main est montée à quatre cents frédérics en quelque cinq minutes. À ce moment-là j'aurais dû partir, mais une sensation étrange a pris naissance en moi : une envie de provoquer le destin, de lui donner une chiquenaude[4], de lui tirer la langue. J'ai risqué la plus grosse mise autorisée : quatre mille florins[5], et j'ai perdu. Ensuite, m'échauffant, j'ai sorti tout

1. Fortuites : liées au hasard.
2. Couleurs de la roulette sur lesquels les joueurs misent leurs gains.
3. Frédérics : monnaie d'alors, courante en Allemagne.
4. Chiquenaude : léger coup.
5. Florins : monnaie frappée d'or, courante alors en Europe.

ce qui me restait, l'ai placé comme la fois précédente et j'ai de nouveau perdu ; alors, j'ai quitté la table, abasourdi.

Le Joueur, chapitre IV, 1866, traduit du russe par Ely Halpérine-Kaminsky ■

3 questions pour vous guider...

1. Que fait Alexeï avant de jouer (l. 5 à 30) ?
2. Comment qualifiez-vous son attitude ? Justifiez votre réponse.
3. « À ce moment-là j'aurais dû partir, mais une sensation étrange a pris naissance en moi » (l. 35-36) : quelle est cette sensation ? quelle réaction provoque-t-elle chez Alexeï ?

DOC **51**

JÉRÉMIE COUSTON

Rien ne va plus

Dans le cadre d'un dossier du magazine Télérama *consacré à l'univers du jeu, le journaliste Jérémie Couston a enquêté sur l'addiction au jeu. Il évoque, dans cet extrait, la nécessité pour les joueurs qui souffrent de cette dépendance de se faire soigner par des médecins spécialisés.*

[Une dépendance aux jeux]

L'hôpital Marmottan, à Paris, soigne toutes les addictions, y compris celle au jeu. Pour décrocher, les ludopathes[1] doivent accepter de composer avec le monde réel.

Romain a 24 ans et des cernes de panda. Étudiant dans une école de commerce parisienne, il a passé les deux dernières années de sa vie au milieu des druides et des paladins[2], à zigouiller[3] du dragon

1. Ludopathes : personnes rendues malades par le jeu.

2. Des druides et des paladins : des prêtres celtes et des chevaliers errants du Moyen Âge.

3. Zigouiller : tuer, assassiner.

sans interruption, urinant dans des bouteilles de Coca faute de pouvoir quitter sa chaise. Amusant ? Pas pour son amie, qui l'a quitté avant qu'il ne se transforme en Gollum[1], ni pour sa famille, qui s'inquiète pour sa santé mentale et a fini par le convaincre de consulter.

Direction l'hôpital Marmottan, à Paris, spécialisé dans les addictions en tout genre, de l'alcool à la kétamine[2] en passant par le sexe, le PMU[3], *World of Warcraft*[4], et autres MMORPG, ces jeux de rôle en ligne massivement multijoueurs qui ont vrillé les neurones de Romain. C'est en 1997, juste après la publication d'un *Que sais-je ?* sur le jeu pathologique, que Marc Valleur, psychiatre en chef, reçoit les premières demandes de soins. Il exige du secrétariat de l'hôpital d'annoncer que les consultations restent réservées en priorité aux usagers d'héroïne, de crack ou de cocaïne. Quand, au téléphone, les joueurs déclarent leur addiction insupportable, *« pire qu'une drogue »*, ils obtiennent un rendez-vous. À Marmottan, une addiction commence quand une personne veut arrêter et n'y arrive pas. Avec ou sans drogue. Seule compte *« la perte de la liberté de s'abstenir »*.

Cyberdépendance et thérapie familiale

« Quand un "ludopathe" comme Romain prend l'initiative de venir chez nous, il a déjà fait la moitié du chemin, explique Elizabeth Rossé, psychologue spécialisée dans la cyberdépendance. *Entrer à l'hôpital est déjà thérapeutique. »* Derrière l'imposante façade en brique rouge de cet immeuble proche de la place des Ternes, les visages de camés[5] aux yeux vitreux et aux joues creusées qu'on croise dans les couloirs conduisent forcément à relativiser la gravité des autres addictions…

Pour les ludopathes, la cure passe essentiellement par la parole. Parler de soi, de son jeu, permet de le mettre à distance, et le degré

---

1. Gollum : personnage au physique repoussant et obsédé par un anneau, présent dans *Bilbo le Hobbit* et *Le Seigneur des anneaux* de l'écrivain anglais J.R.R. Tolkien (1892-1973).
2. Kétamine : drogue extrêmement dangereuse.
3. PMU : société française de paris sur les courses de chevaux.
4. *World of Warcraft* : célèbre jeu de rôle en ligne.
5. Camés : toxicomanes, drogués.

d'investissement va diminuer mécaniquement après quelques séances. Car on devient dépendant d'une routine. Personne ne devient dépendant d'un jeu comme les échecs… L'abus de jeu vidéo étant une activité domestique, elle implique toujours des problèmes au sein de la famille. On conseille alors une thérapie familiale. « *Dans les familles monoparentales*[1], précise Elizabeth Rossé, *les parents dépendants de leur enfant acceptent inconsciemment de le laisser s'accrocher aux jeux vidéo pour qu'il reste au foyer au lieu de s'émanciper*[2]. »

Marc Valleur l'admet volontiers : « *Une grande part des reproches faits aujourd'hui aux jeux vidéo, comme d'ailleurs à la télévision, avaient été formulés à l'encontre de la lecture au XIXe siècle : les livres risquaient d'enflammer l'imaginaire des jeunes filles, de distraire les jeunes hommes de leurs devoirs, de les couper de la réalité.* » De fait, les accros aux jeux vidéo ne représentent que 2 % des consultations à Marmottan, moitié moins que l'addiction sexuelle, qui a presque quadruplé en cinq ans.

La majorité des dépendants « sans substance » viennent pour les jeux d'argent et de hasard : casino, PMU, Rapido[3], et depuis peu paris et poker en ligne, conséquence de la libéralisation des pronostics sportifs et hippiques sur Internet, en 2010. Malgré la crise, ou plutôt à cause de la crise, les gens continuent à jouer, car cela reste le dernier refuge du rêve. Pour Marc Valleur, « *la machine à sous ou la carte à gratter ont remplacé l'église où on allait prier pour espérer que les choses s'arrangent* ». Le praticien[4] use de la métaphore mécanique : « *Sans jeu, la machine (l'individu ou la société) serait grippée, immobilisée. Mais avec trop de jeu, les rouages du système se mettent à bringuebaler*[5]. »

Les cernes de Romain paraissent soudain dérisoires comparés à la détresse du fanatique du tiercé qui a perdu non seulement sa chemise, mais aussi boulot, femme et enfants en s'acharnant sur

---

1. **Familles monoparentales :** familles où il n'y a plus qu'un seul parent.
2. **S'émanciper :** prendre son indépendance.
3. **Rapido :** jeu de hasard de la Française des Jeux.
4. **Praticien :** médecin.
5. **Bringuebaler :** s'agiter dans tous les sens.

Kaline d'Argent[1] dans la cinquième[2]. Pour les joueurs d'argent, les psychiatres de Marmottan fixent d'abord des objectifs : diminuer la fréquence, le montant et la durée de la séquence de jeu. Quand le joueur est sorti de l'illusion qu'il allait régler ses problèmes par le jeu, il s'agit de rendre vivable sa dette, avec un dossier de surendettement, une assistante sociale, un traitement antidépresseur dans certains cas et, pour ceux qui n'arrivent pas à s'arrêter de jouer, une hospitalisation.

« Rien ne va plus », paru dans *Télérama* du 21 décembre 2013 ■

3 questions pour vous guider...

1. Romain est un ludopathe : à quels signes le reconnaît-on ?
2. Quels types de jeux peuvent provoquer une dépendance ?
3. Pourquoi les gens continuent-ils à jouer, selon le journaliste (l. 34-64) ?

DOC **52**

Martin Scorsese
Casino

[Les dérives du jeu]

Sorti en 1995, Casino *est un film du réalisateur américain Martin Scorsese (né en 1942). Il raconte l'histoire de Sam « Ace » Rothstein (Robert de Niro) dans le Las Vegas des années 1970. Sam est un membre de la mafia chargé de reprendre la direction d'un des casinos les plus puissants de la ville. Mais sa femme, Ginger McKenna (Sharon Stone), redoutable arnaqueuse, entraîne ce milieu du jeu à la dérive* CAHIER PHOTOS • p. V.

1. Kaline d'Argent : nom d'un célèbre cheval vainqueur de plusieurs courses hippiques.

2. Dans la cinquième : sous-entendu la cinquième course.

3 questions pour vous guider...

1. Décrivez la composition de l'image d'une scène du film.
2. Décrivez l'univers du jeu mis en scène ici par Martin Scorsese.
3. Quelle est l'attitude de Ginger ? Quel sentiment éprouve-t-elle selon vous ?

DOC **53**

LEFIGARO.FR

Les jeux vidéo génèrent de l'agressivité

Les jeux vidéo sont souvent accusés de créer des comportements violents chez les adolescents. Cet article, paru dans Le Figaro, *analyse les résultats d'une enquête scientifique sur le rapport entre l'agressivité des jeunes et leur pratique des jeux vidéo.*

[Les jeux, facteurs de violence ?]

Les enfants et adolescents jouant régulièrement aux jeux vidéo ont plus de pensées et de comportements agressifs, selon une étude menée avec plus de 3 000 participants publiée aujourd'hui aux États-Unis.

Cette recherche a été conduite à Singapour pendant trois ans avec des enfants âgés de 8 à 17 ans (11 ans d'âge médian[1]) dont 73 % étaient des garçons. Elle paraît dans la dernière livraison[2] du *Journal of the American Medical Association* (JAMA) *Pediatrics*. Ils ont répondu à une série de questions, dont le nombre d'heures par semaine passées à jouer à ces jeux, leurs jeux vidéo favoris, et s'ils avaient frappé quelqu'un qui les aurait provoqués ou rendu furieux. On a aussi demandé aux participants s'ils avaient parfois rêvé de taper sur quelqu'un ou de lui faire mal.

---

1. **Âge médian :** âge moyen.
2. **Dernière livraison :** dernier numéro.

« Cette étude révèle que le fait de jouer souvent à des jeux vidéo violents accroît[1] à long terme les comportements agressifs quels que soient le sexe, l'âge, le degré d'agressivité initial des sujets et l'intervention des parents », écrit Douglas Gentille, de l'Université d'Iowa, le principal auteur de ces travaux. Ces résultats solides illustrent les effets de ces jeux vidéo sur le degré d'agressivité dans toutes les cultures et à tout âge, ajoute-t-il.

Les enfants les plus jeunes comme les plus âgés « ont été affectés de manière significative par les jeux vidéo violents et l'étude suggère que ceux qui commencent plus tôt pourraient être plus enclins[2] à avoir des pensées agressives. Ces résultats sont cohérents avec les théories selon lesquelles un des éléments clés du développement des enfants de six à huit ans est l'apprentissage social et des normes culturelles telles que le rejet de l'agressivité. Une grande partie de ces valeurs sont normalement acquises quand les enfants parviennent à l'adolescence.

Dans la mesure où un grand nombre de jeunes et d'adultes jouent aux jeux vidéo – plus de 90 % des jeunes Américains – « améliorer notre compréhension de leurs effets est un objectif important de la recherche avec des implications pour la santé publique et des stratégies d'intervention pour en réduire l'impact négatif », soulignent ces chercheurs.

Cependant, pour le professeur Patrick Wolfe, expert en statistiques à l'University College à Londres « les auteurs de cette étude suggèrent mais ne démontrent pas que les jeux vidéo violents influencent des comportements agressifs en développant avec le temps une attitude mentale agressive ». « Il est important de souligner que ce qu'ils ont mesuré ce sont des réponses à des questions quant à des comportements agressifs, pas des comportements agressifs en soi », ajoute-t-il dans un communiqué.

« **Les jeux vidéo génèrent de l'agressivité** », publié le 24/03/2014,

1. **Accroît :** augmente.

2. **Enclins :** tentés.

3 questions pour vous guider...

1. Quels sont les résultats de cette étude sur les jeux vidéos (l. 1-20) ?
2. Quel risque court-on lorsque l'on commence à jouer tôt (l. 21-29) ?
3. Le professeur Patrick Wolfe fait deux critiques sur les résultats de l'étude (l. 36-43) : dites lesquelles.

C Les vertus du jeu

Au vu de tous les dangers que l'on vient d'évoquer, doit-on avoir peur de jouer ? La pratique du jeu conduit-elle nécessairement à des excès ? Tourne-t-elle inévitablement à l'obsession, au repli sur soi ?

Le psychologue Serge Tisseron considère que la dépendance aux jeux est différente de celle provoquée par l'abus de drogues ou d'alcool et ne doit pas être considérée comme une addiction DOC 54 • p. 160. Par ailleurs, tous les jeux ne provoquent pas des comportements violents. Certains présentent même des vertus : ils peuvent notamment faire réfléchir les joueurs sur les questions d'actualité DOC 55 • p. 164.

Mathieu Triclot DOC 56 • p. 167 va même jusqu'à considérer le jeu comme essentiel à l'épanouissement de l'être humain.

DOC **54**

Serge Tisseron
Pour en finir avec l'addiction aux jeux vidéo

Serge Tisseron (né en 1948) est un psychologue qui s'est intéressé à l'univers des jeux vidéo et à leurs effets pathologiques sur les joueurs. Il considère cependant qu'il est exagéré de parler d'addiction aux jeux et propose d'employer un vocabulaire plus adapté.

[L'usage excessif des jeux vidéo, une addiction ?]

La revue *Canard PC* (N° 293) a consacré récemment un numéro à la question de l'addiction aux jeux vidéo. Mais qu'est-ce qui a bien pu justifier le lancement d'un tel sujet à un moment où pratiquement l'ensemble de la communauté internationale est en train de renoncer à définir les pathologies liées à l'usage excessif des jeux vidéo en termes d'addiction, notamment chez l'enfant et l'adolescent ?

Est-ce parce que l'utilisation du mot est devenu un argument marketing pour des campagnes qui prétendent vendre des jeux en mettant en avant leur caractère « addictogène[1] » ? En tout cas, à ce jour, aucune classification internationale ne retient l'existence d'une « addiction » aux jeux vidéo : ni le DSM (Manuel diagnostique et statistique des troubles mentaux) de l'American Psychiatric Association (APA), ni la classification internationale des maladies mentales de l'Organisation Mondiale de la Santé (OMS). En France, l'Académie de médecine a déclaré en 2012 qu'il était impropre d'utiliser ce mot pour les adolescents, suivie par l'Académie des sciences en 2013. Revenons alors aux origines du quiproquo[2].

Les addictions sans substances

L'idée qu'il puisse exister une addiction aux jeux vidéo est inséparable de la définition qu'Aviel Goodman[3] a donnée, au début des années 1990, de ce qu'il a appelé « les addictions sans substance ». Le problème est qu'Aviel Goodman n'a pas donné une seule définition autour de laquelle il aurait été possible de s'entendre, mais plusieurs successivement. Dans un premier temps, il a déclaré que l'addiction sans substance se définissait comme un comportement associant trois caractères :

1. la perte du contrôle des impulsions qui rend impossible le fait de s'empêcher d'accomplir une action qu'on désire très fortement ;

---

1. **Addictogène :** qui rend particulièrement dépendant.

2. **Quiproquo :** confusion.

3. **Aviel Goodman :** psychiatre américain.

2. la compulsion[1] qui signifie le soulagement éprouvé à l'accomplissement de cette action ;

3. et la poursuite du comportement malgré ses conséquences négatives.

Mais dans un deuxième temps, le même Aviel Goodman a déclaré que la seule perte du contrôle des impulsions, ou la seule compulsion, suffisait à définir l'existence d'une addiction à partir du moment où ce caractère était associé à la poursuite du comportement malgré ses conséquences négatives.

Bref, la définition des « addictions sans substance » était d'emblée conflictuelle. À ce jour, la seule à avoir été reconnue est l'addiction aux jeux d'argent. [...]

Addiction ou toxicité ?

Toutes ces raisons incitent à établir une distinction nette entre toxicité[2] et addiction. La toxicité est associée au produit lui-même. Par exemple, il y a des aliments qui n'ont aucune toxicité quelle que soit la quantité qu'on en consomme, comme la plupart des légumes, tandis que d'autres aliments peuvent avoir une potentialité toxique comme les charcuteries. Cela ne signifie pas pour autant que manger du lard tous les jours constitue une addiction. Mais alors, pourquoi le concept d'addiction a-t-il flambé autour des jeux vidéo ? Pourquoi ne s'est-on pas contenté de parler de toxicité, tout au moins pour certains d'entre eux ? Parce que la toxicité désigne le produit tandis que l'addiction désigne le comportement. Or les fabricants de jeux vidéo, qui bien souvent tiennent un certain nombre de médias, avaient tout intérêt à diffuser l'idée que la dangerosité des jeux vidéo était liée à des usages bien plus qu'au produit lui-même. D'où ce projecteur braqué sur l'addiction et cette sous-estimation de la toxicité possible.

Parler des jeux vidéo comme un produit susceptible de présenter une certaine toxicité ne veut pas dire pour autant que ce

1. **Compulsion :** tendance qui pousse un individu à commettre un acte sans pouvoir s'en empêcher.

2. **Toxicité :** capacité à empoisonner, nocivité.

média soit stigmatisé[1]. Le livre aussi peut présenter une certaine toxicité : citons seulement *Les Souffrances du jeune Werther* qui a provoqué une épidémie de suicides en Europe après sa publication par Goethe[2], le célébrissime *Mein Kampf*[3] dont on sait les ravages qu'il a provoqués dans les consciences et dans les faits ou encore le *Petit Livre rouge* de Mao Zedong[4]. Mais qu'un Chinois n'ait pas pu s'empêcher de lire le *Petit Livre rouge* tous les jours pendant la révolution culturelle ne signifiait pas qu'il avait une addiction. Cela signifiait qu'il consommait un produit toxique sans aucun recul et que cette absence de recul était préjudiciable[5] à la construction d'une représentation correcte du monde.

« Pour en finir avec l'addiction aux jeux vidéo », 11 avril 2014,
© *Le Huffington Post* ■

3 questions pour vous guider…

1. Pourquoi les fabricants de jeux vidéo utilisent-ils le mot « addiction » pour parler de ces jeux (l. 7-10 et l. 54-58) ?
2. Aviel Goodman donne deux définitions de l'addiction (l. 20-41) : décrivez avec vos propres mots le comportement qui pousse à dire qu'une personne a une addiction.
3. Quelle différence Serge Tisseron fait-il entre l'addiction et la toxicité (l. 43-71) ? Quels exemples de produits toxiques donne-t-il ?

1. **Stigmatisé :** blâmé, critiqué violemment.
2. **Johann Wolgang von Goethe :** écrivain allemand (1749-1832), fondateur du romantisme.
3. ***Mein Kampf*:** pamphlet fasciste et antisémite d'Hitler (1889-1945) paru en 1925.
4. **Mao Zedong :** dictateur communiste chinois (1893-1976).
5. **Préjudiciable :** capable de causer du tort.

DOC **55**

William Audureau

« Cloud chasers », « MigraKick », « Papers Please »… Quand le jeu vidéo s'intéresse aux migrants

Pour le journaliste William Audureau, les jeux vidéo ne sont pas toujours coupés de la réalité. Ils peuvent même s'inspirer de l'actualité politique. C'est notamment le cas du jeu « Cloud Chasers » qui raconte des histoires de migrants pour pousser les joueurs à réfléchir.

[Un outil de réflexion sur l'actualité politique]

Jeudi 15 octobre, le studio suisse Blindflug a lancé sur iOS et Android[1] « Cloud Chasers[2] », un jeu vidéo dédié au thème de la migration déjà récompensé de multiples prix. En dépit d'un univers abstrait, il aborde une question sociale rarement traitée par l'industrie. Il n'est toutefois pas le premier.

Qu'elles se concentrent plutôt sur l'émigration ou les conflits avec les autorités, ces productions ont en commun d'utiliser le jeu vidéo comme outil pour faire réfléchir à des thèmes d'actualité.

« *Je pense que les jeux vidéo sont la plus importante forme artistique du siècle dernier. Ils ne sont pas meilleurs ou pires qu'une autre forme d'art comme le cinéma ou le théâtre, mais en Europe comme aux États-Unis, c'est de loin la plus dominante, et c'est important de s'appuyer sur sa puissance pour permettre aux gens de réfléchir à leurs décisions* », veut croire Moritz Zumbuhl, créateur de « Cloud Chasers ».

Une conviction partagée par Lucas Pope, à l'origine du jeu « Papers Please[3] », succès du jeu indépendant qui vous met dans la peau d'un garde-frontière d'un pays totalitaire imaginaire. « *Les jeux vidéo sont en train de devenir une forme d'expression légitime*

---

1. iOS et Android : deux systèmes d'exploitation pour téléphones portables sur lesquels on peut télécharger des jeux vidéo.

2. Cloud Chasers : en anglais, « les chasseurs de nuages ».

3. Papers Please : en anglais, « vos papiers s'il vous plaît ».

comme les films, les livres, l'art, etc. À mesure que leur développement se démocratisera, à mesure que des gens grandiront en y ayant joué toute leur vie, nous verrons de plus en plus d'histoires variées être racontées par ce moyen. Et parce que les jeux sont interactifs, je pense que le potentiel pour émouvoir les autres sera de plus en plus de leur côté. »

« Cloud Chasers » évite soigneusement la question des régimes politiques, pour s'intéresser à la question de la survie lors d'une migration[1] imaginaire.

Cinq déserts, des nuages gorgés d'eau et un petit monoplace pour en récolter les gouttes et survivre : voilà ce que propose en substance « Cloud Chasers », l'un des jeux smartphones les plus atypiques (et les plus mal traduits) de cette fin d'année. Il a été conçu par Moritz Zumbuhl, dont l'agence de communication produit des applications pour la WWF, Greenpeace ou encore Amnesty International[2], et avait lancé un jeu de stratégie sur la guerre nucléaire en 2013.

« C'était notre premier projet pour nous, et nous avions voulu garder l'idée d'un petit jeu entraînant sur un thème sérieux. L'été dernier, on s'est demandé avec quel autre jeu enchaîner. J'étais personnellement très sensible à la crise des migrants en Méditerranée[3], j'avais la sensation que personne ne s'y intéressait, alors qu'il s'agissait déjà il y a un an d'une crise majeure. »

Concevoir un jeu sur le thème des déplacements de population ne fait pas l'unanimité au sein de son studio. Certains craignent de se retrouver embarqués dans un projet politique. Et puis, qu'est-ce qu'un prospère studio zurichois[4] aurait à dire du parcours de migrés ? Moritz Zumbuhl insiste, pour finalement emprunter une voie consensuelle.

---

1. Migration : vague d'immigration, déplacement de population.

2. Associations qui militent pour la survie des espèces animales, le respect de la nature et les atteintes aux droits de l'Homme.

3. Durant l'été 2015, plus de 10 000 migrants, essentiellement venus de Syrie et de Libye, ont trouvé la mort en mer Méditerranée en fuyant les guerres.

4. Zurichois : de Zurich, ville située en Suisse.

« J'ai réalisé que quelle que soit la zone géographique concernée, que ce soit en Europe, en Asie ou aux États-Unis, les migrants ne sont jamais considérés que du point de vue des problèmes qu'ils suscitent, mais on ne s'intéresse jamais à leurs sentiments et à leur périple[1]*. »*

« Cloud Chasers » se passe ainsi sur une planète volontairement fictive, et le voyage des deux héros, un père et sa fille, est justifié par les changements climatiques plutôt que par des raisons politiques. *« C'est important pour nous de prendre cette distance, et le thème est plus universel, cela permet de concerner davantage les joueurs, même s'ils n'ont pas de raison d'émigrer. »*

Certaines scènes du jeu sont directement inspirées d'anecdotes de migrants réels, par exemple à propos de passeurs[2] qui se révèlent souvent mener un double jeu. Pour cela, le studio zurichois s'est appuyé sur de nombreux articles de presse, à défaut d'interroger des migrants.

« « Cloud chasers », « MigraKick », « Papers Please »... Quand le jeu vidéo s'intéresse aux migrants », lemonde.fr, 17.10.2015 ■

3 questions pour vous guider...

1. Pour quelles raisons le jeu vidéo est-il un bon média pour parler des questions d'actualité (l. 9-23) ?
2. À quelle opposition s'est confronté Mortiz Zumbuhl quand il a proposé un jeu sur le thème des migrants (l. 41-46) ?
3. Quels changements Zumbuhl a-t-il dû apporter à son jeu vidéo, « Cloud Chasers », pour le faire accepter (l. 51-56) ?

1. Périple : voyage mouvementé.

2. Passeurs : personnes qui, avec de fortes sommes d'argent, font passer illégalement des gens d'un pays à l'autre.

DOC **56**

Juliette Cerf

« Le jeu est une grande manière d'être et de devenir humain », Mathieu Triclot, philosophe

La journaliste Juliette Cerf, de l'hebdomadaire Télérama, a interrogé le philosophe Mathieu Triclot, spécialiste du rapport de la société avec les jeux. Dans cet extrait de leur entretien, le philosophe affirme que le jeu est une activité essentielle au développement de l'être humain.

[Une manière d'être humain ?]

Le jeu, sous toutes ses formes, n'a-t-il pas toujours été un mal-aimé ?

Un enfant incapable de jouer, cela inquiète la société, qui associe jeu et éducation ; mais un adulte qui continue à le faire, cela dérange : il passe pour un attardé qui ferait mieux de travailler ! L'activité ludique adulte était déjà suspecte avant que le travail ne devienne la valeur centrale de nos sociétés. Quand au XVe siècle, à Florence, le moine dominicain Savonarole[1] brûle des objets sur la place publique, figurent des instruments de musique et des cartes à jouer. Le jeu est sacrifié sur le bûcher des vanités[2].

Indignité d'un côté, propre de l'homme de l'autre : cette tension caractérise-t-elle le jeu ?

Aucune société, à ma connaissance, n'a fait du jeu son phénomène central. Jouer reste une activité sociale secondaire, résiduelle[3], logée dans les interstices[4]. Et pourtant, le jeu est une grande manière d'être et de devenir humain, une conduite

1. **Jérôme Savonarole :** frère dominicain italien (1452-1498).
2. **Le bûcher des vanités :** en 1497, les disciples de Savonarole brûlent, lors du Mardi Gras, tous les jeux qu'ils réprouvent sur un bûcher.
3. **Résiduelle :** qui reste.
4. **Interstices :** intervalles.

anthropologique[1] fondamentale. *« L'homme ne joue que là où dans la pleine acceptation de ce mot il est homme, et il n'est tout à fait homme que là où il joue »*, écrivait en 1795 Friedrich Schiller[2], l'un des premiers penseurs à donner au jeu ses lettres de noblesse.

Dans *Homo ludens*, publié en 1938, l'historien néerlandais Johan Huizinga[3] cherche même à démontrer que le jeu est au fondement de toute la culture. Son universalité dépasse le monde humain : que font les chats qui s'amusent avec des pelotes de laine ou les dauphins qui fabriquent et s'envoient des bulles d'air ? Jouent-ils ? Je crois pour ma part qu'il existe une continuité entre les jeux animaux et humains, fondée sur la mise en mouvement des corps, sur la vitesse et les émotions complexes qui en découlent. Le jeu engage le corps ; il est affaire de rythmes.

[...]

Tricher, est-ce corrompre le principe du jeu ?

C'est compliqué, parce que le tricheur reste parfois dans l'univers du jeu. Il y a plusieurs manières de tricher. Le tricheur peut briser le pacte ludique et tuer le jeu, ne serait-ce qu'en poussant les autres à arrêter. Mais il peut aussi, paradoxalement, accentuer le caractère ludique de la situation : tricher devient alors un surjeu, un jeu avec le jeu. C'est une manière de jouer avec les limites, avec les règles, bref de s'adonner à une certaine forme de dérèglement. Le tricheur refuse ce que la situation peut avoir de trop cadré ; il veut rajouter de l'incertitude, du chahut[4]. Il met surtout en lumière un fait essentiel : les jeux se jouent, avant tout, comme on joue d'un instrument.

Que voulez-vous dire ?

Que le jeu n'est rien sans le joueur. Si, en français, le même mot, « jeu », désigne tout à la fois l'activité et l'objet, l'anglais les

---

1. **Anthropologique :** qui étudie l'homme dans son ensemble.
2. **Friedrich Schiller :** poète romantique allemand (1759-1805).
3. **Johan Huizinga :** historien néerlandais (1872-1945) spécialisé dans l'analyse du jeu.
4. **Chahut :** désordre.

différencie, *game* pour l'objet jeu et *play* pour l'activité jouer. Cette distinction est fondamentale dans la théorie des jeux, traversée par un débat entre ceux, tel Claude Lévi-Strauss[1], qui voient les jeux comme des systèmes de règles formelles, objectivables[2], et ceux, tel Jacques Henriot, qui insistent au contraire sur l'activité, l'expérience. Dans son petit livre *Le Jeu*, publié en 1969, ce philosophe donne un exemple simple et parlant : des enfants interpellent un passant, « *Attention, Monsieur, vous marchez dans notre jeu !* », à savoir des petits cailloux alignés par terre… « *Les joueurs envolés, les cailloux retournent à l'état de cailloux* », écrit Henriot, qui conclut que le jeu n'est rien d'autre que ce que fait le joueur quand il joue.

Entretien avec Mathieu Triclot, paru dans *Télérama* du 21 décembre 2013

3 questions pour vous guider…

1. Quel rapport ambigu les hommes entretiennent-ils avec le jeu (l. 3-10) ?
2. « Tricher, est-ce corrompre le principe du jeu ? » : résumez en deux phrases la réponse du philosophe à cette question.
3. Expliquez cette phrase : « le jeu n'est rien d'autre que ce que fait le joueur quand il joue » (l. 56).

1. **Claude Lévi-Strauss :** ethnologue français (1908-2009).

2. **Objectivables :** susceptibles d'une étude objective.

VERS L'EXAMEN

THÈME • *Les dérives du jeu*

> **Synthèse de documents**

Comparez puis faites la synthèse des documents 49, 50, 51 et 54.

> **Écriture personnelle**

Pensez-vous que les jeux fassent courir des risques au joueur ? Appuyez-vous sur les documents cités, sur vos lectures et sur vos connaissances personnelles pour répondre.

VERS L'EXAMEN

THÈME • *Le jeu, reflet de la société ?*

> **Synthèse de documents**

Comparez puis faites la synthèse des documents 48, 49, 53 et 55.

> **Écriture personnelle**

Les jeux reflètent-ils, selon vous, l'état de la société ? Appuyez-vous sur les documents cités, sur vos lectures et sur vos connaissances personnelles pour répondre.

SUJET 1 Quand jouer n'est plus un jeu

Source de divertissement, les jeux peuvent parfois être pratiqués de manière abusive et pathologique. Pris par le goût du risque, certains joueurs ne savent plus s'arrêter, même lorsqu'ils perdent. Cet état de dépendance extrême peut avoir de lourdes conséquences financière, peut conduire à la dépression et parfois même au suicide. Jouer n'est pas toujours un amusement.

Les sites à explorer

- **Le site Misez sur vous pour évaluer sa dépendance aux jeux**
  http://infos-jeux-argent.com/?q=content/la-dépendance-au-jeu

  Le site Misez sur vous informe sur les risques liés aux jeux d'argent. Cette page révèle à l'internaute l'ensemble des symptômes qui permettent d'évaluer la dépendance aux jeux.

- **Doit-on hospitaliser les patients atteints d'addiction aux jeux ?**
  http://www.allodocteurs.fr/actualite-sante-addiction-aux-jeux-doit-on-hospitaliser-les-patients-pour-le-sevrage-_7718.html

  Dans cette interview vidéo, le docteur Marc Valleur, psychiatre spécialiste des addictions à l'hôpital Marmottan, réfléchit sur la manière dont la médecine peut aider les patients qui souffrent de dépendance aux jeux.

VERS L'EXPOSÉ

Comment sortir du cercle vicieux du jeu ?

Jouer n'est pas toujours synonyme de plaisir, car le joueur peut devenir dépendant. Dans le cadre d'un exposé, présentez, dans une première partie, les différentes formes de dépendance aux jeux et, dans une seconde partie, les solutions pour sortir du cercle infernal de l'addiction.

SUJET 2 Le jeu, reflet de nos sociétés ?

Source de divertissement, le jeu paraît refléter également le fonctionnement de la société dans laquelle il prend place. Il joue même un rôle social en formant la personnalité de l'individu. Mais quelle place le jeu occupe-t-il réellement dans la société ?

Les sites à explorer

- **Les jeux de société reflètent-ils précisément notre société ?**
http://www.la-sante.info/index.php/archives-articles-insolite/250-les-jeux-de-societe-reflets-de-notre-societe

  Le site la-sante.info présente dans cette page une réflexion sur les jeux de société et leur capacité à refléter la société. Le jeu de société nous permet en effet de développer certaines de nos capacités.

- **L'omniprésence du jeu montre que la société se transforme**
http://www.usine-digitale.fr/article/l-omnipresence-du-jeu-dans-la-societe-contemporaine-est-le-signe-qu-elle-se-transforme.N375518

  Pour le site Usine digitale, le sociologue Aurélien Fouillet s'interroge sur l'omniprésence du jeu dans la société contemporaine. Les jeux renouvellent notre vision du monde en inculquant une culture nouvelle et riche en perspectives sociales et politiques.

VERS L'EXPOSÉ

Le rôle social du jeu

Jouer ne permet pas uniquement de se divertir mais également de se construire. Le jeu est un moyen social et politique, qui aide à se situer dans la société mais aussi à évoluer. Dans le cadre d'un exposé dites en quoi les jeux reflètent, dans une certaine mesure, notre société. Puis, dans une seconde partie, montrez comment ils peuvent faire évoluer les mentalités et favoriser des changements au sein de la société.

CHAPITRE 7

La **télé-réalité** : faut-il s'inquiéter de son succès ?

> « À l'avenir, chacun aura son quart d'heure de célébrité. »
>
> ANDY WARHOL, *Catalogue d'exposition du Moderna Museet* (1968)

Impossible désormais d'échapper, dans notre quotidien, aux candidats de la télé-réalité. Ils monopolisent les programmes des chaînes de télévision et font la une des magazines. De Loana à Nabilla, de « Secret story » à « Top Chef », la télé-réalité est un phénomène médiatique qu'on ne peut ignorer.

Comment a démarré l'aventure de la télé-réalité ? À quand remonte son arrivée dans le paysage médiatique ? D'abord prudentes, les chaînes de télévision ont finalement multiplié ces émissions qui attirent un public nombreux.

Mais, derrière le divertissement et les carrières foudroyantes de ces stars du petit écran, que cache la télé-réalité ? Si les candidats aux émissions sont fragiles et pourtant prêts à tout pour rester dans la lumière, les producteurs sont eux sans pitié pour faire grimper l'audimat.

Faut-il cependant diaboliser ces émissions ? Si de justes réserves peuvent être formulées, ne doit-on pas considérer la télé-réalité comme un le reflet de nos civilisations ?

A La télé-réalité, un phénomène médiatique et social

Jérémy Parayre revient sur les origines de ce phénomène médiatique et montre comment, d'abord rejetée par les médias, la télé-réalité s'est progressivement imposée aux chaînes de télévision DOC 57 • p. 175 et à la société française.

Certains candidats deviennent de véritables stars et bénéficient de revenus importants. D'autres tentent de poursuivre, par tous les moyens, l'entreprise éphémère mais payante qu'est la télé-réalité DOC 58 • p. 177. Dans la télé-réalité, le rêve a un prix.

DOC 57

JÉRÉMY PARAYRE

Télé-réalité : comment s'est-elle imposée en France ?

Pour le magazine Première, *le journaliste Jérémy Parayre retrace l'histoire de la télé-réalité. Née au Royaume-Uni à la fin des années 1990, elle est d'abord rejetée en France, au nom de considérations morales. Puis, devant le succès populaire de la première émission, on assiste à un véritable emballement des médias pour les programmes de télé-réalité.*

[Comment est née la télé-réalité ?]

À l'origine, la survie dans une île

Il faut traverser la Manche pour retrouver l'inventeur du concept, Charlie Parsons. En 1988, ce Britannique produit un documentaire qui filme quatre individus vingt-quatre heures sur vingt-quatre pendant 10 jours sur une île coupée du monde. Le but : survivre. L'émission fait un sacré bide, son créateur décide d'en faire un jeu, « Survive » : seize anonymes passent des épreuves sur une île pendant 15 jours. Lors du conseil, chaque participant vote pour en éliminer un autre. Ça vous rappelle quelque chose ? Bref, c'est l'ancêtre de « Koh-Lanta[1] ». Imaginée en 1994, l'émission est diffusée pour la première fois le 13 septembre 1997, sur la chaîne suédoise SVT. Un carton ! Les USA l'acquièrent, puis le Japon, l'Australie, l'Inde et la France.

« Big Brother », d'après une expérience scientifique

Vous souvenez-vous de « Biosphère 2 » ? En 1994, des chercheurs américains s'enferment dans une serre censée reconstituer l'environnement terrestre. De quoi titiller[2] l'imagination des frères Römer, deux Néerlandais travaillant alors pour John de

1. **Koh-Lanta :** émission française de télé-réalité et d'aventure diffusée sur TF1 depuis 2001.

2. **Titiller :** stimuler.

Mol, patron d'Endemol : *« On pourrait peut-être en faire de la télé... »* Les trois hommes élaborent le concept : dans une maison, des candidats enfermés, filmés et écoutés non-stop durant plusieurs semaines. « Big Brother[1] » est né. Mais les chaînes sont tiraillées entre le côté révolutionnaire du projet et son aspect immoral. Une petite chaîne câblée des Pays-Bas, Veronica, ose le diffuser le 16 septembre 1999. Deux candidats partagent un moment d'intimité en direct et les audiences explosent. La part de marché passe de 6 % à 75 % ! Le format s'exporte dans le monde entier, avec plus de 70 millions de téléspectateurs en 2000-2001. Mais un pays fait de la résistance : la France.

En France, la guerre des chaînes

Trop sulfureux[2] ! Ici, on ne veut pas de « Big Brother ». *« Ce n'est pas la télévision telle que nous devons l'envisager »*, déclare Étienne Mougeotte, directeur de l'antenne de TF1, en mars 2000. Un pacte secret entre la Une et M6 est même conclu pour faire barrage à la télé-réalité. Mais c'est une partie de poker menteur car, de son côté, M6 négocie déjà l'achat de « Koh-Lanta ». TF1 l'apprend, augmente la mise, et acquiert le format. Fin 2000, la Six riposte, achetant une version édulcorée[3], sur le papier, de « Big Brother », « Loft Story », pour 11 millions d'euros. De quoi *« casser le deal »* selon Patrick Le Lay, alors PDG de TF1. Mais les résultats sont là : 6 millions de téléspectateurs chaque jour, 8 millions pour la finale et plus de 46 millions d'euros récoltés par M6 ! Si Le Lay fustige[4] le programme, il sent que l'empire TF1 vacille et négocie en secret un contrat avec Endemol. Estimé à plus de 500 millions d'euros et signé le 10 juin 2001, il donne à la chaîne un droit de premier regard sur tous les projets de la société de production. On connaît la suite : « Star Ac », « Nouvelle Star », « L'Île de la tentation », « Secret

1. Big Brother : ce nom est une référence au dispositif de surveillance du régime totalitaire mis en scène par le romancier britannique George Orwell (1903-1950) dans son roman d'anticipation *1984* paru en 1949.

2. Sulfureux : choquant, scandaleux.

3. Édulcorée : dont on a retiré les éléments les plus scandaleux.

4. Fustige : condamne.

story»… Plus de 1 900 candidats et 20 millions de SMS envoyés chaque année… rien qu'en France ! En créant « Big Brother », John de Mol pensait changer la télé pour cinq à dix ans. Une légère sous-estimation !

Quel avenir ?

Les producteurs songent à une seule et même émission diffusée sur les cinq continents. Aux USA, la polémique enfle avec « *Stars Earn Stripes* » (Des stars gagnent leurs galons), où des célébrités « jouent » à la guerre, avec des risques bien réels. Neuf prix Nobel de la paix ont demandé sa suppression, estimant *« abominable qu'une grande chaîne de télévision (NBC, ndlr) présente une émission faisant de la guerre quelque chose de glamour. »*

« Télé-réalité : comment s'est-elle imposée en France ? », 27/08/2012 ■

3 questions pour vous guider…

1. Où est née la première émission de télé-réalité ? A-t-elle été un succès ?
2. Quel est le lien entre « Big Brother » et les émissions de télé-réalité (l. 20-29) ?
3. Quel problème pose l'émission « *Stars Earn Stripes* » ?

DOC **58**

Marie-Hélène Soenen

Les rentiers de la gloire

La journaliste de l'hebdomadaire Télérama, *Marie-Hélène Soenen, dévoile dans cet article comment les anciens candidats de la télé-réalité gagnent leur vie après leur passage sur le petit écran.*

[Entre rêve et business]

Ils ont connu les feux de la rampe[1] dans « Secret story » ou « Les Anges ». À défaut de talent, certains ex monnayent leur popularité avant de retomber dans l'oubli. Un business du néant en plein essor.

Des hurlements d'adolescentes s'échappent d'une discothèque, tandis qu'une voix masculine beugle au micro les prénoms des candidats de télé-réalité les plus populaires du moment. Amélie des « Anges ». Anaïs de « Secret story ». Gaëlle des « Ch'tis »... Ce samedi après-midi, c'est « teen party » au D ! Club de Lausanne : quatorze stars éphémères du petit écran sont venues « ambiancer » une foule de quatre cents enfants, adolescents et jeunes adultes déchaînés. C'est-à-dire se trémousser[2] sur les tubes du moment et souffler quelques bécots[3] à leur parterre[4] d'admirateurs. Mis au défi par le vétéran[5] Kamel de « Loft story 2 », Vivian, l'intenable provocateur de « Secret story 8 », ôte son t-shirt, baisse son jean et se dandine dos à la foule. Les filles braillent, les smartphones fusent pour capter la pitrerie, directement postée sur Snapchat ou Instagram. Mais si les fans ont payé 30 francs suisses (un peu plus de 27 euros), c'est surtout pour grimper sur scène et obtenir une photo avec leurs idoles, une dédicace, voire un câlin. *« On est tellement obnubilés[6] par eux, ça fait du bien de les voir en vrai »*, chuchote Olivia, 20 ans, sans les lâcher des yeux une seconde. La nuit, dans une autre discothèque de la ville, le second « booking[7] » des candidats aura moins de succès. À peine quelques dizaines de fans entassés autour du carré VIP où Amélie Neten, la grande gueule belge, Gaëlle Petit, la gogo danseuse bonne copine, et quelques autres s'afficheront deux petites heures pour un deuxième round de selfies...

1. **Les feux de la rampe :** la gloire.
2. **Se trémousser :** danser.
3. **Bécots :** baisers.
4. **Parterre :** foule.
5. **Le vétéran :** le plus âgé.
6. **Obnubilés :** obsédés.
7. **Booking :** soirée rémunérée en boîte de nuit.

À chacun sa valeur

Les « bookings », prestations rémunérées en boîtes de nuit, sont depuis quelques années la principale source de revenus des candidats à la sortie des émissions. *« J'en fais un par mois environ, ça permet de payer les factures quand je n'ai plus d'activité. Je suis maman, il faut que j'assure »*, explique Maeva de « L'île des vérités 4 », 38 ans. Pour deux ou trois heures de présence dans un club, les rémunérations oscillent entre 700 et 1 500 euros net. Après sa participation aux « Anges de la télé-réalité 5 » et son *« Nan mais allô quoi »* viral[1], Nabilla Benattia a touché des cachets bien plus élevés. Car, sur le marché de l'après-télé-réalité, chacun a un prix qui varie selon son nombre d'émissions, son niveau de buzz et sa popularité. Les bookeurs, qui vendent les prestations aux établissements, connaissent la valeur de chacun et négocient le montant des rémunérations et les « VHR » (pour voyage-hôtel-restaurant) avec les boîtes de nuit, qui prennent tout en charge. [...]

Sans talent ni compétences particuliers, comment rester populaire ? Une fois les chaînes lassées d'un candidat, les bookings s'espacent, et avec eux les revenus. *« Il faut essayer de rester dans la lumière »*, résume le Belge Anthony Lyricos, l'un des premiers célibataires « atypiques » de « La belle et ses princes presque charmants », connu pour son accent précieux et sa chevelure rousse flamboyante. En attendant de retrouver une place dans une télé-réalité, il n'a plus vraiment la cote en discothèque et répond à la moindre invitation à la télévision *« pour avoir une vitrine à proposer sur Facebook »*. Maeva développe, elle, une autre stratégie : *« Tous les soirs je raconte ma vie sur Snapchat pour maintenir le contact avec mes fans. Je poste environ 1 500 secondes par jour, une vraie télé-réalité à moi toute seule. »* D'autres candidats ont trouvé le moyen de monnayer leur utilisation massive des réseaux sociaux. C'est le cas d'Anaïs Camizuli, « égérie[2] » pour la marque de chaussures

1. **Viral :** qui se répand sur Internet.

2. **Égérie :** mannequin vedette.

Clarosa, ou d'Amélie Neten, qui a signé une collection pour Metro Boutique, une marque de prêt-à-porter suisse.

Les rentiers de la gloire, paru dans *Télérama* du 16 octobre 2015

3 questions pour vous guider...

1. « Un business du néant » (l. 3-4) : expliquez cette expression et dites en quoi consiste ce business.
2. Que font les « bookers » dans le marché de la télé-réalité (l. 30-44) et selon quels critères ?
3. « Il faut essayer de rester dans la lumière » (l. 47-48) : quels risques courent les deux anciennes stars citées dans le dernier paragraphe pour rester dans la lumière ?

B Les dérives de la télé-réalité

La télé-réalité, un divertissement inoffensif ? De Loana à Nabilla, les stars de ces émissions, très exposées médiatiquement, sont sans arrêt sur la sellette : chacun, après avoir suivi leur ascension, guette leur chute DOC 59 • p. 181.

Derrière le rêve, la télé-réalité est cruelle par bien des aspects. C'est ce que révèle Peter Weir dans son film *The Truman Show* DOC 60 • p. 184 où le candidat involontaire est exploité par un producteur sans scrupules.

La faute uniquement aux chaînes de télévision ? D'après Isabelle Taubes DOC 61 • p. 184, le téléspectateur porte également une part de responsabilité : il aime et passe beaucoup de temps à regarder ces fausses vies menées par des vrais individus.

DOC **59**

AFP

Nabilla, Loana, Zahia... ces stars fragiles dont on guette la chute

Célèbres du jour au lendemain, les jeunes stars de la télé-réalité résistent souvent mal à la pression médiatique. Cet article du quotidien L'Indépendant *montre combien la presse et le public sont tout autant attirés par leur ascension rapide que par le spectacle de leur chute.*

[Des stars fragiles et fragilisées]

Nabilla, Zahia ou Loana[1], des inconnues à la féminité provocante que la télé-réalité ou un scandale a changées en stars, mettent leur vie en scène pour rester dans la lumière, une gloire fragile dont on guette la chute.

La presse se passionne vendredi pour la garde à vue de Nabilla, soupçonnée d'avoir poignardé son compagnon Thomas, après une histoire d'amour tumultueuse alimentée par les tweets[2] du couple et suivie en temps réel par la presse people et les réseaux sociaux. « *On a fait aussitôt de cette agression un récit apocalyptique[3], comme si Nabilla était montée trop haut et de manière indue[4]. Certains trouvent scandaleux qu'on parle tant de quelqu'un qui n'est ni artiste ni intellectuelle, n'a pas fait d'étude et s'enrichit. Alors, on aime bien le récit d'une chute qui la fait retomber là d'où elle n'aurait jamais dû sortir... Ça a été aussi le cas pour Loana et sa tentative de suicide* », analyse Nathalie Nadaud-Albertini, sociologue des médias.

---

1. **Loana Petrucciani :** candidate de télé-réalité (née en 1977) demeurée célèbre pour avoir gagné en 2001 « Loft Story » la première émission française du genre. Depuis, Loana accumule les ennuis.

2. **Tweets :** messages sur le réseau social Twitter.

3. **Apocalyptique :** catastrophique, dramatique.

4. **Indue :** injuste.

Armée uniquement de sa beauté pulpeuse[1], de sa jeunesse et de son aplomb[2], et de l'expression *«Allô, non mais allô quoi!»*, devenue culte, Nabilla a été la première en France a avoir une émission de télé-réalité centrée sur sa vie, pendant plusieurs saisons sur NRJ12. Elle devait y faire le show sans arrêt, avec des apparitions de sa famille et de son compagnon Thomas. Son modèle: l'américaine Kim Kardashian[3], dont le succès médiatique sans bagage artistique est similaire. D'innombrables rumeurs sur Internet circulent sur Nabilla, alimentées par chacun de ses posts sur Facebook, Twitter ou Instagram. Son histoire avec Thomas, rencontré sur le tournage des «Anges de la télé-réalité», a toujours été une affaire publique, comme ce tweet du jeune homme en avril annonçant: *«Je confirme que je suis séparé de Nabilla»*, suivi de selfies tristes postés par la starlette.

«Ces people n'ont rien d'autre à vendre qu'eux-mêmes et donc mettent leur vie en scène», explique Virginie Spies, maître de conférence à l'université d'Avignon et spécialiste de la télé-réalité. *«Elles deviennent presque des personnages de fiction, dont on suit la vie comme une série. Les Loana, les Nabilla, c'est un peu la voisine, pas la star inaccessible, ce que tout le monde peut devenir au détour d'une vidéo qui fait le buzz. Le tout est de durer: elles doivent faire quelque chose tout le temps»*. C'est à partir de 2001 qu'avec «Loft Story» la télé-réalité a mis le projecteur sur des inconnus, dont la gloire subite a été relayée par de nouveaux magazines comme *Public* (2003) ou *Closer* (2005), friands de ces vedettes d'un nouveau genre. Les réseaux sociaux ont ensuite été une caisse de résonance idéale, tandis que la télé-réalité, dont le tournage est très peu coûteux, est devenue un filon[4] pour les nouvelles chaînes sans grands moyens de la TNT, comme NRJ12.

---

1. Pulpeuse: aux formes généreuses.
2. Aplomb: assurance, audace.
3. Kim Kardashian: productrice et animatrice de télévision américaine (née en 1980), connue pour ses émissions de télé-réalité.
4. Filon: situation qui produit des gains d'argent.

« Les réseaux sociaux comme Twitter, avec des messages courts et des photos choc, sont parfaites pour ces people en quête de "personal branding[1]". La presse people reprend leurs messages dans ses pages. Mais le principal est le récit de leur vie, le "storytelling[2]" », souligne Mme Spies. Un outil très utilisé par Zahia, ex-call girl[3] au centre d'un scandale avec des footballeurs devenue créatrice de lingerie, qui poste toujours des selfies très décolletés sur Twitter. *« Avec la télé-réalité et les réseaux sociaux, il y a une forme de proximité immédiate avec les people qu'on ne pouvait pas avoir avant »*, remarque Nathalie Nadaud-Albertini, auteure de *Douze ans de télé-réalité, au-delà des critiques morales* (Ed. INA, 2013). Quelques anciens du « Loft » ont connu des réussites plus classiques. Kenza Braiga a persévéré dans une carrière radio et vient de devenir animatrice de la matinale de France Bleu Sud Lorraine, et Steevy Boulay est devenu chroniqueur de Laurent Ruquier.

« Nabilla, Loana, Zahia... ces stars fragiles dont on guette la chute », 11 juillet 2014, © AFP

3 questions pour vous guider...

1. Relevez, dans le premier paragraphe, les arguments de ceux qui critiquent l'ascension trop rapide des stars de la télé-réalité.
2. Pour les stars de la télé-réalité, « le tout est de durer : elles doivent faire quelque chose tout le temps » (l. 35-36) : que pensez-vous de cette contrainte imposée aux stars ?
3. Quels outils médiatiques ces stars utilisent-elles ?

---

1. ***Personnal branding*** : marketing en mettant en scène sa propre personne.
2. ***Storytelling*** : faire de sa vie un récit destiné à passionner les foules.
3. **Call-girl** : femme qui loue son corps pour des plaisirs sexuels.

DOC **60**

Peter Weir

The Truman Show

[Un monde d'illusions]

The Truman Show (1998) *est un film de l'Australien Peter Weir (né en 1944). Il raconte l'histoire du jeune Truman Burbank (Jim Carrey), qui est devenu, sans le savoir, la star d'une émission de télé-réalité suivie quotidiennement par la planète entière. Filmé par des milliers de caméras depuis sa naissance, le monde dans lequel il vit est un plateau de télévision et tous ceux qui l'entourent sont des comédiens. Jusqu'au jour où il découvre la réalité* CAHIER PHOTOS • p. VI .

3 questions pour vous guider...

1. Décrivez les composantes de l'affiche du film.
2. Pourquoi l'affiche représente-t-elle un écran de télévision géant ?
3. En quoi voit-on que le personnage est ici filmé à son insu ?

DOC **61**

Isabelle Taubes

Télé-réalité : la fausse vie des vrais gens

Dans cet article, la journaliste Isabelle Taubes analyse le fonctionnement de la télé-réalité : elle place de vrais gens dans des situations inventées de toutes pièces, tout en faisant croire aux téléspectateurs qu'il s'agit de la vraie vie.

[Les ressorts de la télé-réalité]

Des cobayes de laboratoire

Janine Bouchard, psychothérapeute, se dit choquée par l'agressivité larvée[1] de « Big Brother » : « Son nom tiré du roman d'anticipation de George Orwell, *1984* (Gallimard « Folio », 1976), renvoie à un univers de violence psychologique où l'intimité est interdite, où chacun espionne tout le monde, où les individus sont réduits au statut de cobayes de laboratoire. »

Les participants ressentent-ils cette violence ? « J'ai vendu mon intimité pour un certain laps de temps, c'est tout », jurait en septembre, sur le plateau de l'émission de Mireille Dumas « Vie privée, vie publique », un ancien participant du « Big Brother » espagnol, très loin de penser qu'il avait vendu un bien en principe inaliénable[2]. « J'ai partagé une expérience passionnante avec d'autres personnes. Je n'ai montré que la "vraie vie" », affirmait le jeune homme. Le mot est lâché ! « Nous aimons "Big Brother" parce que nous y voyons de vrais gens dans la vraie vie ! », expliquent les téléspectateurs. Le quotidien dans sa banalité.

L'identification à l'autre

Ainsi sommes-nous passés des reality-shows à la télé-réalité. Les premiers permettaient de se sentir moins seul face à ses complexes, ses difficultés sexuelles, amoureuses, familiales, professionnelles – « l'autre a les mêmes que moi ». En outre, ajoute Xavier Couture, directeur de l'antenne de TF1, ils avaient une fonction intégratrice[3]. « Devant les cas extrêmes évoqués par les participants – viols, incestes, abandons tragiques –, le spectateur devenait en mesure de relativiser ses propres problèmes et de se sentir plus « normal ».

Et puis le témoin fait part d'une expérience traumatisante passée. Il se libère, se purifie, se déculpabilise, le spectateur étant

---

1. Larvée : cachée, sous-entendue.
2. Inaliénable : impossible à retirer.
3. Intégratrice : capable de s'intégrer dans un groupe.

invité à participer à cette libération. « Avec l'émergence de ces nouvelles émissions – sorte de psycho-jeux – nous sommes passés à l'étape suivante : la mise en pratique, poursuit Xavier Couture. Car la question posée au spectateur concerne le présent : que ferais-je moi, maintenant, si j'étais à la place d'un candidat ? » « Cette identification automatique à l'autre induit[1] un lien affectif entre le spectateur et les participants », explique Alain Evrard, de même nature que celui qui unit le public aux héros de ses séries favorites. D'ailleurs, en choisissant soigneusement les séquences diffusées à l'écran, les producteurs s'arrangent pour que les péripéties[2] des participants revêtent la forme d'un récit, d'une fiction. « Que va-t-il se passer entre eux ? », s'interroge le spectateur. Et c'est ce qui nous accroche à notre insu.

« Télé-réalité : la fausse vie des vrais gens », 2011, © *Psychologies* ■

3 questions pour vous guider...

1. Janine Bouchard, psychothérapeute, se dit choquée par l'agressivité larvée de « Big Brother » (l. 1-7) : en quoi consiste cette « agressivité larvée » ?
2. Que recherchent les téléspectateurs en s'identifiant aux participants des émissions de télé-réalité (l. 19-30) ?
3. Que font les producteurs pour que les spectateurs s'accrochent à ce type d'émission (l. 38-42) ?

C Des émissions à réévaluer ?

Doit-on vraiment rejeter les émissions de télé-réalité ? Sont-elles toutes condamnables moralement ? Ne faudrait-il pas plutôt les réévaluer en mettant en avant ce qu'elles apportent de positif ?

Nathalie Nadaud-Albertini DOC 62 • p. 187 considère qu'il ne faut pas juger aussi sévèrement la télé-réalité car elle a le mérite de

---

1. **Induit :** entraîne, a pour conséquence.
2. **Péripéties :** rebondissements mouvementés.

présenter des histoires capables de toucher les téléspectateurs. De même, François Jost DOC 63 • p. 190, estime que la télé-réalité est un formidable révélateur de la situation politique et sociale.

DOC **62**

Joël Morio

La télé-réalité en questions

Interviewée par Joël Morio du journal Le Monde, *la sociologue Nathalie Nadaud-Albertini montre que les émissions de télé-réalité peuvent émouvoir le téléspectateur, comme n'importe quel autre programme télévisuel.*

[Des histoires susceptibles de nous toucher]

Sociologue des médias, Nathalie Nadaud-Albertini est une des rares à ménager ses critiques sur les émissions de télé-réalité. Elle va publier Douze ans de télé-réalité… au-delà des critiques morales *aux Éditions de l'INA en mai.*

Comment expliquez-vous l'emballement médiatique autour de l'affaire « Koh-Lanta » ?

Le trouble créé par le décès de Gérald Babin[1] tout d'abord. Quand on manque d'éléments pour saisir une situation, on cherche à combler ce vide pour pouvoir comprendre, chacun émet des hypothèses et enquête à sa façon. Les médias, qui font leur travail d'investigation et d'information, livrent des informations au fur et à mesure qu'ils les ont. De manière générale, la télé-réalité a un côté feuilletonnant : l'histoire commence dans une émission et continue dans la presse et sur les réseaux sociaux. Généralement, cela se situe dans un registre moins tragique, mais le modèle est le même : le feuilleton.

1. **Gérard Babin :** candidat de l'émission mort en 2014 en plein tournage.

Avant même son apparition sur les écrans français, la télé-réalité avait très mauvaise presse. Pourquoi ?

Les détracteurs[1] se sont fondés sur les formats les plus trash diffusés à l'étranger. Quand on a un vide d'informations, on comble, et souvent par des craintes.

La télé-réalité existe depuis plus de dix ans en France. A-t-elle évolué ?

Oui, notamment du point de vue de la gestion de la critique. Dans un premier temps, au moment de « Loft Story », M6 et la production ont essayé de contrer les critiques en jouant la carte de la transparence et de l'authenticité. Ça n'a fait que faire enfler la critique. Les concepteurs des émissions ont donc changé de stratégie. Les critiques ont été alors assumées. On les a intégrées directement dans les concepts. Cela s'est fait en deux temps. Tout d'abord, on a essayé de pondérer[2] la critique revendiquée par un objectif altruiste[3]. Par exemple, « La Ferme célébrités » ou « Première compagnie » revendiquaient un certain sadisme envers les candidats, mais pour servir une bonne cause, puisque, pour chaque participant, chaque semaine passée dans l'émission rapportait à une association caritative une certaine somme d'argent.

Ensuite, on a assumé pleinement la critique. Par exemple, « Secret story » fait reposer ouvertement son concept sur le mensonge et la manipulation. C'est même la règle du jeu et les candidats sont sanctionnés s'ils l'enfreignent. Depuis, la télé-réalité s'est apaisée. Elle ne se situe pas toujours dans le dialogue avec la critique. « Top Chef » ou « Master Chef » sont des concepts emblématiques de cette tendance, car ils sont très éloignés du trash ou du bling-bling. Elle a également évolué du point de vue des thèmes traités. On est parti de l'observation des relations humaines dans un groupe de jeunes pour finir par traiter de thèmes très variés (la

---

1. **Détracteurs :** personnes qui critiquent violemment.
2. **Pondérer :** calmer, nuancer.
3. **Altruiste :** généreux, charitable.

musique, la danse, la cuisine, l'éducation des enfants, l'apparence physique, la décoration...).

[...]

Comment expliquez-vous le succès auprès des jeunes des « Anges de la télé-réalité » ou des « Ch'tis » ?

De la même façon que l'on a expliqué le succès d'*Hélène et les garçons* en son temps. On regarde soit au second degré, soit parce que l'on est attaché à tel personnage parce qu'on y retrouve un peu de soi, soit pour pouvoir en parler avec les autres.

Faut-il s'en inquiéter ?

Je ne pense pas. Les normes véhiculées par ces programmes varient d'une émission à l'autre. Mais une se détache nettement : la compétition non concurrentielle. Les candidats savent qu'ils sont en compétition les uns avec les autres, mais ils font en sorte de la vivre de la façon la moins violente possible. C'est-à-dire qu'ils sont capables de nouer des relations amicales ou amoureuses. Cela n'exclut pas les rapports d'inimitié ou les disputes : ça fait partie des relations humaines. Et lorsqu'un candidat est exclu, il ne montre aucune jalousie envers ceux qui restent ou rancœur[1] envers ceux qui l'ont éliminé. Il considère qu'il a vécu une expérience qui fera partie de sa vie et souhaite aux autres de réussir.

[...]

Y a-t-il de bons programmes de télé-réalité ?

Qu'est-ce qu'un « bon » programme de télé-réalité ? Un programme qui fonctionne auprès des téléspectateurs ou un programme dit « de qualité » ? Généralement, il renvoie à un certain élitisme culturel. Je ne partage pas cette conception de la culture. Pour moi, elle ne doit pas cliver[2] les personnes. Et, surtout, tout dépend de ce que chacun en fait. On peut être hermétique[3] aux

---

1. **Rancœur :** haine, aigreur.
2. **Cliver :** diviser.
3. **Hermétique :** fermé.

tragédies grecques et être touché par « Dallas[1] ». À mon sens, on a toujours affaire à des récits qui racontent des histoires humaines, d'amour, d'amitié, de haine, de lutte de pouvoir, etc.

« La télé-réalite en questions », *Le Monde*, 12.04.2013

3 questions pour vous guider...

1. Le modèle de la télé-réalité est, selon la sociologue, un « feuilleton » (l. 16) : expliquez en quoi consiste ce modèle.
2. « La télé-réalité existe depuis plus de dix ans en France. A-t-elle évolué ? » (l. 22-23) : répondez à cette question en recherchant des arguments dans le troisième paragraphe.
3. Que faut-il pour que la télé-réalité « touche les gens » (l. 53-68) ?

DOC **63**

EUGÉNIE BASTIÉ

De « Loft Story » à Nabilla : ce que révèle la télé-réalité de notre société

Eugénie Bastié, journaliste au quotidien Le Figaro, *rapporte ici l'entretien que lui a accordé François Jost (né en 1949), professeur en sociologie des médias. Pour ce dernier, les émissions de télé-réalité reflètent le fonctionnement politique et social des sociétés occidentales.*

[La télé-réalité, révélatrice de nos sociétés]

FIGAROVOX/ENTRETIEN – De « Loft Story » en 2001 à « Allô, non mais allô » de Nabilla, la télé-réalité est un facteur marquant de notre société. Pour le spécialiste de la télévision François Jost, c'est l'aboutissement du « culte du banal » qui caractérise notre époque.

1. ***Dallas*** : série américaine très populaire dans les années 1980 qui racontait la saga de la famille texane des Ewing.

François Jost est professeur à la Sorbonne Nouvelle-Paris 3 et directeur du Laboratoire Communication Information Médias. Il est directeur de la revue *Télévision* (CNRS éditions). Il est l'auteur de *Le Culte du banal, de Duchamp à la télé-réalité* (CNRS, Biblis, 2010). Il a dirigé un ouvrage collectif *Pour une télévision de qualité* (Ina Éditions, 2014).

Figarovox : Vous avez écrit un livre intitulé : *Le Culte du banal, de Duchamp à la télé-réalité*. Quel lien faites-vous entre l'évolution de l'art avec le ready-made[1] et la naissance de la télé-réalité ? Pourquoi situez-vous la rupture à Duchamp[2] ?

François Jost : Marcel Duchamp est le premier artiste qui ne s'est pas contenté de représenter le banal, comme, mettons, Van Gogh avec ses fameux godillots ou Cézanne[3] avec ses pommes, mais qui a tenté de le présenter dans les musées. En prenant un urinoir fabriqué en série, en le baptisant *Fountain* et en le proposant à l'Exposition des Artistes indépendants à New York, en 1917, il a mis en crise plusieurs institutions : l'œuvre d'art elle-même, l'artiste, le musée. Tout à coup, tout cela était désacralisé. Dans la foulée, certains artistes dadaïstes[4], comme Cravan, ont soutenu que « la peinture, c'est marcher, courir, boire, manger et faire ses besoins ». Un peu plus tard, Andy Warhol[5] a filmé ses amis en train de manger ou de dormir, notamment dans son film *Sleep*, qui dure 6 heures... Un romancier comme Perec[6] a, de son côté, revendiqué de décrire « l'infra-ordinaire ». Le banal a donc été l'objet d'un culte tout au long du XXe siècle et, de ce point de vue, la télé-réalité n'a semblé être que le prolongement d'un mouvement beaucoup plus vaste en droite ligne du cinéma de Warhol, qui rêvait de mettre des

1. **Ready-made** : objet banal et utile promu au rang d'objet d'art par un artiste.
2. **Marcel Duchamp** : peintre français (1887-1968), inventeur du ready-made.
3. **Vincent Van Gogh et Paul Cézanne** : peintre néerlandais (1853-1890) et peintre français (1839-1906).
4. **Dadaïstes** : qui font partie du Dada, mouvement artistique qui pendant la Première Guerre mondiale a remis en cause toutes les règles esthétiques.
5. **Andy Warhol** : peintre américain (1928-1987), fondateur du Pop Art.
6. **Georges Perec** : écrivain français (1936-1982).

caméras de surveillance partout. Néanmoins, il y a évidemment avec une grande différence avec tous ces artistes qui vouaient un culte à la banalité : ils visaient à remettre en question la place de l'art, de l'artiste, du musée, de la représentation, etc., alors que les candidats à la télé-réalité demandent juste qu'on voue un culte à leur personne sans avoir de don particulier...

[...]

Vous situez la première télé-réalité « Loft Story » dans le sillage de la sacralisation de la banalité du quotidien initiée par Warhol. En quoi « Loft Story » est-il une « œuvre pop » ?

Warhol a écrit un « roman » qui s'appelle *A* (comme amphétamine). En fait, il s'agit de l'enregistrement de trois jours à la Factory, avec les conversations plus ou moins intéressantes de ses occupants, qui sont simplement retranscrits et publiés. « Loft Story » est la version audiovisuelle de cette expérience. De plus, le Pop se caractérise par le fait d'utiliser des emblèmes[1] de la culture populaire (aussi bien des boîtes de soupe[2] que la BD ou des icônes du cinéma). Le programme était une sorte de glorification continuelle des objets du quotidien (au point que les machines à pain présentées dans le loft firent un malheur à Ikea !), mais surtout tout « l'art » de l'émission était de transformer des phrases banales des lofteurs en des en phrases-cultes grâce à la rediffusion de ces moments dans la version quotidienne, ce qui les hissait à la dignité d'archives audiovisuelles.

« On ne peut pas s'empêcher de mettre en rapport deux faits marquants de la société française au début du XXIe siècle : le succès du « Loft » et la présence de Le Pen au second tour des présidentielles ». N'exagérez-vous pas ? Quel lien peut-on faire entre l'émergence de la télé-réalité et la montée du Front National ?

---

1. **Emblèmes :** symboles.

2. Voir chapitre 4, DOC. 32, p. 92.

Je ne dis pas qu'il y a un lien de cause à effet. Je dis seulement que c'est un symptôme parmi d'autres. Je m'explique. « Loft Story » est apparu à un moment où les Français avaient envie de voter, mais où ils ne se sentaient pas représentés par les politiciens (c'est ce que montrent les études politiques). Ceux-ci leur paraissaient loin de leurs préoccupations, dans un microcosme[1] où ils vivaient entre eux (ce sentiment est encore vivace aujourd'hui). « Loft Story » leur tendait un miroir dans lequel ils voyaient vivre des gens comme eux (supposés comme eux) et, qui plus est, pour qui ils pouvaient voter. Il est très parlant de mettre face à face la multitude des votes payants pour éliminer ou garder des candidats du programme et l'abstention massive des jeunes aux présidentielles de 2002. Comme on sait, cette abstention a permis à Le Pen de devancer Jospin d'un petit nombre de voix. Je ne dis pas que ces jeunes ont voté Le Pen, je dis seulement qu'ils ont assouvi leur besoin de voter avec les candidats de « Loft Story ». D'autant plus que leur vote était efficace puisqu'ils éliminaient directement ceux qui ne leur plaisaient pas...

Le summum[2] du culte de la banalité semble avoir été atteint par le personnage de Nabilla, qui accéda à la célébrité par la phrase « Allô, non mais allô quoi » et qui a désormais sa propre émission « Allô Nabila » sur NRJ12. Que nous révèle ce personnage de notre époque ? En d'autres termes, de quoi Nabila est-elle le nom ?

Sans doute pas le summum en termes de degré mais le summum en termes quantitatifs. Ce qui est étonnant, c'est la diffusion de cette phrase dans toutes les couches de la société. On a même vu des députés y faire allusion à l'Assemblée. C'est à coup sûr le symptôme du fait que la télé-réalité elle-même s'est banalisée et qu'elle n'est plus un objet maudit. Quand on se rappelle que certains y

1. **Microcosme :** milieu réduit.

2. **Summum :** maximum, comble.

voyaient, en 2001, une logique nazie (Vincent Cespedes[1]), le moins que l'on puisse dire c'est que la télé-réalité fait aujourd'hui partie du paysage. On est dans une autre période, où plus personne ne croit à sa réalité, mais où ceux qui la suivent la regardent comme un feuilleton. Et ceux qui y participent n'y voient qu'un marchepied pour, pensent-ils, trouver du travail dans les médias grâce à leur notoriété. Si la télé-réalité ne choque plus, si Nabilla est un «produit», sûrement éphémère, c'est aussi que nous nous sommes habitués à considérer que la réalité la plus réelle est la vie privée. Ce n'est pas un hasard si la banalisation de la télé-réalité s'est accompagnée de la montée des journaux people et si les paparazzis, jadis honnie[2], se considèrent comme les journalistes d'aujourd'hui.

«De "Loft Story à Nabilla": ce que révèle la télé-réalité de notre société»,
publié le 01/08/2014 sur le figaro.fr © Eugénie Bastié/lefigaro.fr/01.08.2014 ■

3 questions pour vous guider...

1. Quelle différence y a-t-il entre le «culte à la banalité» auquel se livrent les artistes et le culte que les candidats de la télé-réalité vouent à leur personne (l. 16-39)?

2. François Jost fait un rapprochement entre le succès de la télé-réalité et la présence de Jean-Marie Le Pen au second tour des présidentielles de 2002 (l. 63-80): quelles conclusions en tire-t-il?

3. En quoi Nabilla est-elle révélatrice de notre époque?

---

1. **Vincent Cespedes:** polémiste français (né en 1973).
2. **Honnie:** détestée.

VERS L'EXAMEN

THÈME • *La télé-réalité, phénomène de société*

> Synthèse de documents

Comparez puis faites la synthèse des documents 57, 59, 60 et 63.

> Écriture personnelle

Selon vous, que révèle la télé-réalité de nos sociétés ?
Appuyez-vous sur les documents cités, sur vos lectures et sur vos connaissances personnelles pour répondre.

VERS L'EXAMEN

THÈME • *La télé-réalité, des émissions sordides ?*

> Synthèse de documents

Comparez puis faites la synthèse des documents 58, 59, 61 et 62.

> Écriture personnelle

Pensez-vous que les émissions de télé-réalité n'ont que des effets négatifs ?
Appuyez-vous sur les documents cités, sur vos lectures et sur vos connaissances personnelles pour répondre.

SUJET 1 La télé-réalité, un phénomène de société dangereux ?

Portées par un succès médiatique rare, les émissions de télé-réalité sont devenues un phénomène de société. Impossible d'échapper dans les médias aux candidats vainqueurs ou malheureux de ces nouveaux jeux. Mais la télé-réalité constitue-t-elle un phénomène de société dangereux ? Ne faut-il pas s'inquiéter d'une baisse de l'exigence culturelle ?

Les sites à explorer

- **Le site du Point : vidéo des 5 nouvelles émissions de télé-réalité les plus dangereuses**
  http://www.lepoint.fr/medias/les-5-tele-realite-les-plus-dangereuses-du-monde-25-04-2015-1924157_260.php

  En 2015, le site du magazine *Le Point* propose une vidéo qui présente les cinq nouvelles émissions de télé-réalité les plus dangereuses au monde. Couples au bord de la rupture qui doivent se réconcilier en direct, candidats abandonnés à leur sort sur une île déserte ou jeunes gens parachutés dans les airs : autant de concepts dangereux pour faire monter l'audimat !

- **Le Zapping de la télé-réalité**
  https://www.youtube.com/watch?v=an-7lqJbC_M

  Le Zapping propose sur sa chaîne YouTube une sélection de moments extraits de diverses émissions de télé-réalité, où les candidats, qui manquent de culture générale, sont pris en flagrant délit d'ignorance.

VERS L'EXPOSÉ

La télé-réalité, une course à l'audimat

Le succès de la télé-réalité est évalué en fonction du taux d'audimat. Plus nombreux sont les téléspectateurs à regarder ce type d'émission, plus le taux augmente. Pour maintenir et surtout augmenter le nombre de téléspectateurs, les producteurs de ces émissions sont prêts à tout, même à ridiculiser les candidats ou à jouer avec leurs vies. Dans le cadre d'un exposé, appuyez-vous sur la vidéo du *Point*, pour mettre en évidence, dans une première partie, les raisons qui poussent les producteurs à choisir des concepts toujours plus risqués. Puis, dans une seconde partie, montrez, en vous appuyant sur des exemples, que les candidats sont souvent, malgré eux, les jouets des producteurs.

SUJET 2 La télé-réalité, des émissions au mépris de toute morale ?

Depuis son apparition à la fin du siècle dernier et son succès grandissant, les émissions de télé-réalité se préoccupent peu de la morale. Mais la télé-réalité est-elle réellement condamnable ? Que lui reproche-on ?

Les sites à explorer

- **Le site du Figaro**
  http://www.lefigaro.fr/vox/medias/2014/08/08/31008-20140808ARTFIG00316-tele-realite-tnt-culte-de-l-audience-a-quand-une-television-de-qualite.php

  Sur son site, le quotidien *Le Figaro* a mis en ligne un entretien avec le sociologue François Jost qui s'interroge sur les choix culturels des émissions de télé-réalité. Est-il moral de vouloir divertir à tout prix ? Telle est la question posée ici.

- **Le site de France Inter**
  http://www.franceinter.fr/emission-le-zoom-de-la-redaction-devenir-fou-ou-devenir-un-autre-la-dure-telerealite

  La station de radio France Inter a proposé en janvier 2015 une émission sur la fabrication de la télé-réalité. Dans le podcast mentionné ci-dessus, les intervenants étudient les choix des producteurs pour construire leurs émissions.

VERS L'EXPOSÉ

Doit-on moralement condamner la téléréalité ?

La course à l'audimat de la télé-réalité amène les producteurs des émissions à faire des choix parfois discutables. Exhibitionnisme, voyeurisme, manipulation des candidats, les producteurs semblent ne reculer devant rien. Dans le cadre d'un exposé, montrez les choix culturels effectués par les producteurs des émissions de la téléréalité. Puis mettez en évidence la façon dont les producteurs utilisent les candidats. Enfin, émettez des hypothèses sur le ou les objectifs visés.

CHAPITRE 8

La **liberté d'expression** : peut-on parler ou rire de tout ?

> La liberté, c'est l'indépendance de la pensée.
>
> ÉPICTÈTE

Censure, emprisonnement d'opposants politiques, condamnations d'humoristes : depuis la Révolution française de 1789, la liberté d'expression est au cœur des débats. En quoi consiste-t-elle ? Quelles sont les limites à une parole libre ? Peut-on tout dire au risque de blesser ?

La liberté d'expression est la possibilité d'exprimer ses opinions sans peur d'être condamné. Fondement de la démocratie, cette liberté est aussi celle de la presse à informer.

Cependant, parler de tout n'implique pas qu'on puisse dire n'importe quoi. Si l'humour permet d'évoquer tous les sujets, il y a des frontières à ne pas franchir sous peine de choquer certains. La loi doit aussi pouvoir limiter la parole de ceux qui nient l'existence de crimes de guerre ou de génocides au détriment de la vérité historique.

Ainsi, la liberté d'expression prend tout son sens lorsqu'elle intègre l'idée citoyenne du « vivre ensemble ». Il faut rire ensemble sans exclure, parler ensemble sans condamner, faire preuve d'esprit critique en se montrant responsable et en étant guidé par la raison.

A Qu'est-ce que la liberté d'expression ?

La liberté d'expression est un droit précisément défini par la Constitution DOC 64 • p. 201, qui autorise chacun à parler à condition de ne pas remettre en question la liberté d'autrui.

Ainsi, pour Albert Camus DOC 65 • p. 204, la liberté d'expression est essentielle au métier de journaliste. Même sous la censure, il faut se battre pour continuer à parler et exercer un regard critique sur le pouvoir. Les journaux satiriques, comme *Hara-Kiri* DOC 66 • p. 207, usent de cette liberté par le biais de la satire afin de rester critique face au pouvoir politique.

DOC **64**

JEAN MAZARS

La liberté d'expression, la loi et le juge

Jean Mazars qui était conseiller à la Cour de cassation, la plus haute juridiction de l'ordre judiciaire, est l'auteur d'un rapport sur la liberté d'expression. Dans cet extrait du rapport, il définit cette liberté et rappelle les droits qu'elle accorde à tout citoyen mais aussi ses limites.

[Un droit précisément défini]

La liberté d'expression est un droit fondamental de l'homme, instauré[1] et protégé par les normes juridiques les plus hautes. Pensée, approfondie, exaltée par les écrivants[2] (pour, nous livrer sans repentir à l'anachronisme[3], reprendre le terme de Barthes[4]), il était logique et raisonnable qu'elle fût consacrée par une proclamation solennelle lors de la Révolution. Ce fut réalisé dans la Déclaration des droits de l'homme et du citoyen du 26 août 1789. Ce texte affirme dans son article 11 : « La libre communication des pensées et des opinions est un des droits les plus précieux de l'homme ; tout citoyen peut donc parler, écrire, imprimer librement, sauf à répondre[5] de l'abus de cette liberté dans les cas déterminés par la loi. » Rappelons que cette Déclaration a valeur constitutionnelle[6], ce qui situe d'emblée l'impératif de la disposition. Le Conseil constitutionnel a d'ailleurs reconnu que la liberté ainsi définie est « une liberté fondamentale d'autant plus précieuse que son exercice est une garantie essentielle des autres droits et libertés et de la souveraineté[7] nationale, rappelant que ce droit

---

1. **Instauré :** fondé, établi.
2. **Les écrivants :** mot inventé par Roland Barthes (voir note 4 ci-contre) pour désigner les critiques littéraires par opposition aux écrivains.
3. **Anachronisme :** placer un fait dans une époque historique autre que celle à laquelle il s'est produit.
4. **Roland Barthes :** critique littéraire français (1915-1980).
5. **Sauf à répondre :** mais doit répondre.
6. **Constitutionnelle :** qui appartient à la Constitution.
7. **Souveraineté :** droit suprême pour un État d'exercer son autorité.

a pour finalité[1] principale celui pour chacun de recevoir une expression libre. » (Conseil constitutionnel 10 au 11 octobre 1984, cité dans « Les principes de la liberté d'expression et la Cour européenne des droits de l'homme » par M. Henri Leclerc, Légipresse, décembre 1999, II-145).

Mais le caractère éminent[2] de cette liberté a encore été réaffirmé et renouvelé par trois autres textes, internationaux cette fois. Chronologiquement, le premier est la Déclaration universelle des droits de l'homme adoptée par l'assemblée générale des Nations unies le 10 décembre 1948. Son article 19 énonce : « Tout individu a droit à la liberté d'opinion et d'expression, ce qui implique le droit de ne pas être inquiété pour ses opinions et celui de rechercher, de recevoir et de répandre, sans considération de frontières, les informations et les idées par quelque moyen d'expression que ce soit. » Ce texte fait apparaître pour la première fois de manière très nette, outre le droit à une expression transfrontalière[3] (ce qui est le moins pour une convention internationale), que la liberté de s'exprimer implique celle d'être informé.

Ces principes ont été repris sous une forme très proche et explicités[4] par le Pacte international relatif aux droits civils et politiques adopté par l'assemblée générale des Nations unies le 16 décembre 1966 :

« Article 19 :

« 1. Nul ne peut être inquiété pour ses opinions.

« 2. Toute personne a droit à la liberté d'expression ; ce droit comprend la liberté de rechercher, de recevoir et de répandre des informations et des idées de toute espèce, sans considération de frontières, sous une forme orale, écrite, imprimée ou artistique, ou par tout autre moyen de son choix.

« 3. L'exercice des libertés prévues au paragraphe 2 du présent article comporte des devoirs spéciaux et des responsabilités

---

1. Pour finalité : pour but.
2. Éminent : très important.
3. Transfrontalière : au-delà de tout critère de frontière.
4. Explicités : développés et expliqués.

spéciales. Il peut en conséquence être soumis à certaines restrictions qui doivent toutefois être fixées par la loi et qui sont nécessaires :

a) au respect des droits ou de la réputation d'autrui ;

b) à la sauvegarde de la sécurité nationale, de l'ordre public, de la santé ou de la moralité publiques. »

L'article suivant pose deux limitations expresses[1] : l'interdiction de la propagande[2] en faveur de la guerre et l'appel à la haine nationale, raciale ou religieuse constituant une incitation à la discrimination, à l'hostilité ou à la violence. Elles complètent la prohibition[3] générale, énoncée à l'article 5, d'utiliser l'une quelconque des dispositions prévues dans le Pacte pour détruire les droits et libertés qu'il édicte[4] ou pour les limiter plus qu'il ne le prévoit. Le Pacte est entré en vigueur à l'égard de la France le 4 février 1981.

« La liberté d'expression, la loi et le juge »,
Rapport de la Cour de cassation, 2001 ■

3 questions pour vous guider...

1. Relevez l'article 11 de la Déclaration des droits de l'homme et du citoyen : quels droits accorde-t-il à tout citoyen et avec quelle limite ?
2. « La liberté de s'exprimer implique celle d'être informé » (l. 34-35) : expliquez cette affirmation de l'auteur.
3. Quelles sont les deux limitations à la liberté d'expression (l. 55-62) ?

---

1. **Expresses :** impératives.
2. **Propagande :** campagne organisée par un pouvoir pour convaincre le peuple de la nécessité d'adopter une position, une théorie.
3. **Prohibition :** interdiction.
4. **Édicte :** exige sous forme d'arrêtés, de lois.

DOC **65**

Albert Camus

Manifeste censuré

Lorsqu'il vivait en Algérie française, l'écrivain Albert Camus (1913-1960) était aussi journaliste pour le quotidien Le Soir républicain *qu'il codirigeait. Dans un manifeste dont nous reproduisons un extrait, il dénonce la censure du gouvernement français en guerre contre l'Allemagne nazie et réclame plus de liberté pour les journalistes. Devant les polémiques qu'il aurait pu soulever, ce manifeste a été censuré et n'a jamais été publié.*

[Qu'est-ce qu'un journaliste libre ?]

Il est difficile aujourd'hui d'évoquer la liberté de la presse sans être taxé d'extravagance, accusé d'être Mata-Hari[1], de se voir convaincre d'être le neveu de Staline[2].

Pourtant cette liberté parmi d'autres n'est qu'un des visages de la liberté tout court et l'on comprendra notre obstination à la défendre si l'on veut bien admettre qu'il n'y a point d'autre façon de gagner réellement la guerre.

Certes, toute liberté a ses limites. Encore faut-il qu'elles soient librement reconnues. Sur les obstacles qui sont apportés aujourd'hui à la liberté de pensée, nous avons d'ailleurs dit tout ce que nous avons pu dire et nous dirons encore, et à satiété[3], tout ce qu'il nous sera possible de dire. [Cependant] un des bons préceptes[4] d'une philosophie digne de ce nom est de ne jamais se répandre en lamentations[5] inutiles en face d'un état de fait qui ne peut plus être évité. La question en France n'est plus aujourd'hui de savoir comment préserver les libertés de la presse. Elle est de chercher

1. **Mata-Hari :** danseuse néerlandaise (1876-1917) fusillée pour espionnage pour le compte de l'armée allemande.
2. **Joseph Staline :** dictateur communiste (1878-1953) qui a dirigé l'U.R.S.S de 1922 à 1953.
3. **À satiété :** jusqu'à satisfaction totale, sans limite.
4. **Préceptes :** lois.
5. **Se répandre en lamentations :** se plaindre encore et encore.

comment, en face de la suppression de ces libertés, un journaliste peut rester libre. Le problème n'intéresse plus la collectivité. Il concerne l'individu.

Et justement ce qu'il nous plairait de définir ici, ce sont les conditions et les moyens par lesquels, au sein même de la guerre et de ses servitudes[1], la liberté peut être, non seulement préservée, mais encore manifestée. Ces moyens sont au nombre de quatre : la lucidité, le refus, l'ironie et l'obstination.

[...]

En face de la marée montante de la bêtise, il est nécessaire également d'opposer quelques refus. Toutes les contraintes du monde ne feront pas qu'un esprit un peu propre accepte d'être malhonnête. Or, et pour peu qu'on connaisse le mécanisme des informations, il est facile de s'assurer de l'authenticité d'une nouvelle. C'est à cela qu'un journaliste libre doit donner toute son attention. Car, s'il ne peut dire tout ce qu'il pense, il lui est possible de ne pas dire ce qu'il ne pense pas ou qu'il croit faux. Et c'est ainsi qu'un journal libre se mesure autant à ce qu'il dit qu'à ce qu'il ne dit pas. Cette liberté toute négative est, de loin, la plus importante de toutes, si l'on sait la maintenir. Car elle prépare l'avènement[2] de la vraie liberté. En conséquence, un journal indépendant donne l'origine de ses informations, aide le public à les évaluer, répudie[3] le bourrage de crâne, supprime les invectives[4], pallie par des commentaires l'uniformisation des informations et, en bref, sert la vérité dans la mesure humaine de ses forces. Cette mesure, si relative qu'elle soit, lui permet du moins de refuser ce qu'aucune force au monde ne pourrait lui faire accepter : servir le mensonge.

Nous en venons ainsi à l'ironie. On peut poser en principe qu'un esprit qui a le goût et les moyens d'imposer la contrainte est imperméable à l'ironie. On ne voit pas Hitler[5], pour ne prendre

---

1. **Servitudes :** contraintes.
2. **L'avènement :** la naissance.
3. **Répudie :** refuse.
4. **Invectives :** insultes.
5. **Adolf Hitler :** dictateur nazi et criminel de guerre (1889-1945).

qu'un exemple parmi d'autres, utiliser l'ironie socratique[1]. Il reste donc que l'ironie demeure une arme sans précédent contre les trop puissants. Elle complète le refus en ce sens qu'elle permet, non plus de rejeter ce qui est faux, mais de dire souvent ce qui est vrai. Un journaliste libre, en 1939, ne se fait pas trop d'illusions sur l'intelligence de ceux qui l'oppriment. Il est pessimiste en ce qui regarde[2] l'homme. Une vérité énoncée sur un ton dogmatique[3] est censurée neuf fois sur dix. La même vérité dite plaisamment ne l'est que cinq fois sur dix. Cette disposition figure[4] assez exactement les possibilités de l'intelligence humaine. Elle explique également que des journaux français comme *Le Merle* ou *Le Canard enchaîné*[5] puissent publier régulièrement les courageux articles que l'on sait. Un journaliste libre, en 1939, est donc nécessairement ironique, encore que ce soit souvent à son corps défendant[6]. Mais la vérité et la liberté sont des maîtresses exigeantes puisqu'elles ont peu d'amants.

Interdit par la censure, l'article dont ce passage est extrait aurait dû paraître dans *Le Soir-Républicain* du 25 novembre 1939

3 questions pour vous guider...

1. Quels sont, pour un journaliste, les quatre moyens de préserver la liberté d'expression (l. 20-24) ?
2. Que doit faire le journaliste face à la « marée montante de la bêtise » (l. 26) ?
3. En quoi l'ironie est-elle une arme pour le journaliste (l. 45-63) ? Citez des exemples.

---

1. **Ironie socratique :** inspirée du philosophe antique Socrate (470-399 av. J.-C.), elle consiste à feindre l'ignorance afin d'exposer la faiblesse de la position d'une autre personne et lui en faire prendre conscience.
2. **En ce qui regarde :** concernant.
3. **Dogmatique :** qui ne permet aucune discussion ni contradiction.
4. **Figure :** montre.
5. ***Le Merle, Le Canard enchaîné* :** journaux satiriques français.
6. **À son corps défendant :** sans le vouloir.

DOC **66**

Hara-Kiri
Une du journal du 16 novembre 1970

[La satire, un contre-pouvoir critique] ◉

Fondé en 1960 par François Cavanna (1923-2014) et le professeur Choron (1929-2005), Hara-Kiri *est un journal satirique qui critique, dans un humour souvent insolent, le pouvoir politique. Le journal fit scandale le 16 novembre 1970 en annonçant, en une de couverture, le décès du général de Gaulle à Colombey-les-Deux-Églises, village où il avait une propriété. Or, le choix de cette une faisait référence à un tragique fait divers qui s'était produit au début du mois, quand l'incendie d'une boîte de nuit fit plus de 140 morts. Cette une fut jugée choquante et le journal fut censuré par le gouvernement.* Charlie Hebdo *est né à la suite de cette interdiction* CAHIER PHOTOS • p. VII .

3 questions pour vous guider...

1. Décrivez les composantes de cette une.
2. Pour quelle raison n'y a-t-il pas d'image ? Quel est l'effet voulu ?
3. En quoi ce titre peut-il paraître ironique ?

B Quelles sont les limites de la liberté d'expression ?

Peut-on tout dire ? En a-t-on le droit ? Quelles sont les limites de la liberté d'expression ? Si l'humour a tous les droits, Jean-Luc Hees DOC 67 • p. 208 nous rappelle qu'il a aussi des limites.

Le besoin de liberté ne doit pas faire oublier le respect d'autrui. Il ne doit pas non plus masquer la vérité : ainsi, en France, des lois empêchent que se diffusent des thèses qui nient les atteintes aux droits de l'homme et les génocides DOC 68 • p. 211 .

DOC 67

JEAN-LUC HEES

Je persiste et signe : l'humour a ses frontières

Alors président de Radio France, Jean-Luc Hees (né en 1951) publie un article pour évoquer une émission de France Inter au cours de laquelle l'humoriste Stéphane Guillon a mis en cause, sur un plan personnel, Éric Besson, alors ministre. Jean-Luc Hees présente des excuses et revient sur les limites de la liberté d'expression.

[L'humour a tous les droits mais il a des frontières]

J'ai patiemment attendu que la poussière retombe dans le bac à sable, histoire de voir jusqu'où l'élégance et l'humour pouvaient cohabiter dans les années 2010. Je n'ai pas été déçu. Il me faut donc revenir sur un épisode de notre vie publique. C'est vrai : c'est un épisode qui ne relève pas de l'anecdote, et peut-être même pas de l'humour. À moins que l'humour soit devenu le cache-sexe[1] du vide cérébral, ce que je me refuse à croire.

Le 22 mars, un humoriste dressait à l'antenne de France Inter le portrait d'Éric Besson[2]. Il décrivait notamment *« les yeux de fouine d'Éric Besson, et son menton fuyant »*. Faut-il s'excuser d'être profondément choqué de ce qu'on entend sur une station[3] dont on est responsable ? Oui. J'ai présenté des excuses publiques. Me voilà donc, en bonne logique, traité de *« liberticide[4] »*. Rien que cela ! Ainsi va l'analyse, dans sa profondeur et son honnêteté.

Pour tout dire, l'affaire me paraît sérieuse. Il ne s'agit pas de moi. Je pratique le journalisme depuis quarante ans, avec diverses fortunes, et je crois avoir montré mon penchant profond pour la liberté, notamment sur les antennes du service public. Des gens

---

1. Cache-sexe : ce qui permet de cacher un problème de manière souvent maladroite.
2. Éric Besson : né en 1958, il était alors ministre du gouvernement Fillon.
3. Station : fréquence radio.
4. Liberticide : qui porte atteinte à la liberté.

comme Guy Bedos[1] (au hasard) peuvent en témoigner. S'il me faut revenir sur le sujet qui nous occupe réellement, c'est que la polémique, qu'on peut après tout regarder avec légèreté, met en cause, si on me permet un peu d'emphase[2], des principes fondamentaux pour la République et la démocratie.

Rien n'est plus important, pour un républicain, pour un démocrate, que l'attachement à la liberté d'opinion et d'expression. C'est la vertu cardinale[3], sur laquelle repose tout notre système politique. J'aimerais citer ici l'article 11 de la Déclaration des droits de l'homme et du citoyen de 1789 : *« La libre communication des pensées et des opinions est un des droits les plus précieux de l'homme ; tout citoyen peut donc parler, écrire, imprimer librement, sauf à répondre de l'abus de cette liberté dans les cas déterminés par la loi. »* Nous sommes donc tous d'accord : les libertés d'opinion, d'expression, d'association, de manifestation sont les piliers de notre socle démocratique.

Comme citoyen, je suis l'héritier, fier de l'être, de cette tradition démocratique française. Comme responsable d'un grand média, je suis dépositaire du devoir impérieux[4] de la mettre en œuvre en permanence. C'est mon honneur, et c'est ma conviction. Et puis, il y a l'humour. L'humour a tous les droits, et d'abord ceux de l'outrance[5], de la caricature et même de la méchanceté. Il se trouve que l'humoriste n'a que deux limites : celle de l'acceptabilité des citoyens (dont il est le premier juge). Et puis celle des grandes valeurs morales qui scellent le pacte républicain. C'est là que le bât blesse[6].

Face à un principe fondamental, il faut aussi savoir défendre les limites de ce principe. Les seules limites sont précisément celles de l'autre, de l'autre individu, qui, lui aussi, a droit à la protection de sa liberté. Enfin, il y a la limite du pacte républicain, qui unit tous les citoyens.

---

1. **Guy Bedos :** humoriste français (né en 1934).
2. **Emphase :** exagération.
3. **Vertu cardinale :** qualité la plus importante.
4. **Impérieux :** absolu.
5. **Outrance :** exagération.
6. **Que le bât blesse :** ce qui pose problème.

Or, à cet égard, nous avons une histoire. Qui nous enseigne que l'attaque personnelle, fondée sur le physique de la personne, fait partie de ces valeurs infranchissables. Les années sombres[1], les références tellement amusantes aux yeux de fouine, au nez et aux doigts crochus[2], sont là pour nous le rappeler. Là, la plaisanterie doit s'arrêter. L'humour a ses frontières qui sont celles de la morale républicaine. Il n'est pas interdit, même à un humoriste, de s'interroger sur sa responsabilité morale, citoyenne. Osons le mot : sur sa responsabilité politique, au sens noble du mot. L'attaque sur les aspects physiques d'une personne est intolérable. Le simple bon sens encourage à penser que s'élever contre les attaques « au faciès[3] » ne constitue ni une posture de droite ni une posture de gauche.

« Je persiste et signe : l'humour a ses frontières », 1er avril 2010 ■

3 questions pour vous guider...

1. Résumez en quelques mots l'épisode évoqué par Jean-Luc Hees et dites pourquoi il ne relève ni de l'anecdote, ni de l'humour, selon lui.
2. Quelles limites doivent respecter les humoristes d'après Jean-Luc Hees (l. 34-43) ?
3. Quelle est la « responsabilité politique » (l. 57) d'un humoriste ?

1. **Les années sombres :** l'expression renvoie ici à l'Occupation allemande (1940-1944) pendant laquelle les Juifs étaient persécutés et assassinés.
2. Allusions aux campagnes racistes qui, sous l'Occupation, dénigraient physiquement les Juifs.
3. **Au faciès :** sur le visage d'une personne.

DOC **68**

Mihran Dabag

Négationnisme : fausses allégations ou limitation de la liberté d'expression ?

Faut-il laisser chacun dire ce que bon lui semble, au mépris de l'histoire et de la vérité ? Le droit français condamne par une loi, en 2012, les thèses négationnistes, c'est-à-dire le refus de reconnaître l'existence des génocides et la réinterprétation de faits historiques pour inciter à la haine raciale. Mihran Dabag, directeur de l'institut allemand Diaspora, revient sur la définition du négationnisme dans cet article.

[La pénalisation des théories négationnistes est-elle une atteinte à la liberté d'expression ?]

Le Parlement français vient de pénaliser[1] la négation des génocides[2] officiellement reconnus par la France, ce qui est notamment le cas du génocide des Arméniens[3] de l'Empire ottoman. Et des voix s'élèvent, particulièrement en Turquie, pour dénoncer le préjudice[4] ainsi apporté aux principes des sociétés démocratiques, car cette loi affecte, voire même limite, le droit fondamental à la liberté d'expression.

On souligne ainsi le fait que les positions turques ne constitueraient pas une négation de la réalité du génocide, mais plutôt l'expression d'une opinion, d'une explication des faits. Cet argument repose en particulier sur la demande répétée de la Turquie de constituer une commission d'historiens, chargée de clarifier les événements.

Pourtant, indépendamment du fait que l'absence alléguée[5] de clarté historique constitue par elle-même un élément central de

---

1. **Pénaliser :** prévoir de punir par la loi.
2. **Génocides :** massacres de peuples.
3. **Génocide des Arméniens :** génocide d'un million six cent dix-sept mille deux cents Arméniens commis par l'Empire ottoman (actuelle Turquie) d'avril 1915 à juillet 1916.
4. **Préjudice :** dommage, mal.
5. **Alléguée :** mise en avant.

la pensée révisionniste[1], car les historiens ont depuis longtemps apporté la preuve du génocide, le point de vue juridique va au-delà de la question de la factualité[2] historique du génocide. Considérant la question de la légitimité de la décision française concernant le critère de la liberté d'expression, il s'agit de vérifier s'il existe aussi une protection de l'opinion là où l'on se réfère à la liberté d'opinion. La décision française de pénaliser la négation du génocide des Arméniens ne sert pas à constater un fait historique, mais protège le savoir historique sur l'évidence du génocide. Il ne porte pas un jugement sur l'histoire, mais protège une réalité historique.

[...]

Il faut peser le pour et le contre, c'est-à-dire d'un côté l'atteinte alléguée à un droit fondamental et de l'autre la violation, voire même la négation, des droits de la personne des victimes. Ici encore, il peut être utile de prendre en considération la législation allemande sur la pénalisation de la Shoah. Le point central de la législation est la protection des victimes contre la diffamation et l'insulte à la mémoire des personnes décédées et à leurs descendants (paragraphe 189 du Code pénal).

Il faut donc réfléchir sur la manière de se défendre contre une telle utilisation des libertés fondamentales qui nie ou met en danger les valeurs fondamentales européennes. La négation des crimes les plus graves, comme les crimes contre l'humanité, pénalisés par le droit international, ainsi que l'insulte des victimes, en font indéniablement parti. Une loi comme celle qui a été adoptée en France ouvre ainsi un espace juridique pour protéger le savoir historique sur le crime du génocide, pour permettre une recherche approfondie de ce crime, et pour éviter la continuation[3] d'une telle politique. Car, au-delà de la remise en question de l'Histoire, la négation d'un génocide signifie ne pas vouloir faire abstention[4] de la force comme moyen politique dans le présent et le futur.

---

1. Pensée révisionniste : pensée qui réinterprète, au mépris des faits, des événements historiques en sa faveur.

2. Factualité : les faits, les événements.

3. Continuation : poursuite.

4. Faire abstention : ne pas utiliser.

La lutte contre le négationnisme est donc aujourd'hui une tâche scientifiquement et humainement importante, et elle constitue en outre un aspect central dans la réflexion sur le développement de stratégies préventives.

« Négationnisme : fausses allégations ou limitation de la liberté d'expression ? »

3 questions pour vous guider...

1. Pourquoi certains considèrent-ils que la loi sur la négation des génocides limite la liberté d'expression (l. 1-13) ?
2. « Le point central de la législation est la protection des victimes contre la diffamation et l'insulte à la mémoire des personnes décédées et à leurs descendants » (l. 31-34) : expliquez cette phrase.
3. Que permet l'adoption de la loi contre le négationnisme (l. 35-50) ?

C Comment concilier la liberté d'expression et le vivre ensemble ?

Mais comment user de sa liberté d'expression tout en ménageant les autres ? Peut-être précisément en évitant les polémiques grâce à quelques règles simples et efficaces. La première serait de pouvoir rire de tout à condition de pouvoir rire tous ensemble comme le recommande Pierre Siankowski DOC 69 • p. 214. Le vivre ensemble est une notion citoyenne importante mais le « rire ensemble » l'est sans doute tout autant.

Parler librement revient ainsi à être moralement responsable de sa propre parole : il faut alors ménager autrui et surveiller ce que l'on dit pour ne pas entraver les règles républicaines DOC 70 • p. 216. La bienveillance semble le fondement d'une parole libre.

DOC **69**

Pierre Siankowski

Peut-on rire de tout ?

Pierre Siankowski est un journaliste de l'hebdomadaire culturel Les Inrockuptibles. *Dans l'article ci-dessous, il se demande si, au nom de la liberté d'expression, on peut prétendre pouvoir rire de tout.*

[Rire de tout mais à condition de rire ensemble]

À la question : « Peut-on rire de tout ? », l'humoriste français Pierre Desproges[1] répondait, de façon presque définitive : « On peut rire de tout, oui, mais pas avec n'importe qui. » La question, qui fleure bon[2] la dissertation de philosophie, est régulièrement posée dans le débat public français, et les histoires les « moins drôles » provoquent parfois des poursuites judiciaires.

Si la législation française est plutôt tolérante vis-à-vis de l'humour, qui jouit comme toute forme artistique de la primauté donnée à la *« liberté d'expression »* dans la Constitution, encore faut-il pouvoir justifier qu'il s'agit bien toujours de cela lorsque l'on s'aventure sur un terrain glissant, au risque d'être accusé d'« injure » ou de « diffamation ».

« On peut rire de tout, oui, mais à condition d'être drôle », pourrait-on dire. L'enjeu est là, et il est de taille. Car, à l'heure des tensions identitaires, de la judiciarisation de la société[3] et du triomphe du « politiquement correct[4] » – qui a notamment le mérite de sensibiliser l'opinion au problème des discriminations –, l'humour, comme toute autre forme d'expression, est soumis à de fortes pressions.

---

1. **Pierre Desproges :** humoriste français (1939-1988).
2. **Qui fleure bon :** qui sent bon.
3. **Judiciarisation de la société :** société de plus en plus dominé par le judiciaire, tout ce qui relève du juridique.
4. **Politiquement correct :** discours de certains hommes politiques et médias, qui consiste à adoucir excessivement les formulations qui pourraient choquer une partie du public.

Rire, est-ce forcément se moquer, mettre à l'index ou stigmatiser[1] ? Le comique ne peut-il fonctionner qu'au détriment d'un autre sur le modèle du fameux gag de la « tarte à la crème » ? Juridiquement, la frontière du « drôle » et du « pas drôle » est très difficile à fixer, c'est une certitude. Ce qui fait rire les uns peut laisser froids les autres, voire les offusquer[2]. Comme la tragédie classique, le comique doit savoir respecter des unités, de temps et de lieu : *« On peut rire de tout, mais pas n'importe où et pas n'importe quand »*, pourrait-on suggérer. Mais, outre l'importance du lieu et du climat – de tension – dans lesquels les blagues sont faites, c'est avant tout la subtilité du comique et son aura[3] qui font la différence, qui légitiment l'humour, même le plus culotté.

Quand Desproges singe Adolf Hitler[4], quand Coluche[5] raille les policiers, quand Valérie Lemercier[6] montre ses seins sur scène ou quand le très populaire Jamel Debbouze[7] égratigne ouvertement Bernadette Chirac[8], les bornes sont peut-être franchies, d'un strict point de vue juridique, mais tout le monde rit avec eux. Question de talent ? Question surtout d'intention, car ces humoristes sont à la recherche permanente d'une forme d'humour universelle et partageuse. Parfois très acides et adeptes du flirt avec les limites, des artistes comme Coluche ou Desproges ont toujours réussi à se protéger en concevant peut-être le rire comme un « vouloir rire ensemble », une expression qui les aurait sans doute fait sursauter. Mais, celle-ci résume pourtant bien une envie de ne pas exclure, de considérer l'humour comme un acte rassembleur, que la loi respecte alors au plus haut point. Car, c'est sûr, lorsqu'il est déclenché pour tous, le rire protège de tout et de tout le monde. *« On peut rire de tout, mais à condition que tout le monde rit »*, serait

1. **Stigmatiser :** blâmer, condamner, critiquer.
2. **Offusquer :** blesser, choquer.
3. **Aura :** prestige, rayonnement.
4. **Adolf Hitler :** dictateur nazi et criminel de guerre (1889-1945).
5. **Coluche :** humoriste français (1944-1986).
6. **Valérie Lemercier :** humoriste et comédienne française (née en 1964).
7. **Jamel Debbouze :** humoriste et acteur français (né en 1975).
8. **Bernadette Chirac :** femme politique française (née en 1933) et épouse du président Jacques Chirac.

alors un élément de réponse, mais qui n'aurait certainement pas plu à Pierre Desproges.

«Peut-on rire de tout?», n° 56, © *Label France*, 2004, DR ■

3 questions pour vous guider...

1. Pourquoi le rire est-il soumis à de «fortes pressions» (l. 18)?
2. Expliquez l'expression: «Vouloir rire ensemble» (l. 40-41). À partir de quelle autre expression a-t-elle été créée?
3. Quel «élément de réponse» (l. 47), le journaliste donne-t-il à la fin de l'article? Donnez-en l'explication.

DOC **70**

Philippe Plassart

Quelle limite à la liberté d'expression?

Dans cet article du *magazine* Le Nouvel Économiste, *le journaliste et économiste Philippe Plassart (né en 1957) revient sur les limites à la liberté d'expression suite à la tuerie de* Charlie Hebdo. *Selon lui, le droit à la parole doit s'exercer avec responsabilité et mesure, sans froisser autrui ni entraver les libertés républicaines.*

[Les vertus de la liberté d'expression exercée avec responsabilité]

Tenue pour acquise, héritée de la Révolution, inscrite dans la Déclaration universelle des droits de l'homme, la liberté d'expression ne va pourtant pas de soi. C'est ce que les Français ont redécouvert avec la tragédie que vient de vivre le pays, qui a révélé tout à la fois sa fragilité lors des attentats, mais aussi sa force à l'occasion du 11 janvier[1]. Certes, on le savait: la liberté d'expression

1. **11 janvier 2015:** suite aux tueries terroristes des 7, 8 et 9 janvier 2015, plus de 4 millions de Français défilèrent place de la République à Paris pour défendre le droit à la liberté d'expression.

n'a rien d'un principe universel. Les dictatures, même douces, se caractérisent encore et toujours par la répression des voix dissidentes[1] et le musellement[2] des médias.

Mais ce que l'on a redécouvert aussi, c'est combien l'exercice de cette liberté se pratique de façon différente au sein même de nos sociétés libérales[3] et démocratiques. Affaire de culture, mais pas uniquement, car c'est bien la question des limites à poser à cette liberté qui signe les exigences d'une civilisation entre le droit de tout dire et celui de ne pas nuire à autrui. Avec ce paradoxe frappant : c'est aux États-Unis, pays du « free of speech[4] » garanti par le premier amendement[5] de la Constitution, où les grands médias ont flouté[6] les caricatures du prophète publiées dans *Charlie Hebdo*. Et c'est en France, où la liberté d'expression est bien plus encadrée par la loi que ne le croient les Français eux-mêmes, que l'hebdomadaire satirique déploie son style, et trouve au moins momentanément son public.

Trois enjeux

Il convient donc de cadrer cette problématique des limites par la réaffirmation préalable des vertus intrinsèques[7] de la liberté d'expression. Il y a en premier lieu la dimension économique et scientifique, et son corollaire[8], l'idée même du progrès. Ce dernier est impossible sans remise en cause des connaissances acquises. Or pour bousculer les certitudes les plus établies, il faut laisser s'exprimer les voix qui rompent les consensus[9]. La révolution galiléenne[10] s'est heurtée à la censure vaticane[11] avant de s'imposer. Et

1. **Dissidentes :** insoumises, rebelles.
2. **Musellement :** volonté de faire taire.
3. **Libérales :** qui respectent la liberté d'autrui.
4. ***Free of speech*** **:** libre de parler, de s'exprimer.
5. **Premier amendement :** premier article de la Constitution.
6. **Flouté :** rendu floues.
7. **Intrinsèques :** qui font partie de.
8. **Corollaire :** conséquence.
9. **Consensus :** accords mutuels.
10. **Révolution galiléenne :** au début du XVIIe siècle, l'astronome italien Galilée (1564-1642) découvre que la Terre tourne autour du Soleil. C'est une révolution scientifique.
11. **Vaticane :** de l'État catholique du Vatican, situé à Rome en Italie.

la « vérité » de la science prolétarienne[1] – et de l'homme nouveau – a fait régresser comme jamais sous Staline la biologie.

Inversement quand aujourd'hui Laurent Alexandre proclame la « mort du cancer », il brise un tabou, rompt avec une certaine forme de fatalisme et ouvre des horizons nouveaux. Ce qui est vrai pour la science l'est aussi pour l'économie schumpétérienne[2] de l'innovation, qui requiert une société « ouverte » et attentive à la nouveauté – et donc la libre circulation des idées. Il est admis qu'une des limitations au développement futur de la Chine tient à la mise sous coupe réglée[3] de sa société civile. Car – et c'est le deuxième enjeu d'ordre politique – la liberté d'expression est la compagne nécessaire et utile de la démocratie. Face à la majorité, la minorité – y compris ses marges – doit pouvoir manifester ses opinions pour lui permettre de devenir un jour à son tour la majorité. Il faut donc admettre la controverse[4], la critique, le débat contradictoire. Enfin, troisième enjeu sociétal[5], la liberté d'expression peut être considéré comme le ciment nécessaire du « vivre ensemble », garante[6] par son mode opératoire – les mots et non les coups – d'une coexistence pacifique entre les individus et les groupes aux opinions divergentes.

L'arsenal juridique

Solide dans les principes qui la justifient, la liberté d'expression n'en soulève pas moins dans la pratique une question essentielle : celle des limites à mettre à son exercice. Avec sous-jacente[7] à cette problématique, le statut – et la portée – d'une opinion à laquelle l'école libérale apporte une réponse tranchée. « Seule la menace physique et l'appel à la violence doivent être interdits dans une société civilisée. La pensée ou la parole peuvent offenser, mais ne

1. Prolétarienne : des prolétaires, c'est-à-dire de la classe ouvrière.
2. Schumpétérienne : inspirée des thèses de l'économiste autrichien Joseph Schumpeter (1883-1950) recommandant la fluctuation économique.
3. Sous coupe réglée : en exploitant au maximum.
4. Controverse : discussion vive, animée.
5. Sociétal : de société.
6. Garante : qui assure de, qui se porte caution pour.
7. Sous-jacente : sous-entendue, implicite.

tuent pas. Les crimes de pensée n'existent pas. Rien ne justifie d'interdire des opinions que l'on peut juger immorales, fausses, stupides, voire scandaleuses », estime Damien Theillier, président de l'Institut Coppet[1]. Une vision à rebours[2] d'une autre tradition qui, loin de dissocier pensée publique et actes, lie les deux en termes de responsabilité.

L'appel à la responsabilité

D'où l'idée d'en appeler plutôt à un autre principe, celui de la responsabilité. « La liberté d'expression ne vaut dans l'absolu que si elle s'accompagne de la responsabilité de son usage, et implique donc de faire preuve de la retenue nécessaire », nuance ainsi Pierre Bessard, directeur général de l'Institut libéral en Suisse. « Si la civilité ou la politesse étaient remplacées en permanence par les injures ou les provocations, la vie privée, la vie professionnelle ou publique, deviendraient insupportables », argue-t-il[3].

Et ce qui vaut pour la sphère privée vaut aussi pour la sphère publique. « Il n'en va pas autrement de la liberté de la presse, qui tire sa crédibilité de la responsabilité avec laquelle elle est usée, de la bonne foi, du sens de la mesure et des compétences des rédacteurs », reprend Pierre Bessard. Oui, sans doute, mais à condition de ne pas sombrer alors dans l'autocensure et le politiquement correct, ces travers[4] qui étouffent à petit feu le débat démocratique dans nos sociétés. Une piste pour sortir de la contradiction : apprendre dès le plus jeune âge à bien communiquer pour mieux convaincre (contextualiser le message, dissocier le fond et la forme), tant il est vrai que la provocation parfois nécessaire pour soulever les tabous[5] ou faire bouger les lignes se révèle toujours d'un maniement délicat.

« Quelle limite à la liberté d'expression ? »,
5 février 2015, © *Le Nouvel économiste*

---

1. Institut Coppet : fondé en 2010, l'Institut Coppet vise à favoriser l'école libérale française.
2. À rebours : à l'opposé.
3. Argue-t-il : affirme-t-il.
4. Travers : défauts.
5. Tabous : interdits.

3 questions pour vous guider...

1. Comment ont été traitées les caricatures en France et aux États-Unis ? Pourquoi cette différence d'après vous ?
2. Relevez les trois enjeux principaux qui fixent les limites à la liberté d'expression (l. 24-51).
3. Quels dangers doit affronter la presse selon le journaliste (l. 75-87) ? Pourquoi ?

VERS L'EXAMEN

THÈME • *Les limites de la liberté d'expression*

> Synthèse de documents

Comparez puis faites la synthèse des documents 64, 65, 67 et 70.

> Écriture personnelle

Pensez-vous que la liberté d'expression doit obligatoirement être encadrée par la loi ?
Appuyez-vous sur les documents cités, sur vos lectures et sur vos connaissances personnelles pour répondre.

VERS L'EXAMEN

THÈME • *Peut-on rire de tout ?*

> Synthèse de documents

Comparez puis faites la synthèse des documents 64, 66, 67 et 69.

> Écriture personnelle

Pensez-vous que l'on puisse rire de tout ?
Appuyez-vous sur les documents cités, sur vos lectures et sur vos connaissances personnelles pour répondre.

SUJET 1 Quelles sont les limites à la liberté d'expression ?

Peut-on dire tout ce qui nous passe par la tête ? N'existe-t-il pas des limites à ne pas franchir dans la liberté d'expression ? Blesser quelqu'un par des propos déplacés ou heurter des sensibilités pour faire une bonne plaisanterie sont souvent des risques auxquels s'exposent ceux qui prennent la parole sans mesurer les conséquences de ce qu'ils disent.

Les sites à explorer

- **Le site du service public pour informer des limites à la liberté d'expression**
  https://www.service-public.fr/particuliers/actualites/007473
  Sur ce site officiel de l'État français, une page est consacrée à l'énumération des différentes situations où celui qui parle sans connaître le cadre juridique de la liberté d'expression outrepasse ses droits.
- **Le site éducatif de France Télévisions pour informer sur la liberté d'expression**
  http://education.francetv.fr/matiere/education-aux-medias/cinquieme/video/la-liberte-d-expression-et-ses-limites
  En 2015, le site de France Télévisions a proposé de courtes vidéos éducatives qui font le point sur différents problèmes de société. Sur cette page, les journalistes rappellent les limites de la liberté d'expression.

VERS L'EXPOSÉ

A-t-on le droit de tout dire ?

La liberté d'expression ne doit pas faire oublier les limites que la loi impose à chacun. Comment parler sans blesser tout en exprimant son opinion. Dans le cadre d'un exposé, résumez tout d'abord les principaux articles de la loi sur la liberté d'expression. Puis, dans un second temps, présentez des exemples qui montrent ses limites, apportant la preuve que tout n'est pas bon à dire.

SUJET 2 Peut-on rire de tout ?

Peut-on rire de tout ? Ne faut-il pas fixer des limites à la satire et à la caricature et plus généralement à la liberté d'expression ? Ne faudrait-il pas réfléchir à cette formule de l'humoriste Pierre Desproges selon qui « on peut rire de tout mais pas avec tout le monde » ?

Les sites à explorer

- **Le site de France Télévisions**
  http://www.francetvinfo.fr/culture/spectacles/video-peut-on-rire-de-tout_798343.html

  En 2015, suite aux attentats du 13 novembre, l'affiche de l'humoriste Patrick Timsit pour son spectacle intitulé « Peut-on rire de tout ? » a été retirée pour ne pas heurter les sensibilités. Le journaliste revient sur les raisons qui l'ont poussé à prendre cette décision.

- **Le site de TV5 Monde**
  https://www.youtube.com/watch?v=FEaiN_ThjXU

  Dans cette interview de 2012 pour TV5 Monde, le caricaturiste Cabu, assassiné depuis dans la tuerie de Charlie Hebdo en 2015, évoque les raisons pour lesquelles il pense qu'un dessinateur doit toujours user de sa liberté de s'exprimer et de faire rire.

VERS L'EXPOSÉ

Rire, mais dans le respect d'autrui

On peut rire de tout, mais il faut savoir respecter le vivre ensemble pour ne pas heurter. Dans le cadre d'un exposé, présentez, dans un premier temps, les critiques de Patrick Timsit sur l'affiche de son spectacle. Dans un second temps, relevez les différents arguments avancés par Cabu pour défendre l'idée que l'on peut rire de tout. Enfin confrontez ces deux points du vue.

CHAPITRE 9

L'avenir de la **planète** : comment la préserver ?

> « Nous n'héritons pas de la Terre de nos parents, nous l'empruntons à nos enfants. »
>
> ANTOINE DE SAINT-EXUPÉRY, *Terre des hommes* (1939), © Éditions Gallimard

Marées noires, sécheresses, froid polaire, terres contaminées et inexploitables, maladies respiratoires : les périls écologiques sont nombreux et montrent que la planète est en danger. Mais pourquoi la nature est-elle aussi perturbée ?

À l'évidence, l'homme a une grande part de responsabilité dans toutes ces perturbations. Il pille la faune, pollue la flore, exploite les sols jusqu'à leur destruction, développe l'agriculture intensive et favorise l'industrialisation au mépris du respect de l'environnement.

Les conséquences de ces comportements sont terribles. Le réchauffement climatique perturbe les saisons, la pollution industrielle dénature l'environnement. Et l'air devient irrespirable, occasionnant chaque année un nombre croissant de morts.

Mais tout n'est peut-être pas perdu. L'humanité prend de plus en plus conscience de ses nuisances et des actions sont engagées pour modifier les comportements à l'échelle mondiale, nationale, ou tout simplement individuelle. Car des solutions existent. Sans doute faudra-t-il adopter de nouvelles politiques fondées sur de nouveaux modèles économiques pour préserver la vie de la planète et des générations futures.

A À l'origine des périls écologiques

L'écologie est devenue une préoccupation majeure de nos sociétés tant la pollution a détruit une large part de l'environnement. Mais quelles sont les causes exactes du désastre qui touche la planète ?

Trois causes majeures sont identifiées. L'homme est désigné comme le premier responsable : se comportant comme un superprédateur, il est une menace pour la faune qu'il pourchasse bien au-delà de ses propres besoins DOC 71 • p. 225.

L'industrialisation, qui se développe au mépris des risques sanitaires et écologiques, est la deuxième cause de pollution. Enfin, la troisième cause est l'agriculture intensive DOC 72 • p. 227 qui détruit les sols et nuit gravement à leur fécondité.

DOC **71**

Audrey Garric

L'humain, un « insoutenable » superprédateur

Audrey Garric, journaliste au quotidien Le Monde, *est chargée des questions d'écologie. Dans cet article dont nous reproduisons un extrait, elle met l'accent sur le rôle de l'homme, qui se comporte comme un superprédateur, dans l'épuisement des ressources naturelles.*

[L'homme, une menace pour la planète ?]

Vous vous demandez ce que la science appelle un superprédateur[1] ? Regardez-vous dans le miroir. Une étude publiée dans la revue *Science*, vendredi 21 août, démontre que l'énorme pression exercée par l'humain[2] sur les populations animales, terrestres comme marines, en fait un prédateur unique, et à même de déséquilibrer totalement les écosystèmes[3] et les chaînes alimentaires, ainsi que de provoquer des extinctions de masse.

L'idée d'une exploitation extrême de la faune sauvage est déjà largement documentée. Mais les travaux de l'équipe de Chris Darimont, de l'université Victoria au Canada, ont cherché à analyser ce tableau de chasse[4] sous un autre prisme[5] : en comparant

1. Superprédateur : animal ou être qui chasse des proies, super-chasseur.
2. Par l'humain : par les hommes.
3. Écosystèmes : ensembles formés par les êtres vivants et le milieu naturel dans lequel ils évoluent.
4. Tableau de chasse : liste des victoires.
5. Sous un autre prisme : en proposant une autre approche.

l'impact de l'homme à celui d'autres prédateurs non humains. Pour cela, les scientifiques ont passé en revue plus de 300 études portant sur 2 125 cas de prédation[1] sur des espèces sauvages (poissons et mammifères terrestres) de chaque continent et océan, à l'exception de l'Antarctique.

Les résultats sont édifiants : les humains exploitent les poissons à un taux 14 fois supérieur, en moyenne, à celui des autres prédateurs marins. Ils tuent aussi des grands carnivores – comme les ours, les loups ou les lions – à un rythme 9 fois supérieur à celui qui voit ces prédateurs s'entre-tuer dans la nature. Cela signifie, concrètement, que l'industrie de la pêche capture 78 % de la population adulte de saumons d'Alaska par an, contre 6 % prélevés par les grizzlys – les plus gros prédateurs de cette espèce. Ou encore que nous chassons chaque année 32 % des pumas américains, contre 1 % tués par leurs congénères. [...]

Cibler davantage les jeunes

« Ce travail d'analyse gigantesque montre avec précision que nous prélevons trop de proies pour que les espèces puissent renouveler leurs populations, juge Franck Courchamp, directeur de recherches en écologie au Centre national de la recherche scientifique. Contrairement aux autres prédateurs qui sont naturellement régulés[2] par le nombre de proies, nous subsistons grâce à énormément d'espèces à la fois. Et comme nous sommes omnivores[3], ce qui implique que nous ne dépendons pas des proies pour notre survie, celles-ci diminuent sans que cela ne nous pousse à relâcher la pression. »

Mais au-delà de ces quantités colossales, ce qui différencie l'humain des autres prédateurs et en fait un superprédateur au comportement « insoutenable[4] » selon l'étude, c'est qu'il cible des proies adultes et non pas des jeunes. « Les autres prédateurs tuent en général les jeunes et les faibles, c'est-à-dire ceux qui ne

1. Prédation : chasse.
2. Régulés : contrôlés dans leur évolution.
3. Omnivores : êtres qui se nourrissent d'aliments de différentes natures.
4. Insoutenable : inadmissible.

se reproduisent pas. À l'inverse, nous prélevons les plus gros animaux, notamment comme trophées de chasse, qui représentent les populations les plus matures et reproductrices, regrette Heather Bryan, chercheuse à l'institut Hakai de l'université de Victoria, et l'une des coauteures de l'étude. Cela a un double impact sur la population exploitée, du fait des prises directes et du déficit de reproduction pour le futur. »

« L'humain, un "insoutenable" superprédateur », *Le Monde*, 20.08.2015 ■

3 questions pour vous guider...

1. Pourquoi l'homme est-il qualifié de « prédateur unique » (l. 5) ?
2. Quelles différences y a-t-il entre l'homme et les prédateurs non humains ? Appuyez-vous sur trois exemples chiffrés pour répondre.
3. L'homme est un « superprédateur au comportement insoutenable » (l. 39-40) : dites ce qui justifie une telle accusation.

DOC **72**

Guy Lemarchand

Histoire de la pollution industrielle en France

Historien lui-même, Guy Lemarchand présente ici le livre de l'historienne Geneviève Massard-Guilbaud, auteur d'un ouvrage sur l'histoire de la pollution industrielle. Selon elle, depuis 1789, les pouvoirs politiques successifs ont encouragé la production industrielle en fermant les yeux sur les nuisances environnementales.

[Les ravages de la révolution industrielle]

Au XIXe siècle et même jusqu'à 1980, les historiens n'ont pratiquement accordé aucune attention à l'un des principaux facteurs de la pollution, l'industrie, alors qu'ils consacraient des études de plus en plus nombreuses et sophistiquées sur le plan économique à celle-ci. À cet égard ce livre est novateur[1] et d'autant plus utile que l'auteur a conçu le concept de base de façon large. Il s'agit des nuisances[2] portées par l'homme non seulement à la nature végétale, animale et géologique, mais également à la société et particulièrement dans la ville où s'accumule l'activité manufacturière[3] depuis la révolution industrielle des XVIIIe-XIXe siècles. [...]

Déjà, en face des nuisances l'Ancien Régime[4] n'était pas resté inerte[5]. Il s'en était même préoccupé plus qu'on ne pourrait le croire, poussé par les plaintes et procès intentés par les riverains des ateliers aux émanations[6] et rejets infects. À la fin du XVIIIe siècle la *Société Royale de Médecine* s'inquiète des dangers sanitaires suscités par les nouvelles fabrications chimiques. Mais si ponctuellement se multiplient les ordonnances d'intendants[7] et les arrêts[8] de Parlements mobilisés essentiellement sur la question des débris et déjections[9] et celle des fumées, la solution préconisée[10] se limite à l'éloignement de la nuisance à la périphérie de la ville et aucune législation d'ensemble n'est élaborée. La Révolution[11] bouleverse la perspective, et, confirmée et amplifiée par l'Empire, assure en ce domaine le triomphe du libéralisme et des « intérêts ». Toutefois ce libéralisme – entendez la priorité laissée à l'initiative des entrepreneurs – est soutenu et théoriquement encadré par la puissance publique[12], loin d'être débridé[13] et anarchique. [...]

Le résultat est que les contraintes pesant sur les entreprises sont très limitées et même que, avec la bienveillance de l'administration,

1. **Novateur :** neuf, inventif.
2. **Nuisances :** pollutions, dégâts ou dégradations dont les conséquences sont graves.
3. **Activité manufacturière :** activité des manufactures, des usines d'alors.
4. **Ancien Régime :** monarchie française, notamment ici les règnes des rois Louis XV et Louis XVI.
5. **Inerte :** passif.
6. **Émanations :** odeurs.
7. **Intendants :** préfets d'alors.
8. **Arrêts :** décisions.
9. **Déjections :** déchets, détritus.
10. **Préconisée :** recommandée.
11. La Révolution française de 1789.
12. **La puissance publique :** l'État, les pouvoirs publics.
13. **Débridé :** hors de contrôle.

elles ne sont pas respectées, nombre d'usines étant bâties et se développant sans avoir demandé l'autorisation nécessaire. Les patrons refusent d'intégrer dans leurs comptes d'exploitation[1] le coût des rejets et de l'assainissement. Vu leurs conditions de travail souvent difficiles, les ouvriers n'appliquent pas les précautions hygiénistes[2] qui leur compliqueraient la tâche. Pourtant, avec l'expansion des activités à nuisance et avec l'urbanisation, une réaction timide s'esquisse à partir du milieu du XIXe siècle, et davantage après 1870. Sous forme de lettres individuelles ou envoyées stéréotypées[3] en série, et de pétitions, les protestations des victimes s'accroissent. Sur le plan idéologique les notions de nuisance et de santé publique s'élargissent et se rapprochent l'une de l'autre. On en vient à considérer certaines fumées d'origine chimique comme dangereuses pour l'organisme humain et, tardivement, à inscrire le bruit dans les nuisances, alors que pendant longtemps on s'en était tenu[4] à désigner comme négative la putréfaction[5] des matières organiques végétales comme le rouissage du chanvre[6], ou animales comme les déchets des abattoirs. Ainsi les prescriptions inscrites dans les autorisations accordées aux entrepreneurs s'allongent au fil des décennies. Néanmoins le progrès demeure limité et n'est pas à la mesure de l'augmentation du nombre des usines et de la diversification de leur production.

« Geneviève Massard-Guilbaud, *Histoire de la pollution industrielle en France (1789-1914)* », *Annales historiques de la Révolution Française*, juillet-septembre 2011, DR

1. **Comptes d'exploitation :** budget global.
2. **Précautions hygiénistes :** précautions d'hygiène élémentaire.
3. **Stéréotypées :** convenues, formatées.
4. **On s'en était tenu :** on s'était borné.
5. **Putréfaction :** décomposition.
6. **Rouissage du chanvre :** opération qui, dans une plante comme le chanvre, isole les fibres servant à tisser un textile.

3 questions pour vous guider...

1. Les nuisances polluent plusieurs domaines de notre environnement : quelles sont les causes de ces nuisances (l. 1-10) ?
2. Observez les réactions du pouvoir politique face aux nuisances, sous l'Ancien Régime puis sous la Révolution française (l. 11-26) : que remarquez-vous ?
3. Les réactions face à la pollution industrielle changent à la fin du XIXe siècle (l. 34-50) : citez ces changements et dites ce que vous en pensez.

DOC **73**

LYDIA ET CLAUDE BOURGUIGNON

La destruction des sols par l'agriculture intensive

Lydia et Claude Bourguignon sont deux ingénieurs agronomes qui s'intéressent aux problèmes de l'agriculture. Dans l'entretien qu'ils ont accordé à la revue CQFD, ils dénoncent les dégâts causés par l'agriculture intensive sur l'environnement.

[Les méfaits de l'agriculture intensive]

Alors que le gouvernement annonce un projet de loi qui arrange le coup aux producteurs d'OGM[1], les apprentis-sorciers de l'agriculture intensive ont la vie belle. Sur l'ensemble de l'Europe, ils ont déjà réussi à détruire toute vie organique dans 90 % des sols cultivés. Pour CQFD, l'ingénieur agronome dissident Claude Bourguignon dresse l'état des lieux de ce massacre. Bon appétit !

1. **OGM :** organismes génétiquement modifiés.

Dans quel état sont les sols agricoles après cinquante ans d'agriculture intensive[1] ?

Sur l'ensemble de l'Europe, environ 90 % de l'activité biologique des sols cultivés a été détruite par l'agriculture intensive. Je dis bien : détruites. Les zones les plus ravagées sont l'arboriculture[2] et la vigne. Or l'activité biologique des sols est indispensable pour l'écosystème. Le sol est une matière vivante : sur trente centimètres d'épaisseur, il concentre 80 % des êtres vivants de la planète. Les vers de terre, à eux seuls, pèsent plus lourd que tous les autres animaux du monde réunis. Mais les sols abritent aussi des bactéries, des champignons et une myriade[3] d'organismes qui se nourrissent de la matière organique. Or en Europe, le taux de matière organique du sol est passé de 4 % à 1,4 % en cinquante ans. Comme toute la vie du sol en dépend, l'écosystème s'écroule : la flore et la faune. En Europe, les populations d'oiseaux, de reptiles et de batraciens[4] ont chuté de 90 % en un demi-siècle.

Comment l'agriculture s'y prend-elle pour tout bousiller[5] ?

Les sols meurent selon un schéma immuable[6], quel que soit le climat. Sur le plan biologique tout d'abord : en labourant trop profondément, en déversant des engrais chimiques et en abusant du désherbage, l'agriculture fait disparaître la matière organique des sols qui sert d'alimentation à la faune et aux microbes du sol. Ensuite, il y a la mort chimique : le lessivage des éléments entraîne une acidification des sols par perte du calcium, lequel sert de pont d'attache entre les argiles[7] et les humus[8]. Sans calcium, le mélange argilo-humique[9] se détruit et les argiles partent en suspension dans l'eau. Enfin, il y a l'érosion[10]. Lorsque le sol meurt, les argiles

1. **Agriculture intensive :** système d'exploitation agricole fondé sur l'optimisation de la production par rapport à la surface cultivée.
2. **Arboriculture :** culture des arbres fruitiers.
3. **Myriade :** très grande quantité.
4. **Batraciens :** animaux à sang froid et respirant par des branchies, comme les grenouilles.
5. **Bousiller :** détruire.
6. **Immuable :** qui ne change pas.
7. **Argiles :** terre glaise.
8. **Humus :** substances issues des décompositions organiques.
9. **Mélange argilo-humique :** mélange d'argile et d'humus.
10. **Érosion :** usure de l'écorce terrestre.

se mettent en suspension dans l'eau de pluie. L'eau boueuse emporte les limons[1], les sables et même les cailloux, ce qui aboutit aux inondations qui ravagent les tropiques. Les vingt dernières années ont été les plus sèches depuis trois mille ans, et pourtant, jamais il n'y a eu autant d'inondations du fait de la mort de nos sols. En France, 60 % des sols sont frappés d'érosion. Actuellement, nous perdons en moyenne quarante tonnes de sol par hectare et par an. À ce rythme, dans trois siècles, la France ce sera le Sahara ! Et puis, bien sûr, il y a les pesticides qui détruisent la vie organique.

Malgré ces sols dégradés, comment expliquer des rendements aussi prodigieux en agriculture intensive ?

Comme les sols sont biologiquement morts, on leur ajoute de plus en plus d'engrais chimiques ou organiques. Malgré ça, les rendements sont en train de stagner en Europe et baissent en Afrique. On parle de « fatigue des sols ». L'autre conséquence de cette course au rendement, c'est la dégradation des produits. Un exemple : 40 % des blés produits en Europe sont de si mauvaise qualité qu'on ne peut en faire du pain, ils sont donnés directement aux cochons. Nous sommes la première civilisation dans le monde à donner du blé aux cochons pendant que des gosses crèvent de faim ! Il faut comprendre que les gros rendements produisent des cultures de qualité lamentable. Regardez le pain français : il est de si mauvaise qualité qu'il se dessèche à toute allure. Les Français jettent environ 400 000 tonnes de pain chaque année, l'équivalent de la consommation du Portugal. Quel est l'intérêt de polluer l'environnement pour faire du pain qu'on jette à la poubelle ? Et qui, au final, coûte cher au kilo…

« **La destruction des sols par l'agriculture intensive** », Agricultiver, mars 2015, interview recueillie par Jonathan Ludd, CQFD n°31, 15 février 2006 ■

---

1. **Limons :** particules de terre constituées de débris organiques déposées au fond des étangs et des fossés.

3 questions pour vous guider...

1. Pourquoi dit-on du sol qu'il est une matière vivante (l. 13-18) ?
2. L'agriculture intensive fait mourir les sols de deux manières (l. 24-42) : lesquelles ?
3. Que fait-on pour que les sols biologiquement morts continuent à produire (l. 45-60) ? Que démontre l'exemple du pain français ?

B Des conséquences dramatiques sur l'environnement

Quelles sont les conséquences écologiques des pollutions industrielles et agricoles ? En quoi sont-elles tragiques ?

Ces questions inquiètent les scientifiques pour qui l'humanité est entrée dans une nouvelle ère de son histoire DOC 74 • p. 234. L'ère dite anthropocène montre que l'homme est l'acteur majeur des bouleversements climatiques et que l'avenir de la planète est entre ses mains.

Telle est aussi la thèse de Xavier Gorce DOC 75 • p. 236. dans son dessin évoquant le réchauffement climatique. Le dessinateur dénonce l'inaction des politiciens face à un péril qui pourrait être combattu par des mesures contre la pollution industrielle.

S'il est désormais reconnu que l'homme pollue, a-t-il conscience qu'il est la première victime de ses nuisances ? Plus de sept millions de personnes sont mortes en 2012 DOC 76 • p. 237 à cause d'un air infesté de particules nocives. La planète est en danger et, si rien n'est fait, l'avenir de l'humanité l'est aussi.

DOC 74

D-Day

Anthropocène : la Terre est entrée dans une nouvelle ère depuis le 16 juillet 1945

Le site d'information Atlantico *s'appuie sur une étude, réalisée en 2015, sur l'avenir de la planète, pour rappeler l'histoire récente de l'évolution de la Terre. L'article du site, que nous reproduisons ci-dessous, met l'accent sur une évolution importante : selon les scientifiques, une nouvelle ère, dite anthropocène, vient de s'ouvrir. Par ses activités, l'homme y joue un rôle décisif et il est donc responsable des changements qui se produisent sur son environnement.*

[Le début d'une nouvelle ère ?]

Sans vraiment s'en rendre compte, l'humanité traverse une nouvelle ère géologique[1]. Cette fois, l'homme est directement responsable. Une étude, présentée ce samedi à Davos[2], date son commencement au lendemain de la Seconde Guerre mondiale.

Anthropocène, un terme compliqué pour résumer le bouleversement majeur que l'humanité connaît et dont il ne se rendra véritablement compte que dans plusieurs centaines de milliers d'années. Selon une étude du 19 janvier, publiée dans la revue *Quaternary International*, nous sommes entrés depuis la moitié du XXe siècle dans une nouvelle ère géologique, celle de l'anthropocène. Elle suit l'ère holocène[3] qui aura duré, tout de même, près de 14 000 ans.

Le terme, proposé dans les années 1980 par le biologiste américain Eugene F. Stoermer et le chimiste néérlandais Paul Crutzen (prix Nobel en 1995), est la contraction du grec « anthropos » (être

---

1. Nouvelle ère géologique : nouvelle période de l'histoire de son espèce.
2. Davos : ville en Suisse qui accueille un grand nombre de conférences internationales.
3. Ère holocène : ère la plus récente de l'histoire de l'humanité, période relativement chaude qui suit une ère glaciaire.

humain) avec le suffixe « cène » qui termine les noms données aux ères géologiques (miocène, paléocène...). « Il s'agit en fait d'une proposition de nouvelle ère dans laquelle l'homme devient la principale force géologique de la Terre » résume Jean-Baptiste Fressoz, historien des sciences, des techniques et de l'environnement, au CNRS et co-auteur de *L'Événement anthropocène : La Terre, l'histoire et nous*.

En d'autres termes, dans 100 000 ans, les géologues[1] du futur pourront observer les traces de cette nouvelle ère dans les sédiments[2] de notre planète, pour la différencier des autres. Les scientifiques n'ont plus de doutes sur cette réalité, même si elle ne peut pas s'observer au temps présent. « Il y a de très bons arguments et beaucoup d'indices comme par exemple, les engrais dans les sédiments marins ou le plomb dans les glaces du pôle » souligne Jean-Baptiste Fressoz. Évidemment, tout cela est le résultat des activités humaines, notamment industrielles.

Pour les auteurs de l'étude proposée début janvier, menée par Jan Zalasiewicz, de l'université de Leicester, le nucléaire est le meilleur point de départ de cette nouvelle ère. Plus précisément, le 16 juillet 1945. Ce jour, dans le désert du Nouveau-Mexique, les États-Unis font exploser la première bombe nucléaire de l'Histoire. Quelques semaines après, ce sera Hiroshima. « C'est le premier événement global qui impacte la Terre puisque qu'on retrouvera des traces jusque dans les glaces du Groenland » explique Laurent Carpentier, journaliste et co-auteur avec le glaciologue[3] Claude Lorius de *Voyage dans l'anthropocène*. Mais selon lui, le début de l'ère débute plutôt vers 1850, lors de la Révolution industrielle où l'homme va commencer à dépasser la nature.

« Il y a des débats intéressants sur la date de départ » reconnaît Jean-Baptiste Fressoz. « C'est vrai que la première explosion atomique n'est pas un marqueur parfait » reconnaît Jan Zalasiewicz au *Telegraph*[4]. Certains scientifiques, minoritaires, font même

---

1. Géologues : spécialistes qui expliquent la formation de la nature.
2. Sédiments : accumulations d'éléments provenant de la désagrégation des roches.
3. Glaciologue : scientifique qui étudie la nature physique et chimique des systèmes glaciaires.
4. *Telegraph* : quotidien britannique.

remonter la date de départ à – 4000 ans, lors de l'invention de l'agriculture et l'apparition massive du méthane[1]. Une chose est sûre, la moitié du XXe siècle fait bien partie de l'anthropocène et à partir des années 1950, on observe même une « grande accélération » du phénomène. C'est par exemple à ce moment-là qu'on agit sur la quantité d'azote[2] dans l'air à travers l'utilisation massive des engrais. « C'est assez spectaculaire » commente Jean-Baptiste Fressoz. « En quelques décennies, l'humanité a agi sur les millions d'années d'évolution de la Terre. Ce n'est pas qu'une crise. C'est une révolution écologique d'origine humaine. »

« Anthropocène : la Terre est entrée dans une nouvelle ère depuis le 16 juillet 1945 », 24 janvier 2015, © *Atlantico*, DR ■

3 questions pour vous guider...

1. Qu'est-ce que l'ère anthropocène ? Définissez-la, en quelques mots, en vous appuyant sur les deux premiers paragraphes.
2. Le nucléaire est le meilleur point de départ de cette nouvelle ère : pourquoi ? quel rôle l'homme a-t-il joué ?
3. Quelle est finalement la date de départ de cette ère ? Justifiez votre réponse.

DOC **75**

Xavier Gorce
Les Indégivrables

[L'inquiétant réchauffement climatique]

Xavier Gorce est un dessinateur satirique français (né en 1962). Dans la série de dessins qu'il nomme « Les Indégivrables », *il aborde avec humour des questions d'actualité comme la destruction de l'environnement. Ce dessin illustre*

1. Méthane : gaz hydrocarbure.
2. Azote : gaz inerte, incolore et inodore.

le réchauffement climatique de la planète devant lequel les hommes politiques restent inactifs voire indifférents CAHIER PHOTOS • p. VIII.

3 questions pour vous guider...

1. Analysez les composantes du dessin.
2. Comment est mis en scène le réchauffement climatique ?
3. Quelle critique Xavier Gorce adresse-t-il aux politiciens ? Qu'est-ce qui les préoccupe ?

DOC **76**

Source AFP
7 millions de morts en 2012 à cause de la pollution

Omniprésente, la pollution semble de plus en plus meurtrière. L'Organisation mondiale de la santé a constaté qu'il y a eu près de 7 millions de morts en 2012 dans le monde sous l'effet de la pollution. L'homme détruit la nature par ses productions industrielles, mais il pourrait devenir la victime première de ses nuisances écologiques.

[Des conséquences tragiques sur la santé]

D'après une étude de l'Organisation mondiale de la santé, la pollution de l'air domestique tue plus que la pollution de l'air extérieur et affecte tous les pays.

Quelque 7 millions de personnes sont décédées en 2012 en raison de la pollution de l'air, selon une étude publiée mardi 25 mars par l'Organisation mondiale de la santé (OMS).

« Globalement, plus de 7 millions de morts sont attribuables aux effets des pollutions de l'air extérieure et intérieure, et les régions de l'Asie et du Pacifique sont les plus touchées », avec 5,9 millions de décès, indique l'OMS dans son étude.

Concrètement, 1 décès sur 8 dans le monde est lié à une maladie provoquée par la pollution de l'air, et « réduire la pollution de l'air pourrait sauver des millions de vies dans le monde », selon l'organisation internationale, qui est une agence de l'ONU[1].

Ces chiffres sont en forte progression par rapport à la précédente étude qui datait de 2008, en raison d'un changement de méthodologie, et d'un périmètre plus large des maladies concernées. Ils sont cependant « choquants et plutôt inquiétants », selon les mots du Dr Maria Neira, directrice du département de la santé publique à l'OMS.

Riches et pauvres sont touchés

« La pollution de l'air est désormais le facteur environnemental le plus important affectant la santé, tout le monde est touché, que ce soit dans les pays riches ou dans les pays pauvres », a-t-elle ajouté.

En 2012, 3,7 millions de personnes sont décédées en raison d'effets liés à la pollution extérieure et 4,3 millions en raison de la pollution de l'air domestique, soit concrètement les fumées et émanations[2] liées aux appareils de cuisson, chauffés au bois ou au charbon, ou les instruments de chauffage.

En 2008, lors de la précédente étude, l'OMS avait dénombré 3,2 millions de morts au total dus à la pollution de l'air en zone urbaine, dont 1,3 million dus à la pollution extérieure, et 1,9 million dus à la pollution domestique. L'étude de 2012 porte sur les zones urbaines et rurales.

Les maladies les plus fréquentes développées par la pollution de l'air sont les maladies pulmonaires, les maladies cardiovasculaires[3] et les cancers.

---

1. ONU : Organisation des Nations unies fondée en 1945 après la Seconde Guerre mondiale pour prévenir des conflits.

2. Émanations : odeurs, gaz.

3. Maladies cardiovasculaires : maladies du cœur et des vaisseaux.

L'étude de 2012 montre aussi qu'il y a un lien plus fort que supposé entre la pollution de l'air et les maladies cardiovasculaires, de même qu'entre cancer du poumon et pollution de l'air.

Les femmes et les enfants paient un lourd tribut[1]

En 2012, les régions les plus touchées sont l'Asie et le Pacifique, avec respectivement 3,3 millions de morts dus à la pollution de l'air domestique et 2,6 millions de morts dus à la pollution de l'air extérieure.

« Un air plus propre permet de prévenir des maladies non transmissibles et de réduire les risques chez les femmes et les groupes vulnérables, y compris les enfants et les personnes âgées », a déclaré le Dr Flavia Bustreo, Sous-Directeur général de l'OMS chargé de la santé de la famille, de la femme et de l'enfant. « Les femmes et les enfants pauvres paient un lourd tribut à la pollution de l'air intérieur, car ils passent plus de temps à la maison à respirer les fumées et la suie que dégagent les fourneaux à bois ou à charbon mal ventilés », a-t-elle ajouté.

Quelque 2,9 milliards de personnes dans le monde vivent dans des foyers où l'on utilise le bois, le charbon ou la biomasse[2] comme principaux combustibles pour la cuisson.

« 7 millions de morts en 2012 à cause de la pollution »,
Challenges, 25 mars 2014, © Challenges ■

3 questions pour vous guider...

1. Quelle est la cause d'un décès sur huit dans le monde ? La pollution de l'air extérieur est-elle la seule responsable ?
2. Pourquoi la pollution tue-t-elle indifféremment riches et pauvres (l. 22-41) ?
3. Que permet un air plus propre (l. 47-55) ?

---

1. Lourd tribut : prix lourd, important sacrifice.

2. Biomasse : ensemble des matières organiques pouvant servir de sources d'énergie.

C Des solutions pour sauver la planète

Face à une planète en péril, les initiatives écologiques se sont multiplié ces dernières années. L'une d'elles consiste à construire une « planète du développement durable » DOC 77 • p. 240 où les politiciens sont appelés à rénover en profondeur leur modèle économique et social. Plus de justice et d'éducation sont les clés d'une planète plus propre.

Une politique des énergies renouvelables DOC 78 • p. 244 doit être également mise en place pour répondre aux besoins des populations, grâce aux éoliennes notamment.

C'est dans cet état d'esprit que s'inscrit, au début des années 2000, l'économie circulaire et participative DOC 79 • p. 247. Recycler et échanger tels sont les mots d'ordre pour préserver et tirer le meilleur parti de l'environnement.

DOC **77**

RÉMI BARROUX

Les dix-sept objectifs de l'ONU pour une planète durable

Devant les dangers qui menacent la planète, l'ONU a proposé, en septembre 2015, un plan d'urgence qui se fixe dix-sept objectifs. Dans cet article, le journaliste Rémi Barroux présente les objectifs, ainsi que les progrès réalisés par la communauté internationale depuis une quinzaine d'années. Toutefois, si les nations veulent préserver la planète pour qu'elle devienne une « planète durable », elles doivent modifier leur rapport à la nature mais aussi à l'éducation, à la justice et à la consommation.

[Pour une planète du développement durable]

La planète s'est dotée d'une nouvelle feuille de route[1] pour le développement, vendredi 25 septembre, lors de la première jour-

1. **Feuille de route :** plan d'action.

née de l'Assemblée générale des Nations unies[1] qui se tient à New York jusqu'au 27 septembre. Après les huit Objectifs du millénaire pour le développement (OMD) qui ont accompagné la période de 2000 à 2015, ce sont dix-sept Objectifs de développement durable (ODD) qui devraient permettre de construire le futur des 8,5 milliards d'habitants attendus sur la planète dans quinze ans. Il s'agit pour les Nations unies de mettre fin à la pauvreté d'ici à 2030 et *« de transformer les vies tout en préservant la planète »*.

Quinze ans après l'adoption des OMD, des progrès importants ont été réalisés, notamment avec la réduction de moitié du nombre d'enfants non scolarisés et en âge d'aller à l'école, la diminution de plus de la moitié de l'extrême pauvreté – elle est passée de 1,9 milliard de personnes en 1990 à 836 millions en 2015 –, ou encore dans la lutte contre la faim et la sous-alimentation.

Si l'objectif de réduction de 50 % du nombre de personnes en grande pauvreté, vivant avec moins de 1,25 dollar par jour (1,12 euro), a été atteint dès 2010, il faut y voir notamment l'impact des progrès réalisés en Asie de l'Est et en particulier en Chine. Le développement économique du pays – croissance à un niveau élevé, autour de 8 % en 2000, 14 % en 2007 et 7 % en 2014 – a joué un rôle important, tout comme la décision d'assurer un socle de protection sociale pour la population. En 2012, 99 % de la population chinoise bénéficiait d'une assurance de santé de base, contre seulement 16 % huit ans plus tôt. Quand ces progrès touchent un pays comptant 1,4 milliard d'habitants, on comprend l'impact sur les statistiques internationales.

Inégalités persistantes

Malgré tout, tous les objectifs n'ont pas été atteints. *« Les inégalités persistent et les progrès ont été inégaux.* [...] *En 2011, dans le monde, près de 60 % du milliard de personnes extrêmement pauvres vivaient dans cinq pays seulement »*, écrit le secrétaire général des

1. Organisation des Nations unies fondée en 1945 après la Seconde Guerre mondiale afin de prévenir tout conflit.

Nations unies, Ban Ki-moon, en introduction au rapport 2015 sur les OMD. Sur la santé maternelle ou l'accès à la contraception, des progrès importants doivent encore être réalisés dans les pays en développement. Dans ces régions, le taux de mortalité maternelle est quatorze fois plus élevé que dans les régions développées. 880 millions de personnes vivent dans des taudis[1]. Et près d'un milliard défèquent[2] à l'air libre. On est encore loin de l'éradication[3] de la pauvreté dans le monde.

Pour définir les nouveaux objectifs, qui entreront en vigueur le 1er janvier 2016, les nations ont négocié durant trois ans – la réflexion a été initiée lors du sommet « Rio + 20 » en 2012 –, dans un « groupe de travail ouvert » auquel ont participé 70 pays. Une enquête a été menée au niveau mondial, à laquelle ont participé plus de huit millions de personnes. *« Ces ODD ont été élaborés par les États membres, avec l'association de nombreuses parties, la société civile, alors que les OMD avaient été fixés par les Nations unies et les pays n'avaient eu qu'à les adopter »*, résume Anne-Laure Jeanvoine, conseillère au Programme des Nations unies pour le développement (PNUD).

À New York, il s'agit de l'ultime étape de l'adoption des ODD – 193 pays se sont déjà accordés le 2 août sur la finalisation du document. Ceux-ci sont assortis de 169 cibles concernant toutes les dimensions du développement durable : lutte contre la pauvreté, la faim, la santé et l'hygiène, l'éducation, l'égalité entre les sexes, le travail décent et la croissance économique, *« les énergies propres et d'un coût abordable »*, la lutte contre le changement climatique, les *« villes et communautés durables »*, la conservation de la biodiversité marine et terrestre ou encore la *« paix et la justice »*.

1. **Taudis :** habitations misérables, sans hygiène.

2. **Défèquent :** font leurs besoins naturels.

3. **Éradication :** élimination.

Inventaire à la Prévert[1]

Les questions d'environnement et de climat occupent plusieurs objectifs alors que dans les OMD, ils n'apparaissaient que dans le septième, «*préserver l'environnement*». L'adoption de ces ODD devient une étape avant la conférence sur le climat, à Paris, fin novembre[2]. Le chef de l'État français, François Hollande, doit intervenir à New York, dimanche, en particulier sur la question climatique.

Climat, nature, santé, éducation, justice, paix... cet inventaire à la Prévert que sont les ODD fait douter certaines ONG qui jugent le nombre des objectifs trop important, augmentant le risque de dilution[3] des priorités. Surtout, il coûte cher. La question des moyens financiers pour réaliser ces ODD est devenue elle-même un objectif, le dix-septième: «*Partenariat pour réaliser ces objectifs.*»

Le passage de 8 OMD aux 17 ODD signifie des besoins estimés en milliers de milliards de dollars, voire dizaines de milliers, alors que le financement public international du développement a atteint 239 milliards de dollars (213 milliards d'euros) en 2014. Lors de la Conférence des Nations unies vouée au financement du développement, qui s'est tenue à Addis-Abeba[4] en juillet, l'importance du recours au secteur privé a été soulignée. Ce qui ne doit pas exonérer les États d'augmenter leur participation au travers de l'aide publique au développement (APD), en stagnation ou en recul dans de nombreux pays. «*Tout l'enjeu sera d'allouer*[5] *les financements à bon escient*[6], *c'est-à-dire rediriger les soutiens aux pratiques néfastes*[7] *– telle l'exploitation des énergies fossiles*[8] *– vers des*

---

1. **Inventaire à la Prévert:** un poème de Jacques Prévert (1900-1977) intitulé «Inventaire» est à l'origine de cette expression qui désigne une liste où tout est énuméré pêle-mêle.
2. **COP 21:** Conférence des Nations sur les changements climatiques réunissant 21 États et qui s'est tenue à Paris en 2015.
3. **Dilution:** brouillage.
4. **Addis-Abeba:** capitale de l'Éthiopie.
5. **Allouer:** accorder.
6. **À bon escient:** de manière intelligente et juste.
7. **Néfastes:** mauvaises, négatives.
8. **Énergies fossiles:** le pétrole notamment.

politiques durables », explique Pierre Cannet, responsable climat à WWF-France[1].

« Les dix-sept objectifs de l'ONU pour une planète durable »,
Le Monde, 25.09.2015 ■

3 questions pour vous guider...

1. Définissez en quelques mots les ODD et les OMD.
2. Quels progrès ont été réalisés depuis l'adoption des OMD (l. 11-28) ? Appuyez-vous sur les données chiffrées pour répondre.
3. Quel est le dix-septième objectif ajouté à la liste des priorités des ODD ? En quoi est-il un indispensable outil pour la réalisation des seize autres ?

DOC **78**

ANTOINE SILLIÈRES

L'inexorable déclin du nucléaire face aux énergies renouvelables[2]

Dans un article du quotidien Le Figaro, *le journaliste Antoine Sillières évoque la nécessité de mettre en place une politique des énergies renouvelables. Elles sont moins polluantes que l'énergie nucléaire et favorisent la création de nouveaux emplois.*

[Une politique des énergies renouvelables]

Un récent rapport montre que 45 % de la population mondiale vit dans des pays privilégiant l'éolien[3] et le solaire[4] à l'énergie nucléaire. Mais les centrales thermiques[5] représentent toujours 67,9 % de la production énergétique mondiale.

---

1. **WWF :** organisation mondiale de la protection de la nature.
2. **Énergies renouvelables :** énergies naturelles qui utilisent des ressources naturelles inépuisables comme l'eau, le vent ou les végétaux.
3. **Éolien :** énergie produite par le vent qui fait tourner les éoliennes.
4. **Solaire :** énergie produite par le soleil.
5. **Centrales thermiques :** centrales nucléaires.

Des énergies dans l'ère du temps pour assainir l'air du temps. Alors que l'Assemblée nationale vote ce mercredi la loi de transition énergétique, le rapport annuel de situation de l'industrie nucléaire (WNISR) paru la semaine dernière montre une progression des énergies renouvelables. Si le nucléaire a encore progressé de 2,2 % l'année dernière, malgré la fermeture de 40 réacteurs japonais, ce rapport insiste sur son déclin. En parallèle, les énergies renouvelables, encore marginales il y a quelques années, connaissent une progression forte. Petit à petit, elles se placent en concurrentes crédibles du « tout nucléaire », selon ce rapport.

De nombreuses grandes puissances produisent plus d'énergie renouvelable que nucléaire. Seuls les États-Unis et la France résistent clairement à la tendance. Une résistance « culturelle » mais aussi économique du fait de la lourdeur des investissements consentis[1] dans ce secteur. Alors que le nucléaire ne représentait que 11,7 % de la production mondiale d'énergie en 2011, ce taux grimpe à 74,8 % dans l'Hexagone (2012), selon un rapport du CNRS.

Par ailleurs, les grands producteurs d'énergie nucléaire revendent à leurs voisins. L'Allemagne dans le cas français. En dépit de son implantation plus ancienne, le nucléaire se fait désormais rattraper par l'éolien et le solaire. Avec l'énergie produite par les barrages hydroélectriques[2], la production d'énergies propres[3] dépasse déjà celle du nucléaire en Chine, en Inde, au Japon, au Brésil au Mexique, en Allemagne, aux Pays-Bas et en Espagne.

Ainsi, 45 % de la population mondiale privilégie déjà les énergies renouvelables au nucléaire. Et les courbes laissent augurer[4] d'une rapide inversion du rapport de force général. Même dans des pays peu réputés pour leur conscience écologique, comme la Chine ou l'Inde, l'éolien produit plus d'énergie que le nucléaire.

---

1. Consentis : accordés.
2. Hydroélectriques : qui fournit de l'électricité grâce à la force motrice de l'eau.
3. Énergies propres : énergies qui produisent une quantité faible de substances polluantes.
4. Augurer : prédire.

Et ce, alors même que cette progression engendre une baisse de rentabilité des centrales nucléaires et thermiques.

Depuis l'an 2000 l'éolien augmente ainsi 17 fois plus vite que le nucléaire au niveau mondial. En 2014 la capacité de production éolienne et solaire de l'Union européenne était supérieure de 340 TWh à celle de 1997, année de signature du protocole de Kyoto[1]. Dans le même temps celle du nucléaire a décliné de 47 TWh.

Domination des centrales thermiques

Toutefois, cette évolution ne s'opère que sur une faible parcelle[2] de la production mondiale d'énergie puisque les centrales thermiques (charbon, gaz et pétrole) demeurent largement dominantes, notamment en Chine. Elles représentent 67,9 % de la production énergétique mondiale. Certes l'impact environnemental à long terme de ces centrales thermiques n'a rien de comparable avec la toxicité[3] des déchets nucléaires mais leur rejets atmosphériques demeurent hautement nocifs.

Le gros œuvre est donc encore devant. Après le nucléaire, éolien et solaire devront grappiller du terrain sur ces centrales thermiques pour réellement s'installer comme la source d'énergie du IIIe millénaire.

« L'inexorable déclin du nucléaire face aux énergies renouvelables », publié le 22/07/2015 sur le figaro.fr © Antoine Sillières/lefigaro.fr/22.07.2015 ■

3 questions pour vous guider...

1. Qu'est-ce que les énergies renouvelables ? Relevez-en trois exemples dans le texte.
2. L'énergie nucléaire occupe encore une place importante dans deux pays occidentaux : lesquels ? pour quelles raisons ?
3. Quel type d'énergie augmente depuis 2000 ? Dans quelle proportion ?

---

1. Protocole de Kyoto : accord international signé en 1997 visant à la réduction des émissions de gaz à effet de serre.
2. Parcelle : portion.
3. Toxicité : caractère dangereux, polluant.

DOC **79**

CORALIE SCHAUB

Circulez, y a rien a jeter

Face aux excès de la société de consommation, des initiatives citoyennes, de plus en plus nombreuses, voient le jour. Elles cherchent à modifier les comportements des citoyens ainsi que le modèle économique qui pousse à la surproduction et à la surconsommation. Dans cet article du quotidien Libération, *la journaliste Coralie Schaub témoigne du succès de l'économie circulaire. Elle est fondée sur le recyclage des déchets et repose sur la participation active des consommateurs.*

[Le recyclage : une nouvelle voie ?]

C'est le concept à la mode. On ne compte plus les colloques[1] consacrés à l'économie circulaire. Fin septembre, c'était un des sujets phares de la conférence environnementale, avec des envolées lyriques de François Hollande et Jean-Marc Ayrault[2]. C'est aussi tout ce que la feuille de route *« pour la transition écologique »* issue de ce raout[3] propose d'un peu consistant : *« Pour la première fois, un gouvernement fait du dossier de l'économie circulaire une priorité. »* Mais de quoi parle-t-on, au juste ?

L'économie circulaire, est-ce le recyclage des déchets ?

Cela va bien au-delà. Pour faire simple, il s'agit de penser l'économie comme un écosystème[4] où rien ne se perd et tout se transforme. Prélever peu de ressources naturelles, les utiliser et réutiliser avec une efficacité maximale en produisant le minimum de déchets. Le recyclage, c'est la fin de l'histoire, quand il n'y a plus d'autre choix. Bref, l'économie circulaire vise à systématiser le bon sens millénaire. Prenons une voiture. Fabriquée en tôle

---

1. **Colloques :** conférences constituées de plusieurs spécialistes et intervenants.
2. **Jean-Marc Ayrault :** premier ministre socialiste d'alors (2012-2014).
3. **Raout :** grande réception mondaine.
4. **Écosystème :** ensemble d'être vivants évoluant dans le même milieu.

et plastiques neufs (7 % seulement de la matière utilisée pour la produire se retrouve dans sa carcasse), vendue à M. Dupont qui la laisse au garage 92 % du temps, elle finira sa vie à la casse. Tragique destin, symbolique de la société de consommation, qui repose sur une économie linéaire – extraire, transformer, jeter –, dont la croissance se nourrit de l'exploitation de ressources naturelles non renouvelées. Imaginons cette même voiture dans une économie circulaire. Les entreprises y maximisent la productivité de la matière, de l'eau et de l'énergie. Dans ce monde-là, notre véhicule est conçu pour que son cycle de vie ait le minimum d'impact sur l'environnement – c'est l'écoconception. Il est fabriqué dans une usine dont les déchets et les surplus d'énergie deviennent les ressources des entreprises voisines et vice-versa – c'est l'écologie industrielle. Il est réparé, réutilisé, réemployé jusqu'à plus soif. Et il n'appartient pas à M. Dupont, mais celui-ci s'en sert quand il veut, grâce à Autolib[1] ou équivalent – c'est l'économie de fonctionnalité.

Le concept est-il récent ?

Non. Cousin de « l'économie bleue[2] » ou du « biomimétisme[3] », il date de la fin des années 70 et a été « officialisé » dans le best-seller de Michael Braungart et William McDonough[4], *Cradle to Cradle* (« Du berceau au berceau », 2002). L'économie circulaire est inscrite dans les lois allemande (1994), japonaise (2000) ou chinoise (2008). La Commission de Bruxelles la juge *« essentielle pour la compétitivité et la capacité d'adaptation de l'industrie européenne dans un monde où la concurrence pour les ressources rares s'accroît »*. Minerais, métaux, hydrocarbures, bois... On (re)découvre enfin que ces ressources ne sont pas infinies. Le terbium[5] utilisé autrefois dans les

---

1. **Autolib :** automobiles électriques en libre-service dans Paris.
2. **Économie bleue :** économie qui consiste à s'inspirer de la nature comme modèle de production.
3. **Biomimétisme :** discipline scientifique qui consiste à faire de la recherche en s'inspirant du vivant.
4. **Michael Braungart et William McDonough :** chimiste allemand (né en 1958) et architecte américain (né en 1951) qui préconisent une économie alternative.
5. **Terbium :** métal simple.

tubes cathodiques[1] a quasiment disparu de la planète. L'argent devrait connaître le destin du malheureux dodo[2] d'ici 2025, le zinc d'ici 2030, le cuivre d'ici 2040, etc. Terrible échéancier. Il en restera toujours un peu ici ou là, mais leur coût d'exploitation sera prohibitif[3]. Et les tensions géopolitiques se multiplieront, comme celles provoquées par la Chine, qui restreint ses exportations de terres rares. Parallèlement, la planète ne pourra pas absorber ad vitam æternam[4] nos montagnes de déchets (355 millions de tonnes en 2010 rien qu'en France, 3 % de plus qu'en 2008). Des ressources limitées et, de l'autre côté, beaucoup d'euros à sauver. La fondation Ellen-MacArthur a chiffré les gains potentiels permis par l'économie circulaire. Rien qu'en Europe, pour les biens d'équipement (voiture, électroménager, etc.), les économies représenteraient jusqu'à 460 milliards d'euros par an. Pour les biens de consommation courante (emballages, textile, nourriture), elles sont évaluées à 515 milliards, plus de 1 % du PIB annuel mondial. *« Pour la France, j'estime entre 20 et 50 milliards d'euros les économies réalisées, et j'ai demandé à ce qu'une étude précise ce chiffrage »*, ajoute François-Michel Lambert, député EE-LV[5] des Bouches-du-Rhône et président de l'Institut de l'économie circulaire, un think-tank[6] créé en février.

Qui l'applique et comment ?

Pour l'instant, il n'existe que des initiatives dispersées, axées sur tel ou tel volet de l'économie circulaire. À l'instar du pionnier californien Patagonia, qui a imaginé il y a une trentaine d'années de fabriquer des laines polaires à partir de bouteilles en plastique recyclées, de plus en plus d'entreprises « écoconçoivent » leurs

1. Tubes cathodiques : tubes qui, il y a peu, servaient à projeter l'image sur les téléviseurs.
2. Dodo : espèce d'oiseau aujourd'hui disparue qui vivait en Océanie.
3. Prohibitif : dissuasif.
4. Ad vitam aeternam : jusqu'à la fin des temps (expression latine).
5. EE-LV : parti politique écologique Europe-Écologie Les-Verts.
6. Think-tank : atelier de recherche en idées nouvelles.

produits ou leurs bâtiments. Une idée à rebours de l'obsolescence programmée[1].

Article: «Circulez, y a rien à jeter», *Libération* du 7 octobre 2013 ■

3 questions pour vous guider...

1. Qu'est-ce que l'économie circulaire ? Définissez-la en vous appuyant sur un exemple précis relevé dans le texte.
2. Dans le deuxième paragraphe, la journaliste met en avant trois arguments importants qui poussent à adopter l'économie circulaire : quels sont-ils ?
3. L'économie circulaire est-elle aujourd'hui largement adoptée ? Pourquoi selon vous ?

---

1. **Obsolescence programmée:** ensemble des techniques destinées à réduire la durée de vie d'un appareil ménager.

Petit lexique de l'écologie

Écologie : étude du comportement des hommes en fonction de l'équilibre biologique et de la survie des espèces animales et végétales.

Pollution : infection et nuisance de l'environnement par l'action de substances chimiques et physiques produites par les hommes.

Écosystème : ensemble formé par les êtres vivants et le milieu naturel dans lequel ils évoluent.

Énergies renouvelables : énergies naturelles qui utilisent des ressources naturelles inépuisables comme l'eau, le vent ou les végétaux.

Énergies fossiles : tous les combustibles riches en carbone – essentiellement des hydrocarbures – issus d'êtres vivants morts et enfouis dans le sol depuis plusieurs millions d'années. Le pétrole est une énergie fossile.

Transition énergétique : passage du système énergétique actuel utilisant des énergies fossiles vers une offre énergétique fondée sur des ressources renouvelables.

Recyclage : procédé de traitement des déchets qui permet de réintroduire dans la fabrication d'un produit des restes d'un objet arrivé en fin de vie.

Économie circulaire : conception économique qui s'inspire de l'économie verte et qui repose sur le recyclage d'objets usagers remis sur le marché afin de limiter le gaspillage industriel.

VERS L'EXAMEN

THÈME • *L'homme est-il une menace pour la planète ?*

> Synthèse de documents

Comparez puis faites la synthèse des documents 72, 73, 74 et 79.

> Écriture personnelle

D'après vous, les dégâts causés sur la nature par l'homme sont-ils réparables ?

Appuyez-vous sur les documents cités, sur vos lectures et sur vos connaissances personnelles pour répondre.

VERS L'EXAMEN

THÈME • *Comment sauver la planète ?*

> Synthèse de documents

Comparez puis faites la synthèse des documents 75, 76, 77 et 78.

> Écriture personnelle

Pensez-vous que les solutions proposées par l'homme pour sauver la planète seront efficaces ?

Appuyez-vous sur les documents cités, sur vos lectures et sur vos connaissances personnelles pour répondre.

ENQUÊTES sur LE WEB

SUJET 1 Comment retrouver un équilibre écologique ?

Pollution agricole et industrielle, épuisement des ressources du sol et de la faune, destruction de la flore, tempêtes inédites, réchauffement climatique : depuis plus de deux siècles, les hommes ont détruit l'équilibre écologique. La planète est en danger. Comment arrêter ce désastre ?

Les sites à explorer

- **Le site de France Télévisions sur la pollution en Asie**
  http://www.francetvinfo.fr/monde/asie/pollution-en-chine/video-a-pekin-la-pollution-est-un-veritable-fleau_743211.html

  En 2014, à Pékin, capitale de la Chine, le niveau de pollution a atteint un seuil inédit. L'air était souvent irrespirable, obligeant les gens à ne pas sortir de chez eux. Un nuage de gaz toxiques avait même recouvert la ville, comme en témoigne ce reportage du journal de France 2.

- **Le site de la COP 21**
  http://www.cop21.gouv.fr/comprendre/

  Pour lutter contre les différents fléaux qui perturbent la planète, la COP 21, réunion des 21 pays les plus influents du monde, a proposé fin 2015 un certain nombre de solutions pour sauver la planète. De la démarche personnelle à la décision politique et internationale, un large éventail d'initiatives est ont été recommandées.

VERS L'EXPOSÉ

Peut-on sauver la planète ?

L'écologie est devenue une nécessité pour assurer l'avenir de la planète et construire un monde plus propre. Dans le cadre d'un exposé, faites d'abord un état des lieux de la pollution en vous appuyant sur le reportage de France Télévision. Puis présentez trois propositions de la COP 21 pour lutter efficacement contre ces périls écologiques.

SUJET 2 L'homme, le plus grand péril de la planète ?

Pendant des millénaires, l'équilibre écologique de la planète n'était soumis qu'aux mutations naturelles. Or, depuis l'apparition de l'homme sur Terre, l'écosystème est transformé. Mais quelles sont les influences de l'homme sur la biodiversité ?

Les sites à explorer

- **Site de l'université de Rennes-2 : canal de la biodiversité**
  https://www.canal-u.tv/video/universite_rennes_2_crea_cim/biodiversite_comment_gerer_notre_interaction_avec_l_ecosysteme.5524

  Dans cet entretien réalisé pour le canal universitaire du campus de Rennes, Françoise Burel, chercheuse au CNRS, traite de la biodiversité. Elle revient notamment sur le rôle central joué par l'homme dans sa dégradation.

- **Le site de la fondation Nicolas Hulot pour comprendre la biodiversité**
  http://www.fondation-nicolas-hulot.org/magazine/comprendre-la-biodiversite

  Sur le site officiel de la fondation Nicolas Hulot, une page est consacrée à la connaissance de la biodiversité. Il s'agit à la fois de comprendre en quoi consiste la biodiversité et d'apprendre à la préserver des méfaits de l'homme.

VERS L'EXPOSÉ

L'homme, une menace pour l'écosystème ?

Produit de la nature, l'homme paraît en être chaque jour le meurtrier. Pollutions industrielles et agricoles, massacres d'espèces protégées ou encore accidents nucléaires : tout menace aujourd'hui l'écosystème. Dans le cadre d'un exposé, montrez tout d'abord comment l'homme remet en cause la biodiversité, puis présentez les solutions qui existent pour favoriser le retour à un équilibre écologique.

FICHE n° 1

Construire une synthèse de documents

■ Notée sur 40, la synthèse est l'une des deux parties de l'épreuve écrite de culture générale et expression au BTS.

■ Cet exercice consiste à rapprocher et confronter un ensemble de 3 ou 4 documents (également appelé corpus) dans une synthèse rédigée, construite et objective qui en fera apparaître les points de convergence et de divergence.

■ Le devoir doit se présenter sous la forme d'une composition, avec une introduction, un développement et une conclusion rédigés.

Pour réussir la synthèse, il faut procéder en 4 étapes.

ÉTAPE 1 Lire le dossier

■ Lisez tout d'abord attentivement le titre du dossier : il annonce le thème traité et vous sert de guide.

■ Prenez connaissance du paratexte de chaque document. Vous y trouvez des informations précieuses : sur l'auteur, le titre, la date et la source.

■ Lisez enfin avec soin l'ensemble du dossier une première fois pour identifier les idées clés.

ÉTAPE 2 Reformuler et classer les idées clés

■ Après les avoir identifiées, reformulez chacune des idées clés : énoncez-les d'une manière différente de celle du texte, en tâchant de les expliciter.

■ Relisez les idées reformulées et surlignez dans la même couleur celles qui se rapportent à un même groupe d'idées.

■ Vous obtenez différents groupes d'idées ou thèmes : en général deux ou trois. Donnez-leur un titre.

■ Faites un tableau récapitulatif permettant de visualiser, pour chaque thème, les points communs et les différences entre les documents.

ÉTAPE 3 Trouver la problématique

■ Chaque thème peut être associé à une interrogation. S'ouvre alors un débat entre les différents thèmes identifiés que l'on peut formuler sous la forme d'une question : c'est la problématique générale de la synthèse.

ÉTAPE 4 Construire le plan

■ Les deux ou trois grands thèmes identifiés correspondent aux deux ou trois grandes parties du plan. Classez-les du plus simple au plus complexe de manière à proposer une progression dans le plan.

■ Pour chaque partie, déclinez l'idée directrice en deux ou trois arguments clés qui permettent d'asseoir la démonstration.

■ N'oubliez pas de rédiger, toujours au brouillon, de brefs paragraphes de transition articulant chacune des grandes parties entre elles.

L'astuce

Il est souvent pertinent de recourir à un plan analytique exposant les causes, les conséquences et les solutions aux problèmes posés dans les documents.

Le piège !

Évitez absolument un plan énumératif qui analyse un à un les documents sans proposer de synthèse. Il faut toujours procéder à un recoupement entre les différents documents.

FICHE n° 2 Traiter un sujet d'écriture personnelle

■ Notée sur 20, l'écriture personnelle est l'une des deux parties de l'épreuve écrite de culture générale et expression au BTS.
■ Cet exercice consiste à répondre de manière argumentée à une question relative aux documents du dossier. La question invite le candidat à confronter les documents proposés à l'étude pour la synthèse aux connaissances acquises durant l'année scolaire sur le thème.
■ L'écriture personnelle réclame du candidat une prise de position claire et définie sur la problématique qui sera développée sous la forme d'une composition française de 80 à 100 lignes maximum. Elle doit comporter une introduction, un développement et une conclusion rédigés.

*Pour réussir l'écriture personnelle, il faut procéder en **6 étapes**.*

ÉTAPE 1 Analyser le sujet

■ Lisez tout d'abord attentivement le sujet dont la formulation est toujours identique : il s'agit soit d'une question ouverte soit d'une citation à commenter en lien avec l'un des deux thèmes traités durant l'année.
■ Identifiez les mots clés qui permettent de délimiter le sujet. Ces mots clés doivent être reformulés pour favoriser la recherche d'idées et inviter à poser les termes du débat.
■ La confrontation des documents du dossier et de vos connaissances personnelles vous permettra de définir une problématique autour de laquelle vous pourrez articuler votre questionnement.

ÉTAPE 2 Trouver les arguments

■ L'écriture personnelle s'articule autour de six à neuf arguments principaux. Chacun de ces arguments est présenté dans un paragraphe distinct. L'idée directrice y est énoncée puis illustrée avec un exemple précis puisé dans l'un des documents du dossier ou dans vos connaissances personnelles.
■ Pour trouver les arguments principaux :
– relisez les documents du dossier ;
– passez en revue vos connaissances personnelles acquises durant l'apprentissage des thèmes.

■ Une fois les idées et les exemples trouvés, confrontez-les pour éviter les redites et le hors sujet. Chaque idée doit bien répondre à la problématique.

⇢ ÉTAPE ❸ Construire son plan

■ Trois règles sont indispensables pour élaborer votre plan :
– classez les idées selon leur degré d'importance ;
– énoncez de manière claire chaque idée et enchaînez-les de façon logique et cohérente ;
– démontrez toujours au lieu d'affirmer vos idées.
■ Quel que soit le plan adopté, vous devez avant tout fonder votre propos sur une argumentation personnelle.
■ Trois types de plans sont possibles pour organiser vos idées :
– Avantages / Inconvénients / Solutions.
– Causes / Conséquences / Solutions.
– Explication / Nuances / Reformulation de la question.

⇢ ÉTAPE ❹ Rédiger l'introduction

■ L'introduction comporte trois étapes :
– commencez par présenter le sujet avec une phrase d'accroche ;
– présentez la problématique sous la forme d'une question ;
– annoncez le plan en soulignant son mouvement démonstratif à l'aide de liens logiques.

⇢ ÉTAPE ❺ Rédiger le développement

■ Suivant le modèle de la composition française, le développement propose trois parties rédigées distinctement. Elles doivent être séparées par des sauts de lignes et marquées par des alinéas signalant chaque début de nouveau paragraphe.
■ Chaque partie définit d'abord son idée directrice. Suit l'énonciation de chaque argument illustré pour chacun d'exemples précis.
■ Chaque partie et chaque idée s'enchaînent et s'articulent à l'aide de liens logiques.

ÉTAPE 6 Rédiger la conclusion

La conclusion comporte deux étapes :
– commencez par répondre sous la forme d'un bilan à la problématique posée en introduction ;
– puis ouvrez et élargissez le sujet à l'aide d'une question.

L'astuce

Confrontez les idées et les exemples en les organisant de manière personnelle pour aboutir à une réponse individuelle.

Le piège !

Évitez de traiter le sujet comme une question réclamant une prise de position subjective ! Vous devez donc impérativement éviter les formules comme « selon moi », « pour ma part », « personnellement » ou « je pense que ».

FICHE n° 3 Analyser un texte d'idées

INFO

■ Les textes d'idées sont des documents écrits qui n'appartiennent pas à la fiction comme le roman ou le théâtre : essais sociologiques, dialogues philosophiques, articles de presse, entretiens, documents de référence…

■ Ils constituent les documents les plus nombreux dans les corpus de synthèse. Les idées qu'ils contiennent sont exprimées directement dans un discours informatif.

*Pour analyser un texte d'idées, il faut procéder en **4 étapes.***

ÉTAPE ❶ Identifier le texte d'idées

■ Les textes d'idées ne racontent pas une histoire ou et ne décrivent pas des personnages ou des lieux comme le fait le roman.

■ Même s'ils abordent des situations concrètes, leur fonction est d'exposer et de mettre en relation des notions abstraites, d'expliquer des faits, de proposer des réflexions, des points de vue, des prises de position argumentés.

■ Ces textes relèvent du discours argumentatif. Ils peuvent être polémiques ou satiriques.

■ Pour mieux les identifier, aidez-vous du paratexte qui contient toutes les informations nécessaires pour présenter le document : auteur, titre, source, date de publication…

ÉTAPE ❷ Déterminer le thème global du texte, savoir qui parle

■ La première lecture d'un texte d'idées doit vous permettre de déterminer son thème global.

■ La mise en évidence du lexique dominant vous aidera à répondre à la question : « De quoi s'agit-il ? ».

■ Il est indispensable que trouviez à qui appartiennent les idées énoncées. Celui qui parle est celui qui signe l'œuvre ou l'article. Toutefois, il arrive fréquemment à l'auteur de reprendre des points de vue ou des paroles qui ne lui appartiennent pas.

ÉTAPE 3 Identifier les idées, les arguments, les exemples

■ Le texte d'idées confronte des notions, des points de vue, des théories qui ne vont pas nécessairement dans le même sens. Identifiez-les tous, cela vous permettra de définir la ou les problématiques.

■ Les orientations différentes des idées sont perceptibles grâce à plusieurs indices :
– la présence de champs lexicaux qui s'opposent ;
– la présence de figures d'opposition comme les antithèses, les paradoxes, et d'articulations qui soulignent les divergences : mais, cependant, à l'inverse, au contraire…

■ Les exemples illustrent les idées ou constituent leur point de départ. Ils sont concrets et souvent imagés. Identifiez-les rapidement car ils vous faciliteront la compréhension des concepts.

ÉTAPE 4 Mettre en évidence la structure du texte

■ Pour mettre en évidence la structure du texte, déterminez le type de raisonnement et le plan suivis par l'auteur.

■ Le texte peut être construit selon trois types de plan :
– un plan dialectique : il permet la confrontation à partir d'une thèse de différents points de vue.
– un plan déductif : il permet de tirer des conséquences à partir d'un fait ou d'une cause.
– un plan linéaire : le texte développe une même idée en l'illustrant de manière détaillée et approfondie.

L'astuce

Repérer les mots de liaison aide à découvrir les grandes articulations de la pensée et le type de raisonnement adopté dans un document.

Le piège !

Ne confondez pas argument et exemple ! Les arguments développent toujours des idées articulées logiquement alors que les exemples, beaucoup plus factuels, sont toujours des illustrations concrètes des idées.

FICHE n° 4

Analyser une image

INFO

■ Les corpus de synthèse peuvent comporter différents types d'images : peintures, photos, affiches de film, bandes dessinées, gravures…
■ Il s'agit de faire apparaître le message visuel délivré par l'image grâce à certains procédés de mise en valeur.

Pour analyser une image, il faut procéder en 4 étapes.

⋯› ÉTAPE ❶ Identifier le document

■ Préoccupez-vous en premier lieu la nature de l'image étudiée. De sa nature dépend l'interprétation qui en sera fournie : un tableau ne s'analyse ainsi pas de la même manière qu'une photographie ou une bande dessinée.
■ Ainsi, identifiez la source de l'image : il s'agit de repérer les diverses sources de l'œuvre, de son auteur à la date de publication ou d'exécution. Vous serez également attentif au titre de l'œuvre ou à la légende qui, d'emblée, orientent l'interprétation.
■ Puis, identifiez la nature de l'image : il faut savoir distinguer une peinture d'une photographie, d'une gravure, d'un dessin de presse ou encore d'une affiche de film. Vous mettrez en évidence le courant auquel l'œuvre appartient (impressionnisme, cubisme, Pop Art par exemple) et la technique utilisée par l'artiste (photographie noir et blanc, dessin au fusain par exemple).

⋯› ÉTAPE ❷ Étudier le sujet représenté

■ Repérez qui et ce qui est représenté. S'agit-il d'un ou de plusieurs personnages ? Comment sont-ils vêtus ? À quelle époque se situe la scène ? Quel est le décor ? Que révèle-t-il des personnages représentés ?

⋯› ÉTAPE ❸ Étudier la composition de l'image

■ Décrivez comment se compose plastiquement et techniquement l'image. Quelles sont les principales lignes du dessin ? De combien de plans se compose l'image ? L'arrière-plan joue-t-il un rôle ? Quel est le cadrage utilisé ? Quels sont les effets de perspective ? Y a-t-il un usage particulier des couleurs et de la lumière ? L'image est-elle accompagnée d'une légende ?

ÉTAPE 4 Interpréter le message visuel

■ Demandez-vous quel message est délivré par l'image. Pour répondre à cette question, partez des éléments mis en évidence dans les deux précédentes étapes ; ils vous aideront à découvrir les pistes d'interprétation du message visuel.

■ Quatre pistes d'interprétations sont possibles :

– si le message est explicatif, posez-vous les questions suivantes : qu'est-ce que l'image veut expliquer ? Dénonce-t-elle un problème ? Cherche-t-elle à séduire et à persuader ?

– si vous devez établir un lien entre l'image et un texte, posez-vous les questions suivantes : quelles sont les relations entre le texte et l'image ? Comment le visuel s'articule-t-il à la légende, au slogan ou au titre de l'image ?

– si vous devez étudier le registre de l'image, posez-vous les questions suivantes : l'image est-elle satirique, pathétique ou lyrique ?

– si vous voulez connaître sa fonction, son utilité, posez-vous les questions suivantes : quelle peut être l'utilisation de l'image ? S'agit-il d'une image intime ? d'une publicité ? d'une affiche de propagande ou encore d'une image religieuse ?

L'astuce

Étudiez les couleurs avec précision en distinguant couleurs chaudes et couleurs froides. Cela vous permettra de cerner avec efficacité la visée de l'image.

Le piège !

Ne vous contentez pas de décrire l'image ! Vous devez toujours chercher le message visuel en vous aidant le plus possible des éléments verbaux présents dans l'image : titre, légende, slogan, bulles de bande dessinée notamment.

FICHE n° 5 Les différentes formes de discours

INFO

■ Un énoncé peut prendre différentes formes qui renseignent sur la démarche de celui qui le produit. L'énonciateur donne à voir quelque chose ou quelqu'un ; il raconte une histoire, explique ou expose une notion, une situation, une manière de faire ; il demande ou ordonne que quelque chose soit réalisé, ou il cherche à convaincre.

■ Identifier les différentes formes de discours permet de mieux comprendre le sens et la finalité des textes.

Il existe 5 formes de discours.

1 Le discours descriptif

■ Il est caractérisé par :
– la présence de composantes visuelles : formes, couleurs, taille, disposition ;
– le lexique du regard.

■ La description permet de montrer des éléments en les situant les uns par rapport aux autres.

■ Ces éléments révèlent un angle de vision – d'où les choses sont-elles vues ? – et un point de vue – que sait celui qui décrit ? – qui en déterminent la tonalité : élogieuse, admirative, critique. La description peut avoir une fonction documentaire, explicative ou symbolique.

2 Le discours narratif

■ Dans le discours narratif, un narrateur extérieur ou présent dans le texte raconte une histoire. Pour cela, il expose des faits ou des actions inscrits dans des lieux et dans le temps, et il crée des personnages qui agissent ou subissent les actions ou les événements.

■ Le déroulement du récit se situe entre un point de départ et un point d'aboutissement, avec une modification de la situation initiale.

■ Le point de vue et le registre choisis influent sur la lecture que fait le destinataire du discours.

❸ Le discours explicatif ou informatif

■ Ce discours expose, définit, explique des faits ou des idées en général au présent. Il peut prendre la forme d'un article de dictionnaire ou d'encyclopédie, d'un mode d'emploi, d'un dépliant technique. Il est essentiellement documentaire et apporte des savoirs.
■ Le niveau de difficulté des explications, la précision, la clarté du propos, l'absence d'identification de l'émetteur et de subjectivité dépendent du destinataire et de la fonction du message.

❹ Le discours injonctif

■ Il exprime une recommandation, un conseil, un ordre ou une défense (ordre négatif). Il utilise la 2e ou la 3e personne, le mode impératif, le subjonctif, l'infinitif et des formulations comme « il faut », « on doit »… Il est de ce fait facile à identifier.

❺ Le discours argumentatif

■ Ce discours vise à exposer une idée, une opinion, une théorie pour en faire valoir le bien-fondé et la faire accepter par un interlocuteur, présent ou non.
■ L'exposé comporte des arguments (causes, raisons, preuves) organisés selon différents modes de raisonnement. L'idée soutenue est la thèse.
■ Les arguments sont puisés dans différents domaines (histoire, tradition, morale, philosophie…) ; ils peuvent être illustrés par des exemples.

L'astuce

Appuyez-vous sur le paratexte des documents : il fournit toujours des indications sur la forme du discours utilisé.

Le piège !

Ne confondez pas discours explicatif et discours argumentatif ! Le discours explicatif détaille une notion tandis que le discours argumentatif a toujours une vocation polémique et défend une thèse.

FICHE n° 6 Rédiger un CV

INFO

■ Le CV (Curriculum vitae) est un document qui permet de présenter votre parcours scolaire et professionnel à des recruteurs qui reçoivent de nombreux CV. Or si vous voulez que le vôtre soit lu, il faut immédiatement éveiller leur intérêt.

■ Le CV ne doit pas être trop long. Il ne doit donc pas dépasser une page. Il doit obligatoirement être tapé à l'ordinateur. Sa présentation doit être sobre, discrète et efficace pour que votre CV soit compréhensible au premier coup d'œil. Attention, à bien vous relire : un CV ne doit comporter aucune faute d'orthographe !

■ Si vous envoyez votre CV par e-mail, mettez-le au format PDF et nommez le fichier avec vos nom et prénom.

*Pour réussir votre CV, il faut procéder en **5 étapes**.*

ÉTAPE 1 Les informations personnelles

■ Indiquez en haut à gauche de la page vos noms, adresse, numéro de téléphone, adresse e-mail ainsi que votre date de naissance. Ces informations permettent au recruteur de savoir immédiatement à qui il a affaire et où il peut vous joindre.

■ Vous n'êtes pas obligé d'y placer votre photo. En revanche, il est essentiel d'indiquer pour quel travail vous postulez, car le recruteur peut recevoir des CV pour différents postes.

ÉTAPE 2 La formation

■ Listez, de la date la plus récente à la date plus ancienne, les diplômes et mentions que vous avez obtenus de manière à vous distinguer.

■ Si vous n'avez pas encore terminé vos études, indiquez en dernier le niveau où vous vous trouvez.

ÉTAPE 3 Les expériences professionnelles

■ Listez, de la date la plus récente à la date plus ancienne en indiquant bien la période, vos expériences professionnelles. Précisez, pour chaque expérience, s'il s'agit de stage, d'emploi d'été, de contrat en alternance... Vous devez impérativement mentionner le nom des entreprises et les tâches que vous avez effectuées. L'information doit pouvoir être facilement vérifiable par le recruteur.

ÉTAPE ❹ Les autres compétences

■ Cette rubrique vous donne l'occasion de montrer ce que vous possédez comme compétences informatiques (surtout les logiciels spécifiques à votre branche). Indiquez aussi que vous maîtrisez d'autres outils qui pourraient intéresser le recruteur. Vous devez également signaler vos connaissances en langues étrangères.

■ Si vous avez votre permis de conduire, mentionnez-le dans cette rubrique, en particulier si l'emploi auquel vous postulez exige des déplacements.

ÉTAPE ❺ Les centres d'intérêt

■ Les recruteurs s'intéressent aussi à vos loisirs qui dévoilent vos goûts personnels et certains aspects de votre personnalité. Notez les sports que vous pratiquez ainsi que les activités culturelles que vous aimez, ou les voyages que vous avez faits.

■ Mettez l'accent sur des activités qui se pratiquent en groupe : elles montrent que vous savez fonctionner en équipe. C'est ce que les managers nomment le *team-building*.

L'astuce

Imprimez votre CV et demandez à quelqu'un de votre entourage ou à un professeur de le relire avant de l'envoyer. Cela vous permettra de recueillir des avis plus objectifs que le vôtre et de repérer les fautes d'orthographe qui vous auront échappé !

Le piège !

Il faut à tout prix éviter d'inventer des expériences professionnelles ou des diplômes que vous n'avez pas. Toute information sur un CV doit être vérifiable.

Antoine MARTIN
2, impasse de la tortue
92300 Levallois-Perret
06 34 67 00 00
antoine.martin@xxxx.com
21 mars 1998

Photo
facultative

RÉDACTEUR POUR MAGAZINE SPORTIF

FORMATION

2017	**BTS de communication**
2015	**BAC ES mention assez bien**

EXPÉRIENCE PROFESSIONNELLE

Juillet-août 2016	**Stage à Liberté magazine (Lyon)** Missions : préparation des brèves et initiation au secrétariat de rédaction
Juillet-août 2015	**Stage à Impact Mag (Grenoble)** Missions : tenue du desk les week-ends de juillet et préparation des brèves sur les sports de glisse

AUTRES COMPÉTENCES

Langues	anglais (courant, lu, écrit, parlé) ; italien (parlé, lu)
Informatique	maîtrise du Pack Office et connaissances sur Photoshop

CENTRE D'INTÉRÊT

Photographie, concerts, tennis, football en salle

FICHE n° 7 Rédiger une lettre de motivation

INFO

■ La lettre de motivation accompagne obligatoirement le CV que vous adressez à un recruteur lorsque vous postulez à un emploi ou à un stage. Cette lettre permet de se présenter plus précisément que dans le CV et de se positionner par rapport au poste souhaité.

■ Deux cas de figure peuvent se présenter : soit la candidature au poste est spontanée, soit on répond à une offre d'emploi. Dans les deux cas, la lettre vise un double objectif : démontrer vos qualités et votre motivation à travailler mais aussi montrer que vous connaissez l'entreprise pour laquelle vous postulez.

■ La lettre doit être suffisamment intéressante pour donner envie au recruteur de vous rencontrer pour un entretien.

■ Attention à l'orthographe ! Les recruteurs seront sensibles à votre façon de rédiger, surtout s'il s'agit d'un emploi où il faut communiquer à l'écrit. Écrivez toujours votre lettre à la main et de manière lisible en soignant la présentation. Elle est déterminante.

Comment présenter sa lettre ?

La lettre de motivation doit respecter la présentation de toute lettre : elle doit en reprendre les codes essentiels de manière à montrer au recruteur que vous les connaissez et les maîtrisez. La présentation de la lettre respecte un ordre précis :

■ en haut à gauche, votre nom, prénom, adresse postale, votre numéro de téléphone ainsi que votre adresse électronique ;

■ en dessous, à droite : le nom de l'entreprise, le nom du destinataire à qui vous souhaitez faire parvenir votre lettre et l'adresse de ladite entreprise ;

■ en dessous, à droite toujours : le lieu et la date de rédaction de la lettre ;

■ avant de commencer la lettre proprement dite, placez à gauche l'objet de la lettre, c'est-à-dire, l'objectif de votre courrier. Préférez toujours une formule du type : « Candidature au poste de… » ;

■ la lettre s'ouvre ensuite sur une adresse au recruteur : « Madame » ou « Monsieur » ;

■ à la fin de la lettre, inscrivez une formule de politesse du type : « En vous remerciant de votre bienveillante attention, je vous prie d'agréer, Madame/Monsieur, l'expression de mes salutations distinguées. » Enfin signez le courrier.

Comment argumenter pour un poste dans sa lettre ?

La lettre de motivation doit présenter un propos ferme et clair, qui vise à démontrer à la fois votre motivation et votre désir d'obtenir le poste, en montrant que vous êtes fait pour le poste. La lettre propose donc une série de paragraphes argumentatifs qui correspondent chacun à un point à développer. Trois paragraphes s'imposent :

PARAGRAPHE 1 Le niveau de formation

Le premier paragraphe présente de manière précise et brève votre niveau de formation. Vous devez également indiquer si votre candidature est spontanée ou si elle répond à une offre d'emploi. Vous devez rappeler pour quel type de contrat vous postulez : CDD, CDI ou stage. Dans le cas du stage, signalez toujours le début et la fin de la période souhaitée.

PARAGRAPHE 2 Votre intérêt pour le poste

Le deuxième paragraphe doit montrer votre intérêt pour le poste et pour l'entreprise pour laquelle vous postulez. Mettez en avant les raisons qui vous poussent à postuler pour ce poste et qui vous laissent penser que vous êtes le candidat idéal ! Mettez en évidence votre formation, votre savoir-faire, vos qualités et votre expérience sur ce type de poste.

PARAGRAPHE 3 Demande d'entretien

Dans le troisième et dernier paragraphe, vous devez avancer des arguments pour « décrocher » un premier entretien. Expliquez au recruteur votre profond désir de dialoguer avec lui pour obtenir ce poste. Montrez-vous disponible, enthousiaste, déterminé et ouvert.

L'astuce

La lettre ne doit pas dépasser une page recto. Soyez bref afin de rendre votre propos clair. Soyez efficace en mettant en valeur vos arguments et votre argumentation. Construisez des phrases courtes, utilisez un bon niveau de langue, mais ne soyez pas trop précieux. Évitez l'usage des points d'exclamation, trop familiers : votre enthousiasme transparaîtra derrière votre détermination.

Le piège !

Ne vous attribuez pas de fausses expériences professionnelles : tout propos doit être vérifiable et un mensonge nuirait à votre candidature à ce poste et peut-être à d'autres postes dans d'autres entreprises.

Table des chapitres

CLASSÉS PAR GENRE

Articles

CLASSÉS PAR GENRE

Essais, textes d'idées

Textes littéraires

Visuels

Table des illustrations

Illustrations intérieur couverture

Illustrations cahier photos

Page IV • Dessin de Michael Meister, 2007
© Michael Meister

Page V • Sharon Stone (Ginger) dans le film *Casino* de Martin Scorsese, 1995.
ph © Universal/The Kobal Collection/Aurimages

Page VI • Affiche du film *The Truman Show* de Peter Weir avec Jim Carrey, 1998.
© Paramount/DR – Coll. Prod DB

Page VII • Une du journal *Hara-Kiri* du 16 novembre 1970.
ph © Gusman/Leemage

Page VIII • *Les Indégivrables, Le Monde,* 9 juin 2014.
© Xavier Gorce

Copyright RFI

p. 55 • rfi Extrait de Anne Frintz « Égalité homme-femme : mieux vaut que Maman travaille ! », article disponible sur rfi.fr
http://www.rfi.fr/science/20150625-genre-travail-meres-filles-femmes-culture-etude-harvard-business-school-mcginn-long

PAPIER À BASE DE FIBRES CERTIFIÉES

Hatier s'engage pour l'environnement en réduisant l'empreinte carbone de ses livres. Celle de cet exemplaire est de :
1,1 kg éq. CO_2
Rendez-vous sur www.hatier-durable.fr

Achevé d'imprimer par Grafica Veneta à Trebaseleghe - Italie
Dépôt légal 99744-0/03 - Octobre 2020